前漢演義

蔡東藩 著

從犯顏救魏尚至李陵敗降

謙能受益滿招災，得志驕盈兆禍胎
盛衰得失尋常事，何必營營逐利名！

漢武帝征伐外夷，以雄心成就霸業
卻因迷信妄求仙道，使盛世走向衰頹

目錄

第五十一回	老郎官犯顏救魏尚	賢丞相當面劾鄧通	005
第五十二回	爭棋局吳太子亡身	肅軍營周亞夫守法	015
第五十三回	嘔心血氣死申屠嘉	主首謀變起吳王濞	023
第五十四回	信袁盎詭謀斬御史	遇趙涉依議出奇兵	033
第五十五回	平叛軍太尉建功	保孱王鄰封乞命	041
第五十六回	王美人有緣終作后	慄太子被廢復蒙冤	049
第五十七回	索罪犯曲全介弟	賜肉食戲弄條侯	059
第五十八回	嗣帝祚董生進三策	應主召申公陳兩言	069
第五十九回	迎母姊親馳御駕	訪公主喜遇歌姬	079
第六十回	因禍為福仲卿得官	寓正於諧東方善辯	087
第六十一回	挑嫠女即席彈琴	別嬌妻入都獻賦	097
第六十二回	厭夫貧下堂致悔	開敵釁出塞無功	105
第六十三回	執國法王恢受誅	罵座客灌夫得罪	115
第六十四回	遭鬼祟田蚡斃命	撫夷人司馬揚鑣	123

目錄

第六十五回　竇太主好淫甘屈膝　公孫弘變節善承顏　133

第六十六回　飛將軍射石驚奇　愚主父受金拒諫　141

第六十七回　失儉德故人燭隱　慶凱旋大將承恩　149

第六十八回　舅甥踵起一戰封侯　父子敗謀九重討罪　157

第六十九回　勘叛案重興大獄　立戰功還挈同胞　165

第七十回　賢汲黯直諫救人　老李廣失途刎首　173

第七十一回　報私仇射斃李敢　發詐謀致死張湯　181

第七十二回　通西域覆滅南夷　進神馬兼迎寶鼎　189

第七十三回　信方士連番被惑　行封禪妄想求仙　199

第七十四回　東征西討絕域窮兵　先敗後成貳師得馬　209

第七十五回　入虜庭蘇武抗節　出朔漠李陵敗降　219

第五十一回
老郎官犯顏救魏尚　賢丞相當面劾鄧通

　　卻說文帝既赦淳于意，令他父女歸家。又因緹縈書中，有「刑者不可復屬」一語，大為感動，遂下詔革除肉刑。詔云：

　　詩曰：愷悌君子，民之父母。今人有過，教未施而刑已加焉，或欲改過為善，而道無由至，朕甚憐之！夫刑至斷肢體，刻肌膚，終身不息，何其痛而不德也！豈為民父母之意哉？其除肉刑，有以易之。

　　丞相張蒼等奉詔後，改定刑律，條議上聞。向來漢律規定肉刑，約分三種，一為黥，就是面上刻字；二為劓，就是割鼻；三為斷左右趾，就是把足趾截去。經張蒼等會議改制，乃是黥刑改充苦工，罰為城旦舂；**城旦即旦夕守城，見前注**。劓刑改作笞三百，斷趾刑改作笞五百，文帝並皆依議。嗣是罪人受刑，免得殘毀身體，這雖是文帝的仁政，但非由孝女緹縈上書，文帝亦未必留意及此。可見緹縈不但全孝，並且全仁。小小女子，能做出這般美舉，怪不得千古流芳了！**極力闡揚**。後來文帝聞淳于意善醫，又復召到都中，問他學自何師，治好何人？俱由意詳細奏對，計除尋常病症外，共療奇病十餘人，統在齊地。小子無暇具錄，看官試閱《史記》中〈倉公列傳〉，便能分曉。倉公就是淳于意，意曾為太倉令，故漢人號為倉公。

第五十一回
老郎官犯顏救魏尚　賢丞相當面劾鄧通

　　話分兩頭：且說匈奴前寇狄道，掠得許多人畜，飽載而去。**見前回。**文帝用晁錯計，移民輸粟，加意邊防，才算平安了兩三年。至文帝十四年冬季，匈奴又大舉入寇，騎兵共有十四萬眾，入朝那，越蕭關，殺斃北地都尉孫卬，又分兵入燒回中宮。**宮係秦時所建。**前鋒徑達雍縣甘泉等處，警報連達都中。文帝亟命中尉周舍，郎中令張武，併為將軍，發車千乘，騎卒十萬，出屯渭北，保護長安。又拜昌侯盧卿為上郡將軍，寧侯魏遫為北地將軍，隆慮侯周灶為隴西將軍，三路出發，分戍邊疆。一面大閱人馬，申教令，厚犒賞，準備御駕親征。群臣一再諫阻，統皆不從，直至薄太后聞悉此事，極力阻止，文帝只好順從母教，罷親征議，另派東陽侯張相如為大將軍，率同建成侯董赤，內史欒布，領著大隊，往擊匈奴。匈奴侵入塞內，騷擾月餘，及聞漢兵來援，方拔營出塞。張相如等馳至邊境，追躡番兵，好多里不見胡馬，料知寇已去遠，不及邀擊，乃引兵南還，內外解嚴。

　　文帝又覺得清閒，偶因政躬無事，乘輦巡行。路過郎署，見一老人在前迎駕，因即改容敬禮道：「父老在此，想是現為郎官，家居何處？」老人答道：「臣姓馮名唐，祖本趙人，至臣父時始徙居代地。」文帝忽然記起前情，便接入道：「我前在代國，有尚食監高祛，屢向我說及趙將李齊，出戰鉅鹿下，非常驍勇，可惜今已歿世，無從委任，但我嘗每飯不忘。父老可亦熟悉此人否？」馮唐道：「臣素知李齊材勇，但尚不如廉頗、李牧呢。」文帝也知廉頗、李牧，是趙國良將，不由的撫髀嘆息道：「我生已晚，恨不得頗、牧為將，若得此人，還怕什麼匈奴？」道言未絕，忽聞馮唐朗聲道：「陛下就是得著頗、牧，也未必能重用哩。」這兩句話惹動文帝怒意，立即掉轉了頭，命駕回宮，既到宮中，坐了片刻，又轉想馮唐所言，定非無端唐突，必有特別原因，乃復令內侍，召唐入問。俄頃間唐已

到來，待他行過了禮，便開口詰問道：「君從何處看出，說我不能重用廉牧？」唐答說道：「臣聞上古明王，命將出師，非常鄭重，臨行時必先推轂屈膝與語道：閫以內，聽命寡人；閫以外，聽命將軍，軍功爵賞，統歸將軍處置，先行後奏。這並不是空談所比。臣聞李牧為趙將，邊市租稅，統得自用，饗士犒卒，不必報銷，君上不為遙制，所以牧得竭盡智慧，守邊卻虜。今陛下能如此信任麼？近日魏尚為雲中守，所收市租，盡給士卒，且自出私錢，宰牛置酒，遍饗軍吏舍人，因此將士效命，戮力衛邊。匈奴一次入塞，就被尚率眾截擊，斬馘無數，殺得他抱頭鼠竄，不敢再來。陛下卻為他報功不實，所差敵首只六級，便把他褫官下獄，罰作苦工，這不是法太明、賞太輕、罰太重麼？照此看來，陛下雖得廉頗、李牧，亦未必能用。臣自知愚戇，冒觸忌諱，死罪死罪！」**老頭子卻是挺硬。**說著，即免冠叩首。文帝卻轉怒為喜，忙令左右將唐扶起，命他持節詣獄，赦出魏尚，仍使為雲中守。又拜唐為車騎都尉。魏尚再出鎮邊，匈奴果然畏威，不敢近塞。此外邊防守將，亦由文帝酌量選用，北方一帶，復得少安。自從文帝嗣位以來，至此已有十四五年，這十四五年間，除匈奴入寇外，只濟北一場叛亂，旬月即平，就是匈奴為患，也不過騷擾邊隅，究竟未嘗深入。而且王師一出，立即退去，外無大變，內無大役，再加文帝蠲租減稅，勤政愛民，始終以恭儉為治，不敢無故生風，所以吏守常法，民安故業，四海以內，晏然無事，好算是承平世界，浩蕩乾坤。**原是漢朝全盛時代。**

但文帝一生得力，是抱定老氏無為的宗旨，就是太后薄氏，亦素好黃老家言。母子性質相同，遂引出一兩個旁門左道，要想來逢迎上意，邀寵求榮。**有孔即鑽，好似寄生蟲一般。**有一個魯人公孫臣，上言秦得水德，漢承秦後，當為土德，土色屬黃，不久必有黃龍出現，請改正朔，易服

第五十一回
老郎官犯顏救魏尚　賢丞相當面劾鄧通

　　色，一律尚黃，以應天瑞云云。文帝得書，取示丞相張蒼。蒼素究心律歷，獨謂漢得水德，公孫臣所言非是，**兩人都是瞎說**。文帝擱過不提。偏是文帝十五年春月，隴西的成紀地方，竟稱黃龍出現，地方官吏，未曾親見，但據著一時傳聞，居然奏報。文帝信以為真，遂把公孫臣視作異人，說他能預知未來，召為博士。當下與諸生申明土德，議及改元易服等事，並命禮官訂定郊祀大典。待至郊祀禮定，已是春暮，乃擇於四月朔日，親倖雍郊，祭祀五帝。嗣是公孫臣得蒙寵眷，反將丞相張蒼，疏淡下去。

　　古人說得好，同聲相應，同氣相求。有了一個公孫臣，自然倡予和汝，生出第二個公孫臣來了。當時趙國中有一新垣平，生性乖巧，專好欺人。聞得公孫臣新邀主寵，便去學習了幾句術語，也即跑至長安，詣闕求見。文帝已漸入迷團，遇有方士到來，當然歡迎，立命左右傳入。新垣平拜謁已畢，便信口胡謅道：「臣望氣前來，願陛下萬歲！」文帝道：「汝見有何氣？」平答說道：「長安東北角上，近有神氣氤氳，結成五采。臣聞東北為神明所居，今有五采匯聚，明明是五帝呵護，蔚為國祥。陛下宜上答天瑞，就地立廟，方可永仰神庥。」文帝點首稱善，便令平留居闕下，使他指示有司，就五采薈集的地址，築造廟宇，供祀五帝。平本是捏造出來，有什麼一定地點，不過有言在先，說在東北角上，應該如言辦理。當即偕同有司，出東北門，行至渭陽，疑神疑鬼的望了一回，然後揀定寬敞的地基，興工築祠。祠宇中共設五殿，按著東南西北中位置，配成青黃黑赤白顏色，青帝居東，赤帝居南，白帝居西，黑帝居北，黃帝居中，也是附會公孫臣的妄談，主張漢為土德，是歸黃帝暗裡主持。況且宅中而治，當王者貴，正好湊合時君心理，借博歡心。好容易造成廟貌，已是文帝十有六年，文帝援照舊例，仍俟至孟夏月吉，親往渭陽，至五帝廟內祭祀。祭時舉起爐火，煙焰沖霄，差不多與雲氣相似。新垣平時亦隨著，就指為

瑞氣相應，**不若徑說神氣**。引得文帝欣慰異常。及祭畢還宮，便頒出一道詔令，拜新垣平為上大夫，還有許多賞賜，約值千金，於是使博士諸生，摘集六經中遺語，輯成〈王制〉一篇，現今尚是流傳，列入《禮記》中。**《禮記》中〈王制〉以後，便是〈月令〉一篇，內述五帝司令事，想亦為此時所編**。新垣平又聯合公孫臣，請仿唐虞古制，行巡狩封禪禮儀。文帝復為所惑，飭令博士妥議典禮。博士等酌古斟今，免不得各費心裁，有需時日。文帝卻也不來催促，由他徐定。

　　一日駕過長門，忽有五人站在道北，所著服色，各不相同。正要留神細瞧，偏五人散走五方，不知去向。此時文帝已經出神，暗記五人衣服，好似分著青黃黑赤白五色，莫非就是五帝不成。因即召問新垣平，平連聲稱是。**未曾詳問，便即稱是，明明是他一人使乖**。文帝乃命就長門亭畔，築起五帝壇，用著太牢五具，望空致祭。已而新垣平又詣闕稱奇，說是闕下有寶玉氣。道言甫畢，果有一人手捧玉杯，入獻文帝。文帝取過一看，杯式也不過尋常，唯有四篆字刻著，乃是「人主延壽」一語，不禁大喜，便命左右取出黃金，賞賜來人，且因新垣平望氣有驗，亦加特賞。平與來人謝賜出來，**又是一種好交易**。文帝竟將玉杯當作奇珍，小心攜著，入宮收藏去了。平見文帝容易受欺，復想出一番奇語，說是日當再中。看官試想，一天的紅日，東現西沒，人人共知，那裡有已到西邊，轉向東邊的奇聞？不意新垣平瞎三話四，居然有史官附和，報稱日卻再中。**想是有揮戈返日的神技**。文帝尚信為真事，下詔改元，就以十七年為元年，漢史中叫做後元年。元日將屆，新垣平復構造妖言，進白文帝，謂周鼎沉入泗水，已有多年，**見前文**。現在河決金堤，與泗水相通，臣望見汾陰有金寶氣，想是周鼎又要出現，請陛下立祠汾陰，先禱河神，方能致瑞等語。說得文帝又生痴想，立命有司鳩工庀材，至汾陰建造廟宇，為求鼎計。有司奉命

第五十一回
老郎官犯顏救魏尚　賢丞相當面劾鄧通

　　興築，急切未能告竣，轉眼間便是後元年元日，有詔賜天下大酺，與民同樂。

　　正在普天共慶的時候，忽有人奏劾新垣平，說他欺君罔上，弄神搗鬼，沒一語不是虛談，沒一事不是偽造，頓令墮入迷團的文帝，似醉方醒，勃然動怒，竟把新垣平革職問罪，發交廷尉審訊。廷尉就是張釋之，早知新垣平所為不正，此次到他手中，新垣平還有何幸，一經釋之威嚇勢迫，沒奈何將鬼蜮伎倆，和盤說出，泣求釋之保全生命。釋之怎肯容情？不但讞成死罪，還要將他家族老小，一體駢誅。這讞案復奏上去，得邀文帝批准，便由釋之派出刑官，立把新垣平綁出市曹，一刀兩段。只是新垣平的家小，跟了新垣平入都，不過享受半年富貴，也落得身首兩分，這卻真正不值得呢！**福為禍倚，何必強求！**

　　文帝經此一悟，大為掃興，飭罷汾陰廟工，就是渭陽五帝祠中，亦止令祠官，隨時致禮，不復親祭。他如巡狩封禪的議案，也從此不問，付諸冰閣了。唯丞相張蒼，自被公孫臣奪寵，輒稱病不朝，且年已九十左右，原是老邁龍鍾，不堪任事，因此遷延年餘，終致病免。文帝本欲重任竇廣國，轉思廣國乃是后弟，屬在私親，就使他著有賢名，究不宜示人以私。**廣國果賢，何妨代相。文帝自謂無私，實是懲諸呂覆轍，乃有此舉。**乃從舊臣中採擇一人，得了一個關內侯申屠嘉，先令他為御史大夫，旋即升遷相位，代蒼後任。蒼退歸陽武原籍，口中無齒，食乳為生，享壽至百餘歲，方才逝世。那申屠嘉係是梁人，曾隨高祖征戰有功，得封列侯，年紀亦已垂老，但與張蒼相比，卻還相差二三十年。平時剛方廉正，不受私謁，及進為丞相，更是嫉邪秉正，守法不阿。一日入朝奏事，驚見文帝左側，斜立著一個侍臣，形神怠弛，似有倦容，很覺得看不過去。一俟公事奏畢，便將侍臣指示文帝道：「陛下若寵愛侍臣，不妨使他富貴，至若朝

廷儀制,不可不肅;願陛下勿示縱容!」文帝向左一顧,早已瞧著,但恐申屠嘉指名劾奏,連忙出言阻住道:「君且勿言,我當私行教戒罷了。」嘉聞言愈憤,勉強忍住了氣,退朝出去。果然文帝返入內廷,並未依著前言,申戒侍臣。

　　究竟這侍臣姓甚名誰?原來叫做鄧通,現任大中大夫。通本蜀郡南安人,無甚才識,只有水中行船,是他專長。輾轉入都,謀得了一個官銜,號為黃頭郎。黃頭郎的職使,便是御船水手,向戴黃帽,故有是稱。通得充是職,也算僥倖,想什麼意外超遷,偏偏時來運至,吉星照臨,一小小舵工,竟得上應御夢,平地昇天。說將起來,也是由文帝懷著迷信,誤把那庸夫俗子,看做奇材。先是文帝嘗得一夢,夢見自己騰空而起,幾入九霄,相距不過咫尺,竟致力量未足,欲上未上,巧來了黃頭郎,把文帝足下,極力一推,方得上登天界。文帝非常喜歡,俯瞰這黃頭郎,恰只見他一個背影,衣服下面,好似已經破裂,露出一孔。正要喚他轉身,詳視面目,適被雞聲一叫,竟致驚醒。文帝回思夢境,歷歷不忘,便想在黃頭郎中,留心察閱,效那殷高宗應夢求賢故事,冀得奇逢。**是讀書入魔了。**

　　是日早起視朝,幸值中外無事,即令群臣退班,自往漸臺巡視御船。漸臺在未央宮西偏,旁有滄池,水色皆蒼,向有御船停泊,黃頭郎約數十百人。文帝吩咐左右,命將黃頭郎悉數召來,聽候傳問。黃頭郎不知何用?只好戰戰兢兢,前來見駕。文帝待他拜畢,俱令立在左邊,挨次徐行,向右過去。一班黃頭郎,遵旨緩步,行過了好幾十人,巧巧輪著鄧通,也一步一步的照式行走,才掠過御座前,只聽得一聲綸音,叫道立住,嚇得鄧通冷汗直流,勉強避立一旁。等到大眾走完,又聞文帝傳諭,召令過問。通只得上前數步,到御座前跪下,俯首伏著。至文帝問及姓名,不得不據實陳報。嗣聽得皇言和藹,拔充侍臣,方覺喜出望外,叩頭

第五十一回
老郎官犯顏救魏尚　賢丞相當面劾鄧通

　　謝恩。文帝起身回宮，叫他隨著，他急忙爬起，緊緊跟著御駕，同入宮中。黃頭郎等遠遠望見，統皆驚異，就是文帝左右的隨員，亦俱莫名其妙；於是互相推測，議論紛紛。**我也奇怪**。其實是沒有他故，無非為了鄧通後衣，適有一孔，正與文帝夢中相合，更兼鄧字左旁，是一「登」字，文帝還道助他登天，應屬此人，所以平白地將他拔擢，作為應夢賢臣。**實是呆想**。後來見他庸碌無能，也不為怪，反且日加寵愛。通卻一味將順，雖然沒有異技，足邀睿賞，但能始終不忤帝意，已足固寵梯榮。不到兩三年，竟升任大中大夫，越叨恩遇。有時文帝閒遊，且順便至通家休息，宴飲盡歡，前後賞賜，不可勝計。

　　獨丞相申屠嘉，早已瞧不上眼，要想摔去此奴，湊巧見他怠慢失儀，樂得乘機面劾。及文帝出言迴護，憤憤退歸，自思一不做，二不休，索性遣人召通，令至相府議事，好加懲戒。通聞丞相見召，料他不懷好意，未肯前往，那知一使甫去，一使又來，傳稱丞相有命，鄧通不到，當請旨處斬。通驚慌的了不得，忙入宮告知文帝，泣請轉圜。文帝道：「汝且前去，我當使人召汝便了。」**這是文帝長厚處**。通至此沒法，不得不趨出宮中，轉詣相府。一到門首，早有人待著，引入正廳，但見申屠嘉整肅衣冠，高坐堂上，滿臉帶著殺氣，好似一位活閻羅王。此時進退兩難，只好硬著頭皮，向前參謁，不意申屠嘉開口一聲，便說出一個斬字！有分教：

　　嚴厲足驚庸豎膽，剛方猶見大臣風。

　　畢竟鄧通性命如何，且至下回分解。

　　語有之：觀過知仁。如本回敘述文帝，莫非過舉，但能改過不吝，尚不失為仁主耳。文帝之懲辦魏尚，罪輕罰重，得馮唐數語而即赦之，是文帝之能改過，即文帝之能全仁也。他如公孫臣干進於先，新垣平售欺於

後，文帝幾墮入謎團，復因片語之上陳，舉新垣平而誅夷之，是文帝之能改過，即文帝之能全仁也。厥後因登天之幻夢，授水手以高官，濫予名器，不為無咎。然重丞相而輕倖臣，卒使鄧通之應召，使得示懲，此亦未始因過見仁之一端也。史稱文帝為仁君，其尚非過譽之論乎！

第五十一回
老郎官犯顏救魏尚　賢丞相當面劾鄧通

第五十二回
爭棋局吳太子亡身　肅軍營周亞夫守法

　　卻說鄧通進謁申屠嘉，聽他開口便是一個「斬」字，嚇得三魂中失去兩魂，只好免冠跣足，跪伏地上，叩首乞憐。甲屠嘉卻厲聲道：「朝廷是高皇帝的朝廷，一切朝儀，無論何等人員，均應遵守，汝乃一個小臣，擅敢在殿上戲玩？應作大不敬論，例當斬首？」說至此，便顧視左右府吏，連聲喝道：「斬！斬！……」府吏滿口答應，不過一時未便動手，但為申屠嘉助威恫嚇鄧通。通已抖做一團，儘管向嘉磕頭，如同搗蒜，心中只望朝使到來，替他解救。那知頭額已磕得青腫，甚至血流如注，尚不見有救命恩人，前來解危。**真是急煞**。那申屠嘉還是拍案連呼，定要將他綁出斬首，左右走將過來，正要用手綁縛，忽外面報有詔使，持節前來。申屠嘉方才起座，出迎詔使。使人見了申屠嘉，當即傳旨道：「通不過是朕弄臣，願丞相貸他死罪。」嘉奉到諭旨，始準將通釋放，但尚向通吩咐道：「汝他日若再放肆，就使主上赦汝，老夫卻不肯饒汝了。」通只得唯唯受教。詔使辭別申屠嘉，帶通入宮。通見了文帝，忍不住兩淚直流，嗚咽說道：「臣幾被丞相殺死了！」文帝見他面目紅腫，三分像人，七分像鬼，既好笑，又可憐，便召御醫替他敷治，且叫他此後不宜衝撞丞相。通奉命維謹，不敢再有失禮。文帝寵愛如初，並擢通為上大夫。

第五十二回
爭棋局吳太子亡身　肅軍營周亞夫守法

　　漢自許負以後，相士不絕，輒與公卿等交遊，每談吉凶，嘗有奇驗。文帝既寵愛鄧通，便召入一個有名相士，為通看相。相士直言不諱，竟說通相貌欠佳，將來難免貧窮，甚且餓死。文帝愀然不樂，竟把相士叱退，且慨然說道：「通欲致富，有何難處？但只憑我一言，管教他富貴終身，何至將來餓死呢！」於是下一詔命，竟將蜀郡的嚴道銅山，賞賜與通，且許通自得鑄錢。從前高祖開國，因嫌秦錢過重，約有半兩，所以改鑄莢錢，每文只重一銖半，徑五分，形如榆莢，錢質太輕，遂致物價騰貴，米石萬錢。文帝乃復改制，特鑄四銖錢，併除盜鑄法令，准人民自由鑄錢。賈誼、賈山，皆上書諫阻，文帝不從。當時吳王濞管領東南，覓得故鄣銅山，鑄錢暢行，富埒皇家。至是鄧通也得銅山鑄錢，與吳王東西並峙，東南多吳錢，西北多鄧錢，鄧通的富豪，不問可知。

　　唯通既得此重賜，自然感激不盡，無論如何汙役，也所甘心。會當文帝病癰，竟至潰爛，日夕不安，通想出一法，代為吮吸，漸漸的除去敗膿，得免痛苦。看官試想！這瘡癰中膿血，又臭又腐，何人肯不顧汙穢，用口吮去？獨鄧通情願為此，毫無厭惡，轉令文帝別生他感，觸起愁腸。一夕，由通吮去癰血，嗽過了口，侍立一旁，文帝向通啟問道：「朕撫有天下，據汝看來，究係何人，最為愛朕？」通未知文帝命意，但隨口答道：「至親莫若父子，以情理論，最愛陛下，應無過太子了。」文帝默然不答。到了翌日，太子入宮省疾，正值文帝癰血又流，便顧語太子道：「汝可為我吮去癰血！」太子聞命，不由的皺起眉頭，欲想推辭，又覺得父命難違，沒奈何屏著鼻息，向瘡上吮了一口，慌忙吐去，已是不堪穢惡，幾欲嘔出宿食，勉強忍住。**卻是難受**。文帝瞧著太子形容，就長嘆一聲，叫他退去，仍召鄧通入吮餘血。通照常吮吸，一些兒沒有難色，益使文帝心為感動，寵暱愈甚。唯太子回到東宮，尚覺噁心，暗思吮癰一事，是由何

人作俑，卻使我也去承當？隨即密囑近臣，仔細探聽。旋得復報，乃是鄧通常入宮吮癰，免不得又愧又恨。嗣是與鄧通結成嫌隙，待時報復，事見後文。

　　且說齊王襄助誅諸呂，收兵回國，未幾便即病亡。襄子則嗣立為王，至文帝十五年，又復去世，後無子嗣，遂致絕封。文帝追念前功，不忍撤除齊國，又記起賈誼遺言，曾有國小力弱的主張，**見治安策中**。乃分齊地為六國，盡封悼惠王肥六子為王。長子將閭，仍使王齊，次子志為濟北王，三子賢為菑川王，四子雄渠為膠東王，五子卬為膠西王，六子闢光為濟南王。六王同日受封，並皆蒞鎮，待後再表。**為後文七國造反伏案。**

　　獨吳王濞鎮守東南，歷年已久，勢力漸充，既得銅山鑄錢，**見上文。**復煮海水為鹽，壟斷厚利，國益富強。文帝在位，已十數年，並未聞吳王入朝，但遣子賢入覲一次，就與皇太子相爭，自取禍殃。太子啟與吳太子賢，本是再從堂兄弟，向無仇怨，此時因賢入朝，奉了父命，陪他遊宴，當然和氣相迎，格外歡洽。盤桓了好幾天，相習生狎，漸覺得熟不拘禮，任意笑談。吳太子身旁，又有隨來的師傅，相偕出入，一淘兒逐隊尋歡，除每日酣飲外，又復博弈消閒。兩人對坐舉棋，左立東宮侍臣，右立吳太子師傅，從旁參贊，各有勝負。彼此已賭賽了好幾次，不免有些齟齬，太子啟偶受譏嘲，已帶著三分懊惱，只吳太子尚有童心，未肯見機罷手，還要與皇太子決一雌雄。太子啟也不肯示弱，再與他下棋鬥勝。方罫中間，各圈地點，到了生死關頭，皇太子誤下一著，被吳太子一子掩住，眼見得牽動全域性，都要輸去。皇太子不肯認輸，定要將一著錯棋，翻悔轉來，吳太子如何肯依？遂起爭論。再加吳太子的師傅，多是楚人，秉性強悍，幫著吳太子力爭，你一言，我一語，統說皇太子理屈，一味衝撞。皇太子究係儲君，從未經過這般委屈，怒從心上起，惡向膽邊生，竟順手提起棋

第五十二回
爭棋局吳太子亡身　肅軍營周亞夫守法

盤，向吳太子猛力擲去，吳太子未曾防備，一時不及閃避，被棋盤擲中頭顱，立即暈倒，霎時間腦漿迸流，死於非命。**何苦尋死！**

吳太子師傅等，當然喧鬧起來，幸虧東宮侍臣，保護太子出去，奏明文帝。文帝倒也吃驚，但又不好加罪太子，只得訓戒一番，更召入吳太子師傅等，好言勸慰。一面厚殮吳太子，令他師傅等送柩回吳。吳王濞悲恨交併，不願收受，且怒說道：「方今天下一家，死在長安，便葬在長安，何必送來？」當下派吏截住棺木，仍叫他發回長安。文帝聞報，也就把他埋葬了事。從此吳王濞心存怨望，不守臣節，每遇朝使到來，驕倨無禮。朝使返報文帝，文帝也知他為子啣恨，原諒三分。復遣使臣召濞入京，意欲當面排解，釋怨修和。偏濞不願應召，託詞有病，卻回朝使。文帝又使人至吳探問，見濞並無病容，自然據實返報。文帝倒也惹動怒意，見有吳使入京，即令有司將他拘住，下獄論罪。已而又有吳使西來，賄託前郎中令張武，代為先容，才得面見文帝。文帝開言責問，無非是說吳王何故詐病，不肯入朝？吳使從容答語道：「古人有言，察見淵魚者不祥。吳王為子冤死，託病不朝，今被陛下察覺，連繫使臣，近日吳王很是憂懼，唯恐受誅。若陛下再加急迫，是吳王越不敢入朝了。臣願陛下不咎既往，使彼自新，人孰無良，得陛下如此寬容，難道尚不悅服麼？」**可謂善於措詞。**文帝聽了，很覺有理，遂將所繫吳使，一併放歸，且遣人齎了几杖，往賜吳王，傳語吳王年老，可使免朝。吳王濞自然拜命，不敢生心。

唯當時吳王不反，也虧有一人從中阻止，所以能使積驕積怨的強藩，暫就羈縻。是人為誰？就是前中郎將袁盎。盎屢次直諫，也為文帝所厭聞，把他外調，出任隴西都尉。未幾，即遷為齊相，嗣復由齊徙吳。盎有兄子袁種，私下諫盎道：「吳王享國已久，驕恣日甚，今公往為吳相，若欲依法糾治，必觸彼怒，彼不上書劾公，必將挾劍刺公了！為公設法，最

好是一切不問。南方地勢卑溼，樂得借酒消遣，既可除病，又可免災。只教勸導吳王，不使造反，便可不至生禍了。」盎依了種言，到吳後，如法辦理，果得吳王優待。不過有時晤談，總勸吳王安守臣道，吳王倒也聽從，所以盎在吳國，吳王總算勉抑雄心，蹉跎度日。後來袁盎入都，吳王始生變志，這是後話。唯張武曾受吳賂，漸為文帝所聞，文帝並不說破，索性加賜武金，叫他自愧，以賞為罰。不可謂非文帝的權術呢！**此事亦未足為訓。**

且說文帝自改元後，又過了好幾年，承平如故，政簡刑清，就是控御匈奴，也主張修好，無志用兵。當改元後二年時，復遣使致書匈奴，推誠與語，各敦睦誼，書中有「和親以後，漢過不先」等語。匈奴主老上單于，即稽粥，**見前文。**亦令當戶且渠兩番官，**當戶且渠皆匈奴官名。**獻馬兩匹，覆書稱謝。文帝乃詔告全國道：

朕既不明，不能遠德，使方外之國，或不寧息。夫四荒之外，不安其生，封圻之內，勤勞不處，二者之咎，皆由於朕之德薄，不能達遠也。間者累年匈奴並暴邊境，多殺吏民，邊臣吏民，又不能諭其內志，以重吾不德，夫久結難連兵，中外之國，將何以自寧？今朕夙興夜寐，勤勞天下，憂苦萬民，為之惻怛不安，未嘗一日忘於心，故遣使者冠蓋相望，結轍於道，以諭朕志於單于。今單于反古之道，計社稷之安，便萬民之利，新與朕俱棄細過，偕之大道，結兄弟之義，以全天下元元之民，和親以定，始於今年。

過了兩年，老上單于病死，子軍臣單于繼立，遣人至漢廷報告。文帝又遣宗室女往嫁，重申和親舊約。軍臣單于得了漢女為妻，卻也心滿意足，無他妄想。偏漢奸中行說，屢勸軍臣單于伺隙入寇。軍臣單于起初是不願背約，未從說言，旋經說再三慫恿，把中國的子女玉帛，滿口形容，

第五十二回
爭棋局吳太子亡身　肅軍營周亞夫守法

使他垂涎，於是軍臣單于竟為所動，居然興兵犯塞，與漢絕交。文帝後六年冬月，匈奴兵兩路侵邊，一入上郡，一入雲中，統共有六萬餘騎，分道揚鑣，沿途擄掠。防邊將吏，已有好幾年不動兵戈，驚聞虜騎南來，正是出人不意，慌忙舉起烽火，報告遠近。一處舉烽，各處並舉，火光煙焰，直達到甘泉宮。文帝聞警，急調出三路人馬，派將統率，往鎮三邊。一路是出屯飛狐，統將是中大夫令勉；一路是出屯句注，統將是前楚相蘇意；一路是出屯北地，統將係前郎中令張武。這三路兵同日出發，星夜前往，文帝尚恐有疏虞，驚動都邑，乃復令河內太守周亞夫，駐兵細柳，宗正劉禮，駐兵霸上，祝茲侯徐厲，駐兵棘門。內外戒嚴，緩急有備，文帝才稍稍放心。

過了數日，御駕復親出勞軍，先至霸上，次至棘門，統是直入營中，不先通報。劉、徐兩將軍，深居帳內，直至警蹕入營，才率部將往迎文帝，面色都帶著慌張，似乎事前失候，踧踖不安，文帝雖瞧料三分，但也不以為怪，隨口撫慰數語，便即退出。兩營將士，統送出營門，拜辭御駕，不勞細述。及移蹕至細柳營，遙見營門外面，甲士森列，或持刀，或執戟，或張弓挾矢，彷彿似臨敵一般。文帝見所未見，暗暗稱奇，當令先驅傳報，說是車駕到來。營兵端立不動，喝聲且住，並正色相拒道：「我等只聞將軍令，不聞天子詔！」**語可屈鐵，擲地作金石聲。**先驅還報文帝，文帝麾動車駕，自至營門，又被營兵阻住，不令進去。文帝乃取出符節，交與隨員，使他入營通報。亞夫才接見來使，傳令開門。營兵將門開著，放入車駕，一面囑咐御車，傳說軍令道：「將軍有約，軍中不得馳驅！」文帝聽說，也只好按轡徐行。到了營門裡面，始見亞夫從容出迎，披甲佩劍，對著文帝行禮，作了一個長揖，口中說道：「甲冑之士不拜，臣照軍禮施行。請陛下勿責！」文帝不禁動容，就將身子略俯，憑式

致敬,並使人宣諭道:「皇帝敬勞將軍。」亞夫帶著軍士,肅立兩旁,鞠躬稱謝。文帝又親囑數語,然後出營。亞夫也未曾相送,一俟文帝退出,仍然閉住營門,嚴整如故。文帝回顧道:「這才算是真將軍了!彼霸上、棘門的將士,好同兒戲,若被敵人襲擊,恐主將也不免成擒,怎能如亞夫謹嚴,無隙可乘呢?」說罷回宮,還是稱善不置。

嗣接邊防軍奏報,虜眾已經出塞,可無他慮,文帝方將各路人馬,依次撤回,遂擢周亞夫為中尉。亞夫即絳侯周勃次子。勃二次就國,不久病逝。長子勝之襲爵,弟亞夫為河內守。聞老嫗許負,尚是活著,素稱善相,**許負相人,屢見前文中**。因特邀至署中,令他相視。許負默視多時,方語亞夫道:「據君貴相,何止郡守,再過三年,便當封侯。八年以後,出將入相,手秉國鈞,人臣中獨一無二了。可惜結局欠佳!」亞夫道:「莫非要犯罪遭刑麼?」許負道:「這卻不至如此。」亞夫再欲窮詰,許負道:「九年後自有分曉,毋待老婦曉曉。」亞夫道:「這也何妨直告。」許負道:「依相直談,恐君將餓死。」亞夫冷笑道:「汝說我將封侯,已出意外,試想我兄承襲父爵,方受侯封,就使兄年不永,自有兄子繼任,也輪不到我身上,如何說應封侯呢?若果如汝言,既得封侯,又兼將相,為何尚致餓死?此理令人難解,還請指示明白。」許負道:「這卻非老婦所能預曉,老婦不過依相論相,方敢直言。」說至此,即用手指亞夫口旁道:「這兩處有直紋入口,法應餓死。」**許負所言相法,不知從何處學來?**亞夫又驚又疑,幾至呆若木雞,許負揖別自去。說也奇怪,到了三年以後,亞夫兄勝之,坐殺人罪,竟致奪封。文帝因周勃有功,另選勃子繼襲,左右皆推許亞夫,得封條侯。至細柳成名,進任中尉,就職郎中,差不多要入預政權了。

約莫過了年餘,文帝忽然得病,醫藥罔效,竟至彌留。太子啟入侍榻

第五十二回
爭棋局吳太子亡身　肅軍營周亞夫守法

前，文帝顧語後事，且諄囑太子道：「周亞夫緩急可恃，將來如有變亂，儘可使他掌兵，不必多疑。」**卻是知人**。太子啟涕泣受教。時為季夏六月，文帝壽數已終，瞑目歸天，享年四十六歲。總計文帝在位二十三年，宮室苑囿，車騎服御，毫無增益，始終愛民如子，視有不便，當即取銷。嘗欲作一露臺，估工費須百金，便慨然道：「百金乃中人十家產業，我奉先帝宮室，尚恐不能享受，奈何還好築臺呢？」遂將露臺罷議。平時衣服，無非弋綈。**弋，黑色；綈厚，繒**。所幸慎夫人，衣不曳地，帷帳無文繡，所築霸陵，統用瓦器，凡金銀銅錫等物，概屏勿用。每遇水旱偏災，發粟蠲租，唯恐不逮。因此海內安寧，家給人足，百姓安居樂業，不致犯法。每歲斷獄，最多不過數百件，有刑措風。史稱文帝為守成令主，不亞周時成康。唯遺詔令天下短喪，未免令人遺議，說他不循古禮，此外卻沒有什麼指摘了。小子有詩讚道：

博得清時令主名，廿年歌頌遍蒼生。
從知王道為仁恕，但解安民便太平。

文帝既崩，太子啟當然嗣位。欲知嗣位後事，容至下回說明。

文帝即位改元，便立皇子啟為太子，當時太子尚幼，無甚表見，至文帝二次改元，太子年已逾冠矣。吳太子入朝，與飲可也，與博則不可。況為區區爭道之舉，即舉博局擲殺之，雖未始非吳太子之自取，然其陰鷙少恩，已可概見。即如鄧通吮癰一事，引為深恨，通固不近人情，太子亦未免量狹。較諸乃父之寬仁，相去遠矣。周亞夫駐軍細柳，立法森嚴，天子且不能遽入，遑問他人。將才如此，原可大用，然非文帝有知人之明，幾何不至鍛鍊成獄，誣以大逆乎？司馬穰苴受知於齊景，孫武子受知於吳闔廬，周亞夫受知於漢文帝，有良將必賴明君，此良臣之所以擇主而事也。

第五十三回
嘔心血氣死申屠嘉　主首謀變起吳王濞

　　卻說太子啟受了遺命，即日嗣位，是謂景帝。尊太后薄氏為太皇太后，皇后竇氏為皇太后，一面令群臣會議，恭擬先帝廟號。當由群臣復奏，上廟號為孝文皇帝。丞相申屠嘉等，又言功莫大於高皇帝，德莫大於孝文皇帝，應尊高皇帝為太祖，孝文皇帝為太宗，廟祀千秋，世世不絕。就是四方郡國，亦宜各立太宗廟，有詔依議。當下奉文帝遺命，令臣民短喪，且匆匆奉葬霸陵。至是年孟冬改元，就稱為景帝元年。廷尉張釋之，因景帝為太子時，與梁王共車入朝，不下司馬門，曾有劾奏情事，**見前文**。至是恐景帝記恨，很是不安，時向老隱士王生問計。王生善談黃老，名盛一時，盈廷公卿，多折節與交。釋之亦嘗在列。王生竟令釋之結襪，釋之不以為嫌，屈身長跪，替他結好，因此王生看重釋之，恆與往來。及釋之問計，王生謂不如面謝景帝，尚可無虞。釋之依言入謝，景帝卻說他守公奉法，應該如此。但口雖如此對付，心中總不能無嫌。才過半年，便將釋之遷調出去，使為淮南相，另用張歐為廷尉。歐嘗為東宮侍臣，治刑名學，但素性樸誠，不尚苛刻，屬吏卻也悅服，未敢相欺。景帝又減輕笞法，改五百為三百，三百為二百，總算是新政施仁，曲全罪犯。再加廷尉張歐，持平聽訟，獄無冤滯，所以海內聞風，謳歌不息。

第五十三回
嘔心血氣死申屠嘉　主首謀變起吳王濞

　　轉眼間已是二年，太皇太后薄氏告終，出葬南陵。薄太后有姪孫女，曾選入東宮，為景帝妃，景帝不甚寵愛，只因戚誼相聯，不得已立她為后。**為下文被廢張本。**更立皇子德為河間王，閼為臨江王，餘為淮陽王，非為汝南王，彭祖為廣州王，發為長沙王。長沙舊為吳氏封地，文帝末年，長沙王吳芮病歿，無子可傳，撤除國籍，因把長沙地改封少子，這也不必細表。**前後交代，界劃清楚。**

　　且說太子家人晁錯，在文帝十五年間，對策稱旨，已擢任中大夫。及景帝即位，錯為舊屬，自然得蒙主寵，超拜內史。屢參謀議，每有獻納，景帝無不聽從。朝廷一切法令，無不變更，九卿中多半側目。就是丞相申屠嘉，也不免嫉視，恨不得將錯斥去。錯不顧眾怨，任意更張，擅將內史署舍，開闢角門，穿過太上皇廟的短牆。太上皇廟，就是高祖父太公廟，內史署正在廟旁，向由東門出入，欲至大道，必須繞過廟外短牆，頗覺不便。錯未曾奏聞，便即擅闢，竟將短垣穿過，築成直道。申屠嘉得了此隙，即令府吏繕起奏章，彈劾錯罪，說他蔑視太上皇，應以大不敬論，請即按律加誅。這道奏章尚未呈入，偏已有人聞知，向錯通報，錯大為失色，慌忙乘夜入宮，叩閽進見。景帝本准他隨時白事，且聞他夤夜進來，還道有什麼變故，立即傳入。及錯奏明開門事件，景帝便向錯笑說道：「這有何妨，儘管照辦便了。」錯得了此言，好似皇恩大赦一般，當即叩首告退。**是夕好放心安睡了。**

　　那申屠嘉如何得悉？一俟天明，便懷著奏章，入朝面遞，好教景帝當時發落，省得懸擱起來。既入朝堂，略待須臾，便見景帝出來視朝。當下帶同百官，行過常禮，就取出奏章，雙手捧上。景帝啟閱已畢，卻淡淡的顧語道：「晁錯因署門不便，另闢新門，只穿過太上皇廟的外牆，與廟無損，不足為罪，且係朕使他為此，丞相不要多心。」嘉碰了這個釘子，只

好頓首謝過，起身退歸。回至相府，懊惱得不可名狀，府吏等從旁驚問，嘉頓足說道：「我悔不先斬錯，乃為所賣，可恨可恨！」說著，喉中作癢，吐出了一口黏痰，色如桃花。府吏等相率大驚，忙令侍從扶嘉入臥，一面延醫調理。俗語說得好，心病還須心藥治，嘉病是因錯而起，錯不除去，嘉如何能瘥？眼見是日日嘔血，服藥無靈，終致畢命。**急性子終難長壽**。景帝聞喪，總算遣人賜賻，予諡曰節，便升御史大夫陶青為丞相，且擢晁錯為御史大夫。錯暗地生歡，不消細說。

　　唯大中大夫鄧通，時已免官，他還疑是申屠嘉反對，把他劾去。及嘉已病死，又想運動起復，那知免官的原因，是為了吮癰遺嫌，結怨景帝，景帝把他黜免，他卻還想做官，豈不是求福得禍麼？一道詔下，竟把他拘繫獄中，飭吏審訊。通尚未識何因，至當堂對簿，方知有人告訐，說他盜出徼外鑄錢。這種罪名，全是捕風捉影，怎得不極口呼冤。偏問官隱承上意，將假成真，一番誘迫，硬要鄧通自誣，通偷生怕死，只好依言直認。及問官復奏上去，又得了一道嚴詔，收回嚴道銅山，且將家產抄沒，還要令他交清官債。通已做了面團團的富翁，何至官款未還？這顯是羅織成文，砌成此罪。通雖得出獄，已是家破人空，無從居食。還是館陶長公主，記著文帝遺言，不使餓死，特遣人齎給錢物，作為賙濟。怎曉得一班虎吏，專知逢迎天子，竟把通所得賞賜，悉數奪去。甚至渾身搜檢，連一簪都不能收藏。可憐鄧通得而復失，仍變做兩手空空。長公主得知此事，又私下給予衣食，叫他託詞借貸，免為吏取。通遵著密囑，用言搪塞，還算活了一兩年。後來長公主無暇顧及，通不名一錢，寄食人家，有朝餐，無晚餐，終落得奄奄餓死，應了相士的前言。**大數難逃，吮癰何益**。

　　唯晁錯接連升任，氣焰愈張，嘗與景帝計議，請減削諸侯王土地，第一著應從吳國開手。所上議案，大略說是：

第五十三回
嘔心血氣死申屠嘉　主首謀變起吳王濞

前高帝初定天下，昆弟少，諸子弱，大封同姓，齊七十餘城，楚四十餘城，吳五十餘城，封三庶孽，半有天下。今吳王前有太子之隙，詐稱病不朝，於古法當誅，文帝不忍，因賜幾杖，德至厚也，當改過自新，反益驕恣，即山鑄錢，煮海水為鹽，誘天下亡人，潛謀作亂。今削亦反，不削亦反。削之其反亟，禍小，不削則反遲，禍大。**末二語未嘗無識。**

景帝平日，也是懷著此念，欲削王侯。既得錯議，便令公卿等複議朝堂，大眾莫敢駁斥。獨詹事竇嬰，力言不可，乃將錯議暫行擱起。竇嬰字王孫，係竇太后從姪，官雖不過詹事，未列九卿，但為太后親屬，卻是有此權力，所以不畏晁錯，放膽力爭。錯當然恨嬰，唯因嬰有內援，卻也未便強辯，只得暫從含忍，留作後圖。景帝三年冬十月，梁王武由鎮入朝，武係竇太后少子，由淮陽徙梁，**事見前文。**統轄四十餘城，地皆膏腴，收入甚富，歷年得朝廷賞賜，不可勝計，府庫金錢，積至億萬，珠玉寶器，比京師為多。景帝即位，武已入覲二次，此番復來朝見，當由景帝派使持節，用了乘車駟馬，出郊迎接。待至闕下，由武下車拜謁，景帝即起座降殿，親為扶起，攜手入宮。竇太后素愛少子，景帝又只有這個母弟，自然曲體親心，格外優待。既已謁過太后，當即開宴接風，太后上座，景帝與武左右分坐，一母兩兒，聚首同堂，端的是天倫樂事，喜氣融融。景帝酒後忘情，對著幼弟歡欣與語道：「千秋萬歲後，當將帝位傳王。」武得了此言，且喜且驚。明知是一句醉話，不便作真，但既有此一言，將來總好援為話柄，所以表面上雖然謙謝，心意中卻甚歡愉。竇太后越加快慰，正要申說數語，使景帝訂定密約，不料有一人趨至席前，引卮進言道：「天下乃高皇帝的天下，父子相傳，立有定例，皇上怎得傳位梁王？」說著，即將酒卮捧呈景帝，朗聲說道：「陛下今日失言，請飲此酒。」景帝瞧著，乃是詹事竇嬰，也自覺出言冒昧，應該受罰，便將酒卮接受，一飲而盡。獨

梁王武橫目睨嬰，面有慍色，更著急的乃是竇太后，好好的一場美事，偏被那姪兒打斷，真是滿懷鬱憤，無處可伸。隨即罷席不歡，悵然入內。景帝也率弟出宮，嬰亦退去。翌日，即由嬰上書辭職，告病回家。竇太后餘怒未平，且將嬰門籍除去，此後不准入見。**門籍謂出入殿門戶籍。**梁王武住了數日，也辭行回國去了。

御史大夫晁錯，前次為了竇嬰反對，停消議案，此次見嬰免職，暗地生歡，因復提出原議，勸景帝速削諸王，毋再稽遲。議尚未決，適逢楚王戊入朝，錯遂吹毛索瘢，說他生性漁色，當薄太后喪葬時，未嘗守制，仍然縱淫，依律當加死罪，請景帝明正典刑。**太覺辣手。**這楚王戊係景帝從弟，乃祖就是元王劉交。**即高祖同父少弟，歿諡曰元，前文中亦曾敘過。**劉交王楚二十餘年，嘗用名士穆生、白生、申公為中大夫，敬禮不衰。穆生素不嗜酒，交與飲時，特為置醴，借示敬意。及交歿後，長子闢非先亡，由次子郢客嗣封。郢客繼承先志，仍然優待三人。未幾郢客又歿，子戊襲爵。起初尚勉繩祖武，後來漸耽酒色，無意禮賢，就使有時召宴穆生，也把醴酒失記，不為特設。穆生退席長嘆道：「醴酒不設，王意已怠，我再若不去，恐不免受鉗楚市了。」遂稱疾不出。申公、白生，與穆生同事多年，聞他有疾，忙往探省。既入穆生家內，穆生雖然睡著，面上卻沒有什麼病容，當下瞧透隱情，便同聲勸解道：「君何不念先王舊德，乃為了嗣王忘醴，小小失敬，就臥病不起呢？」穆生喟然道：「古人有言，君子見機而作，不俟終日。先王待我三人，始終有禮，無非為重道起見，今嗣王禮貌寖衰，是明明忘道了。王既忘道，怎可與他久居？我豈但為區區醴酒麼？」申公、白生也嘆息而出，穆生竟謝病自去。**不愧知機。**戊不以為意，專從女色上著想，採選麗姝，終日淫樂，所以薄太后喪訃到來，並沒有什麼哀戚，仍在後宮，倚翠偎紅，自圖快活，太傅韋孟，作詩諷諫，

第五十三回
嘔心血氣死申屠嘉　主首謀變起吳王濞

　　毫不見從，孟亦辭歸。戊以為距都甚遠，朝廷未必察覺，樂得花天酒地，娛我少年。那知被晁錯查悉，竟乘戊入朝時，索取性命。還虧景帝不忍從嚴，但削奪東海郡，仍令回國。

　　錯既得削楚，複議削趙，也將趙王遂摘取過失，把他常山郡削去。**趙王遂即幽王友子，見前文。**又聞膠西王卬，**係齊王肥第五子，見前文。**私下賣爵，亦提出彈劾，削去六縣。三國已皆怨錯，唯一時未敢遽動，錯遂以為安然無忌，就好趁勢削吳。正在興高采烈的時候，忽來了一個蒼頭白髮的老人，踵門直入，見了錯面，即皺眉與語道：「汝莫非尋死不成？」錯聞聲一瞧，乃是自己的父親，慌忙扶令入座，問他何故前來。錯父說道：「我在穎川家居，卻也覺得安逸，今聞汝為政用事，硬要侵削王侯，疏人骨肉，外間已怨聲載道，究屬何為？所以特來問汝！」錯應聲道：「怨聲原是難免，但今不為此，恐天子不尊，宗廟不固。」錯父遽起，向錯長嘆道：「劉氏得安，晁氏心危，我年已老，實不忍見禍及身，不如歸去罷。」**此老卻也有識。**錯尚欲挽留，偏他父接連搖首，揚長自去。及錯送出門外，也不見老父回顧，竟爾登車就道，一溜煙似的去了。錯還入廳中，躊躇多時，總覺得箭在弦上，不得不發，只好違了父囑，一意做去。

　　吳王濞聞楚、趙、膠西，並致削地，已恐自己波及，也要坐削。忽由都中傳出消息，說是晁錯議及削吳，果然不出所料，自思束手待斃，終屬不妙，不如先發制人，或可洩憤。唯獨力恐難成事，總須聯繫各國，方好起兵。默計各國諸王，要算膠西王最有勇力，為眾所憚，況曾經削地，必然懷恨，何妨遣人前往，約同起事。計畫已定，即令中大夫應高，出使膠西。膠西王卬，聞有吳使到來，當即召見，問明來意。應高道：「近日主上任用邪臣，聽信讒賊，侵削諸侯，誅罰日甚。古語有言，刮糠及米。吳與膠西，皆著名大國，今日見削，明日便恐受誅。吳王抱病有年，不能朝

請，朝廷不察，屢次加疑，甚至吳王脅肩累足，尚懼不能免禍。今聞大王因封爵小事，還且被削，罪輕罰重，後患更不堪設想了。未知大王曾預慮否？」卬答道：「我亦未嘗不憂，但既為人臣，也是無法，君將何以教我？」應高道：「吳王與大王同憂，所以遣臣前來，請大王乘時興兵，拚生除患。」卬不待說完，即瞿然驚起道：「寡人何敢如此！主上操持過急，我輩只有拚著一死，怎好造反呢？」高接說道：「御史大夫晁錯，熒惑天子，侵奪諸侯，各國都生叛意，事變已甚，今復彗星出現，蝗蟲並起，天象已見，正是萬世一時的機會。吳王已整甲待命，但得大王許諾，便當合約楚國，西略函谷關，據住滎陽敖倉的積粟，守候大王，待大王一到，並師入都，唾手成功，那時與大王中分天下，豈不甚善！」卬聽了此言，禁不住高興起來，便即極口稱善，與高立約，使報吳王。吳王濞尚恐變卦，復扮作使臣模樣，親至膠西，與卬面訂約章。卬願糾合齊、菑川、膠東、濟南諸國，濞願糾合楚、趙諸國。彼此說妥，濞遂歸吳，卬即遣使四出，與約起事。

　　膠西群臣，有幾個見識高明，料難有成，向卬進諫道：「諸侯地小，不能當漢十分之二，大王無端起反，徒為太后加憂，實屬非計！況今天下只有一主，尚起紛爭，他日果僥倖成事，變做兩頭政治，豈不是越要滋擾麼！」卬不肯從。**利令智昏**。旋得各使返報，謂齊與菑川、膠東、濟南諸國，俱願如約。卬喜如所望，飛書報吳，吳亦遣使往說楚、趙。楚王戊早已歸國，正是憤恨得很，還有什麼不允？申公、白生，極言不可，反致觸動戊怒，把二人連繫一處，使服赭衣，就市司舂。楚相張尚、太傅趙夷吾，再加諫阻，竟被戊喝令斬首。**狂暴至此，不亡何待**。遂調動兵馬，起應吳王。趙王遂也應許吳使，趙相建德內史王悍，苦諫不聽，反致燒死。**比戊還要殘忍**。於是吳、楚、趙、膠西、膠東、菑川、濟南七國，同時舉兵。

第五十三回
嘔心血氣死申屠嘉　主首謀變起吳王濞

　　獨齊王將閭，前已與膠西連謀，忽覺此事不妙，幡然變計，斂兵自守。還有濟北王志，本由膠西王號召，有意相從，適值城壞未修，無暇起應，更被郎中令等將王監束，不得發兵。膠西王印，因齊中途悔約，即與膠東、菑川、濟南三國，合兵圍齊，擬先把臨淄攻下，然後往會吳兵。**就是失機。**唯趙王遂出兵西境，等候吳、楚兵至，一同西進，又遣使招誘匈奴，使為後援。

　　吳王濞已得六國響應，就遍徵國中士卒，出發廣陵，且下令軍中道：「寡人年六十二，今自為將，少子年甫十四，亦使作前驅，將士等年齒不同，最老不過如寡人，最少不過如寡人少子，應各自努力，圖功待賞，不得有違！」軍中聽著命令，未盡贊成，但也不能不去，只好相率西行，魚貫而出，差不多有二十萬人。濞又與閩越、東越諸國，**東越即東甌。**通使貽書，請兵相助。閩越猶懷觀望，東越卻發兵萬人，來會吳軍。吳軍渡過淮水，與楚王戊相會，勢焰尤威，再由濞致書淮南諸王，誘令出兵。淮南分為三國，事見前文。淮南王劉安，係屬王長孽子，尚記父仇，得濞貽書，便欲發兵，偏中了淮南相的計謀，佯請為將，待至兵權到手，即不服安命，守境拒吳。**劉安不即誅死，還虧此相。**衡山王勃，不願從吳，謝絕吳使。廬江王賜，意在觀望，含糊答覆。吳王濞見三國不至，又復傳檄四方，託詞誅錯。當時諸侯王共有二十二國，除楚、趙、膠西、膠東、菑川、濟南與吳同謀外，餘皆裹足不前。齊、燕、城陽、濟北、淮南、衡山、廬江、梁、代、河間、臨江、淮陽、汝南、廣川、長沙共十五國加入同叛七國，合得二十二國。濞已勢成騎虎，也顧不得禍福利害，竟與楚王戊合攻梁國。梁王武飛章入都，火急求援。景帝聞報，不覺大驚，亟召群臣入朝，會議討逆事宜。小子有詩嘆道：

封建翻成亂國媒，叛吳牽率叛兵來。
　　追原禍始非無自，總為時君太好猜。

　　景帝會議討逆，當有一人出奏，請景帝御駕親征，欲知此人為誰，待至下回再表。

　　申屠嘉雖稱剛正，而性太躁急，不合為相。相道在力持大體，徒以嚴峻為事，非計也。觀其檄召鄧通，擅欲加誅，已不免失之鹵莽。幸而文帝仁柔，鄧通庸劣，故不致嫁禍己身耳。彼景帝之寬，不逮文帝，晁錯之狡，遠過鄧通，嘉乃欲以待鄧通者待晁錯，適見其惑也。嘔血而死得保首領，其猶為申屠嘉之幸事歟？若鄧通之不死嘉手，而終致餓斃，銅山無濟，愈富愈窮，彼之熱中富貴者，不知以通為鑑，尚營營逐逐，於朝市之間，果胡為者？吳王濞首先發難，連兵叛漢，雖晁錯之激成，終覺野心之未饜，名不正，言不順，是而欲僥倖成功也，寧可得乎？彼楚、趙、膠西、膠東、菑川、濟南諸王，則更為不度德、不量力之徒，以一國為孤注，其愚更不足道焉。

第五十三回
嘔心血氣死申屠嘉　主首謀變起吳王濞

第五十四回
信袁盎詭謀斬御史　遇趙涉依議出奇兵

　　卻說景帝聞七國變亂，吳為首謀，已與楚兵連合攻梁，急得形色倉皇，忙召群臣會議。當有一人出班獻策，請景帝親自出征。這人為誰？就是主議削吳的晁錯。景帝道：「我若親征，都中由何人居守？」晁錯道：「臣當留守都中。陛下但出兵滎陽，堵住叛兵，就是徐潼一帶，暫時不妨棄去，令彼得地生驕，自減銳氣，方可用逸制勞，一鼓平亂。」景帝聽著，半晌無言。猛記得文帝遺言，謂天下有變，可用周亞夫為將，因即掉頭左顧，見亞夫正端立一旁，便召至案前，命他督兵討逆，亞夫直任不辭。景帝大喜，遂升亞夫為太尉，命率三十六將軍，出討吳、楚，亞夫受命即行。景帝遣發亞夫，正想退朝，偏又接到齊王急報，速請援師。景帝躊躇多時，方想著竇嬰忠誠，可付大任，乃特派使臣持節，召嬰入朝。**既用周亞夫，又召入竇嬰，不可謂景帝不明。**嬰已免官家居，使節往返，不免需時，景帝未便坐待，當然退朝入內。及嬰與使臣到來，景帝正進謁太后，陳述意見。**應該有此手續。**嬰雖違忤太后，被除門籍，但此時是奉旨特召，門吏怎敢攔阻？自然放他進去。他卻趨入太后宮中，拜見太后及景帝。景帝即命嬰為將，使他領兵救齊。嬰拜辭道：「臣本不才，近又患病，望陛下另擇他人。」景帝知嬰尚記前嫌，未肯效力，免不得勸慰數語，仍令就任。嬰再三固辭，景帝作色道：「天下方危，王孫**即嬰字，見上。**誼

第五十四回
信袁盎詭謀斬御史　遇趙涉依議出奇兵

關國戚，難道可袖手旁觀麼？」嬰見景帝情詞激切，又暗窺太后形容，也帶著三分愧色，自知不便固執，乃始承認下去。景帝就命嬰為大將軍，且賜金千斤。嬰謂齊固當援，趙亦宜討，特保薦欒布、酈寄兩人，分統軍馬。景帝依議，拜兩人併為將軍，使欒布率兵救齊，酈寄引兵擊趙，都歸竇嬰節制。

嬰拜命而出，先在都中，暫設軍轅，即將所賜千金，陳諸廊下。一面招集將士，分委軍務，應需費用，令就廊下自取。不到數日，千金已盡，無一入私，因此部下感激，俱樂為用。嬰又日夕部署，擬即出發滎陽，忽有故吳相袁盎乘夜謁嬰，嬰立即延入，與談時事。盎說及七國叛亂，由吳唆使，吳為不軌，由錯激成，但教主上肯聽盎言，自有平亂的至計。嬰前時與錯相爭，互有嫌隙，此時聽了盎言，好似針芥相投，格外合意。**嬰、錯爭論，見前回。**因留盎住宿軍轅，願為奏達。盎暗喜道：「晁錯，晁錯，看汝今日尚能逞威否？」原來盎與錯素不相容，雖同為朝臣，未嘗同堂與語，至錯為御史大夫，創議削吳，盎方辭去吳相，回都覆命，錯獨說盎私受吳王財物，應該坐罪，有詔將盎免官，赦為庶人。及吳、楚連兵攻梁，錯又囑語丞史，重提前案，欲即誅盎，還是丞史替盎解說，謂盎不宜有謀，且吳已起兵，窮治何益，錯乃稍從緩議。偏已有人向盎告知，盎遂進見竇嬰，要想靠嬰勢力，乘間除錯。嬰與他意見相同，那有不替他入奏。

景帝聞得盎有妙策，自然召見。盎拜謁已畢，望見錯亦在側，正是冤家相遇，格外留心。但聽景帝問道：「吳、楚造反，君意將如何處置？」盎隨口答道：「陛下儘管放懷，不必憂慮。」景帝道：「吳王倚山鑄錢，煮海為鹽，誘致天下豪傑，白頭起事，若非計出萬全，豈肯輕發？怎得說是不必憂呢！」盎又道：「吳只有銅鹽，並無豪傑，不過招聚無賴子弟，亡命奸人，一鬨為亂，臣故說是不必憂呢。」錯正入白調餉事宜，急切不能

趨避，只好呆立一旁，待盎說了數語，已是聽得生厭，便從旁插入道：「盎言甚是，陛下只準備兵食便了。」偏景帝不肯聽錯，還要窮根到底，詳問計策，盎答道：「臣有一計，定能平亂，但軍謀須守祕密，不便使人與聞。」**明明是為了晁錯。**景帝因命左右退去，唯錯不肯行，仍然留著。盎暗暗著急，又向景帝面請道：「臣今所言，無論何人，不宜得知。」**何必這般鬼祟！**景帝乃使錯暫退，錯不好違命，悻悻的趨往東廂。盎四顧無人，才低聲說道：「臣聞吳、楚連謀，彼此書信往來，無非說是高帝子弟，各有分土。偏出了賊臣晁錯，擅削諸侯，欲危劉氏，所以眾心不服，連兵西來，志在誅錯，求復故土。誠使陛下將錯處斬，赦免吳、楚各國，歸還故地，彼必罷兵謝罪，歡然回國，還要遣什麼兵將，費什麼軍餉呢！」景帝為了親征計議，已是動疑，此次聽了盎言，越覺錯有歹心，所以前番力請親征，自願守都，損人利己，煞是可恨。因復對盎答說道：「如果可以罷兵，我亦何惜一人，不謝天下！」盎乃答說道：「愚見如此，唯陛下熟思後行。」景帝竟面授盎為太常，使他祕密治裝，赴吳議和，盎受命而去。

　　晁錯尚莫名其妙，等到袁盎退出，仍至景帝前續陳軍事，但見景帝形容如舊，倒也看不出什麼端倪。又未便問及袁盎所言，只好說完本意，悵然退歸。約莫過了一旬，也不見有特別詔令，還道袁盎無甚異議，或雖有異言，未邀景帝信從，因此毫無動靜。那知景帝已密囑丞相陶青、廷尉張歐等劾奏錯罪，說他議論乖謬，大逆不道，應該腰斬，家屬棄市。景帝又親加手批，准如所奏，不過一時未曾發落，但召中尉入宮，授與密詔，且囑附了好幾語，使他依旨施行。中尉領了密旨，乘車疾馳，直入御史府中，傳旨召錯，立刻入朝。錯驚問何事？中尉詭稱未知，但催他快快登車，一同前去。錯連忙穿好冠帶，與中尉同車出門。車伕已經中尉密囑，一手靮車，一手揚鞭，真是非常起勁，與風馳電掣相似。錯從車內顧著外

第五十四回
信袁盎詭謀斬御史　遇趙涉依議出奇兵

面，驚疑的了不得，原來車路所經，統是都市，並非入宮要道。正要開口詰問中尉，車已停住，中尉一躍下車，車旁早有兵役待著，由中尉遞了一個暗號，便回首向錯道：「晁御史快下車聽詔！」錯見停車處乃是東市，向來是殺頭地方，為何叫我此處聽旨，莫非要殺我不成！一面想，一面下車，兩腳方立住地上，便由兵役趨近，把錯兩手反縛，牽至法場，令他長跪聽詔。中尉從袖中取出詔書，宣讀到應該腰斬一語，那晁錯的頭顱，已離了脖項，墮地有聲。**敘得新穎**。身上尚穿著朝服，未曾脫去。中尉也不復多顧，仍然上車，還朝覆命。景帝方將錯罪宣告中外，並命拿捕錯家全眷，一體坐罪。**誅錯已不免失刑，況及全家！**旋由潁川郡報稱錯父於半月前，已服毒自盡，**回應前回**。外如母妻子姪等，悉數拿解，送入都中。景帝聞報，詔稱已死勿問，餘皆處斬。可憐錯夙號智囊，反弄到這般結局，身誅族夷，聰明反被聰明誤，看錯便可瞭然！這且毋庸細表。**言之慨然**。

且說袁盎受命整裝，也知赴吳議和，未必有效，但聞朝廷已經誅錯，得報宿仇，不得不冒險一行，聊報知遇。景帝又遣吳王濞從子劉通，與盎同行。盎至吳軍，先使通入報吳王，吳王知晁錯已誅，卻也心喜，不過罷兵詔命，未肯接受，索性將通留住軍中，另派都尉一人，率兵五百，把盎圍住營舍，斷絕往來，盎屢次求見，終被拒絕，唯遣人招盎降吳，當使為將。總算盎還有良心，始終不為所動，寧死勿降。

到了夜靜更深，盎自覺睏倦，展被就睡，正在神思矇矓，突有一人叫道：「快起！快走！」盎猛被驚醒，慌忙起來，從燈光下顧視來人，似曾相識，唯一時叫不出姓名，卻也未便發言。那人又敦促道：「吳王定議斬君，期在詰朝，君此時不走，死在目前了！」盎驚疑道：「君究係何人，乃來救我？」那人復答道：「臣嘗為君從史，盜君侍兒，幸蒙寬宥，感恩不忘，故特來救君。」盎乃仔細辨認，果然不謬，因即稱謝道：「難得君不忘

舊情，肯來相救！但帳外兵士甚多，叫我如何出走？」那人答道：「這可無慮。臣為軍中司馬，本奉吳王命令，來此圍君，現已為君設策，典衣換酒，灌醉兵士，大眾統已睡熟，君可速行。」盎復疑慮道：「我曾知君有老親，若放我出圍，必致累君，奈何奈何！」那人又答道：「臣已安排妥當，君但前去，不必為臣擔憂！臣自有與親偕亡的方法。」盎乃向他下拜，由那人答禮後，即引盎至帳後，用刀割開營帳，屈身鑽出。帳外搭著一棚，棚外果有醉卒臥著，東倒西歪，不省人事，兩人悄悄的跨過醉卒，覓路疾趨。一經出棚，正值春寒雨淫，泥滑難行。那人已有雙屐懷著，取出贈盎，使盎穿上，又送盎數百步，指示去路，方才告別。盎貪夜疾走，幸喜路上尚有微光，不致失足。自思從前為吳相時，從史盜我侍兒，虧得我度量尚大，不願究治，且將侍兒賜與從史，因此得他搭救，使我脫圍。**盎之寬免從史，與從史之用計救盎，都從兩方語意中敘出，可省許多文字。**但距敵未遠，總還擔憂，便將身中所持的旄節，解下包好，藏在懷中，免得露出馬腳。自己苦無車馬，又要著屐行走，覺得兩足滯重，很是不便，但逃命要緊，也顧不得步履艱難，只好放出老力，向前急行。一口氣跑了六七十里，天色已明，遠遠望見梁都。心下才得放寬，唯身體不堪疲乏，兩腳又腫痛交加，沒奈何就地坐下。可巧有一班馬隊，偵哨過來，想必定是梁兵，便又起身候著。待他行近，當即問訊，果然不出所料。乃復從懷中取出旄節，持示梁軍，且與他說明情由。梁軍見是朝使，不敢怠慢，且借與一馬，使盎坐著。盎至梁營中一轉，匆匆就道，入都銷差去了。**僥倖僥倖。**

　　景帝還道盎等赴吳，定能息兵，反遣人至周亞夫軍營，飭令緩進。待了數日，尚未得盎等回報，只有謁者僕射鄧公入朝求見。鄧公為成固人，本從亞夫出征，任官校尉，此次正由亞夫差遣，入報軍情。景帝疑問道：

第五十四回
信袁盎詭謀斬御史　遇趙涉依議出奇兵

「汝從軍中前來，可知晁錯已死，吳、楚曾願罷兵否？」鄧公道：「吳王蓄謀造反，已有好幾十年，今日藉端發兵，不過託名誅錯，其實並不是單為一錯呢！陛下竟將錯誅死，臣恐天下士人，從此將箝口結舌，不敢再言國事了！」景帝愕然，急問何故？鄧公道：「錯欲減削藩封，實恐諸侯強大難制，故特創此議，強本弱末，為萬世計。今計畫方行，反受大戮。內使忠臣短氣，外為列侯報仇，臣竊為陛下不取呢！」景帝不禁嘆息道：「君言甚是！我亦悔恨無及了！」已而袁盎逃還，果言吳王不肯罷兵，景帝未免埋怨袁盎。但盎曾有言說明，要景帝熟思後行，是誅錯一事，實出景帝主張，景帝無從推諉。且盎在吳營，拚死不降，忠誠亦屬可取。於是不復加罪，許盎照常供職，一面授鄧公為城陽中尉，使他回報亞夫，相機進兵。

鄧公方去，那梁王武的告急書，一日再至。景帝又遣人催促亞夫，令速救梁。亞夫上書獻計，略言楚兵剽輕，難與爭鋒，現只可把梁委敵，使他固守，待臣斷敵食道，方可制楚。楚兵潰散，吳自無能為了。景帝已信任亞夫，複稱依議。亞夫時尚屯兵霸上，既接景帝復詔，便備著驛車六乘，擬即馳赴滎陽。甫經啟行，有一士人遮道進說道：「將軍往討吳、楚，戰勝，宗廟安；不勝，天下危，關係重大，可否容僕一言？」亞夫聞說，忙下車相揖道：「願聞高論。」**如此虛心，怎得不克？** 士人答道：「吳王素富，久已蓄養死士，此次聞將軍出征，必令死士埋伏殽澠，預備邀擊，將軍不可不防！且兵事首貴神速，將軍何不繞道右行，走藍田，出武關，進抵洛陽，直入武庫，掩敵無備，且使諸侯聞風震動，共疑將軍從天而下，不戰便已生畏了。」亞夫極稱妙計，因問他姓名，知是趙涉，遂留與同行。依了趙涉所說的路途，星夜前進，安安穩穩的到了洛陽。亞夫大喜道：「七國造反，我乘傳車至此，一路無阻，豈非大幸！今我若得進據滎陽，滎陽以東，不足憂了！」當下遣派將士，至殽澠間搜尋要隘，果得

許多伏兵，逐去一半，擒住一半，回至亞夫前報功。亞夫益服趙涉先見，奏舉涉為護軍。更訪得洛陽俠客劇孟，與他結交，免為敵用。然後馳入滎陽，會同各路人馬，再議進行。

看官聽說！滎陽扼東西要衝，左敖倉，右武庫，有粟可因，有械可取，東得即東勝，西得即西勝，從來劉、項相爭，注重滎陽，便是為此。至亞夫會兵滎陽，喜如所望，亦無非因要地未失，趕先據住，已經占了勝著。**說明形勢，格外醒目**。當時吳中也有智士，請吳王先機進取，毋落人後，吳王不肯信用，遂為亞夫所乘，終致敗亡。當吳王濞出兵時，大將軍田祿伯，曾進語吳王道：「我兵一路西行，若無他奇道，恐難立功，臣願得五萬人，出江淮間，收復淮南、長沙，長驅西進，直入武關，與大王會，這也是一條奇計呢！」吳王意欲照行，偏由吳太子駒，從中阻撓，恐祿伯得機先叛，請乃父不可分兵，遂致一條奇計，徒付空談。嗣又有少將桓將軍，為吳畫策道：「吳多步兵，步兵利走險阻，漢多車騎，車騎利戰平地，今為大王計，宜趕緊西進，所過城邑，不必留攻，若能西據洛陽，取武庫，食敖倉粟，阻山帶河，號令諸侯，就使一時不得入關，天下已定，否則大王徐行，漢兵先出，彼此在梁、楚交界，對壘爭鋒，我失彼長，彼得我失，大事去了！」吳正濞又復狐疑，偏問老將。老將都不肯冒險，反說桓將軍年少躁進，未可深恃。於是第二條良謀，又屛棄不用。**吳王該死**。好幾十萬吳、楚大兵，徒然屯聚梁郊，與梁爭戰。

梁王武派兵守住棘壁，被吳、楚兵一鼓陷入，殺傷梁兵數萬人。再由梁王遣將截擊，復為所敗。梁王大懼，固守睢陽，聞得周亞夫已至河雒，便即遣使求援。那知亞夫抱定本旨，未肯相救，急得梁王望眼將穿，一日三使，催促亞夫。亞夫進至淮陽，仍然逗留。梁王待久不至，索性將亞夫劾奏一本，飛達長安。景帝得梁王奏章，見他似泣似訴，料知情急萬分，

第五十四回
信袁盎詭謀斬御史　遇趙涉依議出奇兵

不得不轉飭亞夫，使救梁都。亞夫卻回詔使，用了舊客鄧尉的祕謀，故意的退避三舍，回駐昌邑，深溝高壘，堅守勿出。梁王雖然憤恨亞夫，但求人無效，只好求己，日夜激勵士卒，一意死守，複選得中大夫韓安國，及楚相張尚弟羽為將軍，且守且戰。安國持重善守，羽為乃兄死事，**尚為楚王戊所殺，見前回**。立志復仇，往往乘隙出擊，力敗吳兵，因此睢陽一城兀自支持得住。吳、楚兩王，還想督兵再攻，踏破梁都。不料有探馬報入，說是周亞夫暗遣將士，抄出我兵後面，截我糧道，現在糧多被劫，運路全然不通了。吳王濞大驚道：「我兵不下數十萬，怎可無糧？這且奈何！」楚王戊亦連聲叫苦，無法可施。小子有詩詠道：

老悖原為速死徵，陵人反致受人陵。

良謀不用機先失，坐使雄兵兆土崩。

欲知吳、楚兩王，如何抵制周亞夫，且待下回再敘。

晁錯之死，後世多代為呼冤。錯特小有才耳，其殺身也固宜，非真不幸也。蘇子瞻之論錯，最為公允，自發而不能自收，徒欲以天子為孤注，能保景帝之不加疑忌耶！唯袁盎借公濟私，當國家危急之秋，反為是報怨欺君之舉，其罪固較錯為尤甚，錯死而盎不受誅，錯其原難瞑目歟！彼周亞夫之受命出征，以謹嚴之軍律，具翕受之虛心。趙涉，途人耳，一經獻議，見可即行，鄧尉，舊客也，再請堅壁，深信不疑，以視吳王之兩得良謀，終不能用，其相去固甚遠矣。兩軍相見，善謀者勝，觀諸周亞夫而益信云。

第五十五回
平叛軍太尉建功　保孱王鄒封乞命

　　卻說吳、楚兩王,聞得糧道被斷,並皆驚惶,欲待冒險西進,又恐梁軍截住,不便徑行。當由吳王濞打定主意,決先往擊周亞夫軍,移兵北行。到了下邑,卻與亞夫軍相值,因即扎定營盤,準備交鋒。亞夫前次回駐昌邑,原是以退為進,暗遣弓高侯韓頹當等,繞出淮泗,截擊吳、楚糧道,使後無退路,必然向前進攻,所以也移節下邑,屯兵待著。既見吳、楚兵到來,又復堅壁相持,但守勿戰。吳王濞與楚王戊,挾著一腔怒氣,來攻亞夫,恨不得將亞夫大營,頃刻踏破,所以三番四次,逼營挑戰。亞夫只號令軍士,不准妄動,但教四面布好強弩,見有敵兵猛撲,便用硬箭射去,敵退即止,連箭幹都似寶貴,不容妄發一支。吳、楚兵要想衝鋒,徒受了一陣箭傷,毫無寸進,害得吳、楚兩王,非常焦灼,日夜派遣偵卒,探伺亞夫軍營。一夕,亞夫營中,忽然自相驚擾,聲達中軍帳下,獨亞夫高臥不起,傳令軍士毋譁,違令立斬!果然不到多時,仍歸鎮靜。**持重之效。**

　　過了兩天,吳兵竟乘夜劫營,直奔東南角上,喊殺連天,亞夫當然準備,臨事不致張皇,但卻能見機應變,料知敵兵鼓譟前來,定是聲東擊西的詭計,當下遣派將吏,防禦東南,仍令照常堵住,不必驚惶,自己領著

第五十五回
平叛軍太尉建功　保孱王鄒封乞命

　　精兵，向西北一方面，嚴裝待敵。部將還道他是避危就安，不能無疑，那知吳、楚兩王，潛率銳卒，竟悄悄的繞出西北，想來乘虛踹營。距營不過百步，早被亞夫窺見，一聲鼓號，營門大開，前驅發出弓弩手，連環迭射，後隊發出刀牌手，嚴密加防。亞夫親自督陣，相機指揮，吳、楚兵乘銳撲來，耳中一聞箭鏃聲，便即受傷倒地，接連跌翻了好幾百人，餘眾大譁。時當昏夜，月色無光，吳、楚兵是來襲擊，未曾多帶火炬，所以箭已射到，尚且不知閃避，徒落得皮開肉裂，疼痛難熬，傷重的當即倒斃，傷輕的也致暈翻。人情都貪生怕死，怎肯向死路鑽入，自去拚生，況前隊已有多人隕命，眼見得不能再進，只好退下。就是吳、楚兩王，本欲攻其無備，不意亞夫開營迎敵，滿布人馬，並且飛矢如雨，很覺利害，一番高興，化作冰消，連忙收兵退歸，懊悵而返。那東南角上的吳兵，明明是虛張聲勢，不待吳王命令，早已退向營中去了。亞夫也不追趕，入營閉壘，檢點軍士，不折一人。

　　又相持了好幾日，探得吳、楚兵已將絕糧，挫損銳氣，乃遣潁陰侯灌何等，率兵數千，前去搦戰。吳、楚兵出營接仗，兩下奮鬥多時，惱動漢軍校尉灌孟，舞動長槊，奮勇陷陣。吳、楚兵向前攔阻，被灌孟左挑右撥，刺死多人，一馬馳入。孟子灌夫，見老父輕身陷敵，忙率部曲千人，上前接應。偏乃父只向前進，不遑後顧，看看殺到吳王面前，竟欲力殲渠魁，一勞永逸。那吳王左右，統是歷年豢養的死士，猛見灌孟殺入，慌忙併力迎戰。灌孟雖然老健，究竟眾寡懸殊，區區一支長槊，攔不住許多刀戟，遂致身經數創，危急萬分。待至灌夫上前相救，乃父已力竭聲嘶，倒翻馬上。灌夫急指示部曲，將父救回，自在馬上殺開吳軍，衝出一條走路，馳歸軍前。顧視乃父，已是挺著不動，毫無聲息了。夫不禁大慟，尚欲為父報仇，回馬致死。灌何瞧著，忙自出來勸阻，一面招呼部眾，退回

大營。這灌孟係潁陽人，本是張姓，嘗事灌何父嬰，由嬰薦為二千石，因此寄姓為灌。灌嬰歿後，何得襲封。孟年老家居，吳、楚變起，何為偏將，仍召孟為校尉。孟本不欲從軍，但為了舊情難卻，乃與子灌夫偕行。灌夫也有勇力，帶領千人，與乃父自成一隊，隸屬灌何麾下。此次見父陣亡，怎得不哀？亞夫聞報，親為視殮，並依照漢朝定例，令灌夫送父歸葬。灌夫不肯從命，且泣且憤道：「願取吳王或吳將首級，報我父仇。」**卻有血性**。亞夫見他義憤過人，倒也不便相強，只好仍使留著，唯勸他不必過急。偏灌夫迫不及待，私囑家奴十餘人，夜劫敵營。又向部曲中挑選壯士，得數十名，裹束停當，候至夜半，便披甲執戟，帶領數十騎出寨，馳往敵壘。才行數步，回顧壯士，多已散去，只有兩人相隨，此時報仇心切，也不管人數多少，竟至吳王大營前，怒馬衝入。吳兵未曾預防，統是嚇得倒躲，一任灌夫闖進後帳。灌夫手下十數騎，亦皆緊緊跟著。後帳由吳王住宿，繞守多人，當即出來阻住，與灌夫鏖鬥起來。灌夫毫不膽怯，挺戟亂刺，戳倒了好幾人，唯身上也受了好幾處重傷，再看從奴等，多被殺死，自知不能濟事，隨即大喝一聲，拍馬退走。吳兵從後追趕，虧得兩壯士斷住後路，好使灌夫前行。至灌夫走出吳營，兩壯士中又戰死一人，只有一人得脫，仍然追上灌夫，疾馳回營。灌何聞夫潛往襲敵，亟派兵士救應。兵士才出營門，已與夫兜頭碰著，見他戰袍上面，盡染血痕，料知已經重創，忙即扶令下馬，簇擁入營。灌何取出萬金良藥，替他敷治，才得不死。但十餘人能劫吳營，九死中博得一生，好算是健兒身手，亙古罕聞了！

　　吳王經他一嚇，險些兒魂離軀殼，且聞漢將只十數人，能有這般膽量，倘或全軍過來，如何招架得住，因此日夜不安。再加糧食已盡，兵不得食，上下枵腹，將佐離心，自思長此不走，即不戰死，也是餓死。躊躇

第五十五回
平叛軍太尉建功　保屏王鄰封乞命

終日，毫無良法，結果是想得一條密策，竟挈領太子駒，及親卒數千，黍夜私行，向東逃去。蛇無頭不行，兵無主自亂，二十多萬飢卒，倉猝中不見吳王，當然駭散。楚王戊孤掌難鳴，也想率眾逃生，不料漢軍大至，併力殺來。楚兵都餓得力乏，怎能上前迎戰？一聲驚叫，四面狂奔，單剩了一個楚王戊，拖落後面，被漢軍團團圍住。戊自知不能脫身，拔劍在手，向頸一橫，立即斃命。**可記得後宮美人否？**亞夫指揮將士，蕩平吳、楚大營，復下令招降敵卒，繳械免死。吳、楚兵無路可歸，便相率投誠。只有下邳人周邱，好酒無賴，前投吳王麾下，請得軍令，略定下邳，北攻城陽，有眾十餘萬，嗣聞吳王敗遁，眾多離散，邱亦退歸。自恨無成，發生了一個背疽，不久即死。吳王父子，渡淮急奔，過丹徒，走東越，沿途收集潰卒，尚有萬人。東越就是東甌，惠帝三年，曾封東越君長搖為東海王，後來子孫相傳，與吳通好。吳起兵時，東越王曾撥兵助吳，駐紮丹徒，為吳後緩。**回應五十四回。**及吳王父子來奔，見他勢窮力盡，已有悔心，可巧周亞夫遣使前來，囑使殺死吳王，當給重賞，東越王樂得聽命，便誘吳王濞勞軍，暗令軍士突出，將濞殺斃。六十多歲的老藩王，偏要這般尋死，所謂自作孽，不可活，與人何尤！但高祖曾說濞有反相，至是果驗，莫非因相貌生成，到老也是難免嗎？**不幸多言而中。**濞既被殺，傳首長安，獨吳太子駒，幸得逃脫，往奔閩越，下文自有交代。

　　且說周亞夫討平吳、楚，先後不過三月，便即奏凱班師，唯遣弓高侯韓頹當，帶兵赴齊助攻膠西諸國。膠西王卬，使濟南軍主持糧道，自與膠東、菑川，合兵圍齊，環城數匝。**回應前回。**齊王將閭，曾遣路中大夫入都告急，景帝已將齊事委任竇嬰，由嬰調派將軍欒布，領兵東援，至路中大夫進見，乃復續遣平陽侯曹襄，**曹參曾孫。**往助欒布，並令路中大夫返報齊王，使他堅守待援。路中大夫星夜回齊，行至臨淄城下，正值膠西諸

國，四面築壘，無路可通，沒奈何硬著頭皮，闖將進去，匹馬單身，怎能越過敵壘，眼見是為敵所縛，牽見三國主將，三國主將問他何來？路中大夫直言不諱。三國主將與語道：「近日汝主已遣人乞降，將有成議，汝今由都中回來，最好與我通報齊王，但言漢兵為吳、楚所破，無暇救齊，齊不如速降三國，免得受屠。果如此言，我當從重賞汝，否則汝可飲刀，莫怪我等無情！」路中大夫佯為許諾，並與設誓，從容趨至城下，仰呼齊王稟報。齊王登城俯問，路中大夫朗聲道：「漢已發兵百萬，使太尉亞夫，擊破吳、楚，即日引兵來援。欒將軍與平陽侯先驅將至，請大王堅守數日，自可無患，切勿與敵兵通和！」齊王才答聲稱是，那路中大夫的頭顱，已被敵兵斫去，不由的觸目生悲，咬牙切齒，把一腔情急求和的懼意，變做拚生殺敵的熱腸。**捨身諫主，路中大夫不愧忠臣！**當下督率將士，嬰城固守。未幾即由漢將欒布，驅兵殺到，與膠西、膠東、菑川三國人馬，交戰一場，不分勝負。又未幾由平陽侯曹襄，率兵繼至，與欒布兩路夾攻，擊敗三國將士。齊王將閭，也乘勢開城，麾兵殺出，三路並進，把三國人馬掃得精光。濟南軍也不敢相救，逃回本國去了。**如此不耐久戰，造什麼反！**

　　膠西王卬，奔還高密，**即膠西都城**。免冠徒跣，席稿飲水，入向王太后謝罪。王太后本教他勿反，至此見子敗歸，惹得憂憤交併，無詞可說。獨王太子德，從旁獻議，還想招集敗卒，襲擊漢軍。卬搖首道：「將怯卒傷，怎可再用？」道言未絕，外面已遞入一書，乃是弓高侯韓頹當差人送來。卬又吃了一驚，展開一閱，見書中寫著道：

　　奉詔誅不義，降者赦除其罪，仍復故土，不降者滅之。王今何處？當待命從事！

　　卬既閱罷，問明來使，始知韓頹當領兵到來，離城不過十里。此時無

第五十五回
平叛軍太尉建功　保孱王鄰封乞命

法拒絕，只好偕同來使，往見頹當。甫至營前，即肉袒匍匐，叩頭請罪。**既已做錯，一死便了，何必這般乞憐！** 頹當聞報，手執金鼓，出營語卬道：「王興師多日，想亦勞苦，但不知王為何事發兵？」卬膝行前進道：「近因晁錯用事，變更高皇帝命令，侵削諸侯，卬等以為不義，恐他敗亂天下，所以聯合七國，發兵誅錯。今聞錯已受誅，卬等謹罷兵回國，自願請罪！」頹當正色道：「王若單為晁錯一人，何勿上表奏聞，況未曾奉詔，擅擊齊國。齊本守義奉法，又與晁錯毫不相關，試問王何故進攻？如此看來，王豈徒為晁錯麼？」說著，即從袖中取出詔書，朗讀一週。詔書大意，無非說是造反諸王，應該伏法等語。聽得劉卬毛骨皆寒，無言可辯。及頹當讀完詔書，且與語道：「請王自行裁決，無待多言！」卬乃流涕道：「如卬等死有餘辜，也不望再生了。」隨即拔劍自刎。卬母與卬子，聞卬畢命，也即自盡。膠東王雄渠，菑川王賢，濟南王闢光，得悉膠西王死狀，已是心驚，又聞漢兵四逼，料難抵敵，不如與卬同盡，免得受刀。因此預求一死，或服藥，或投繯，並皆自殺。七國中已平了六國，只有趙王遂，守住邯鄲，由漢將酈寄，率兵圍攻，好幾月不能取勝。乃就近致書欒布，請他援應。欒布早擬班師，因查得齊王將閭，曾與膠西諸國通謀，不能無罪，所以表請加討，留齊待命。齊王將閭，聞風先懼，竟至飲鴆喪生，布乃停兵不攻。會接酈寄來書，乃移兵赴趙。趙王遂求救匈奴，匈奴已探知吳、楚敗耗，不肯發兵，趙勢益危。酈、欒兩軍，合力攻邯鄲城，尚不能下。嗣經欒布想出一法，決水灌入，守兵大驚，城腳又壞，終被漢軍乘隙突進，得破邯鄲。趙王遂無路可奔，也拚著性命，一死了事，於是七國皆平。

　　濟北王志，前與膠西王約同起事，雖由郎中令設法阻撓，總算中止。**見五三回。** 但聞齊王難免一死，自己怎能逃免，因與妻子訣別，決計自

裁。妻子牽衣哭泣，一再勸阻，志卻與語道：「我死，汝等或尚可保全。」隨即取過毒藥，將要飲下。有一僚屬公孫獲，從旁趨入道：「臣願為大王往說梁王，求他通意天子，如或無成，死亦未遲。」志乃依言，遣獲往梁。梁王武傳令入見，獲行過了禮，便向前進言道：「濟北地居西塞，東接強齊，南牽吳越，北逼燕趙，勢不能自守，力不足禦侮。前因吳與膠西雙方威脅，虛言承諾，實非本心。若使濟北明示絕吳，吳必先下齊國，次及濟北，連合燕趙，據有山東各國，西向叩關，成敗尚未可知。今吳王連合諸侯，貿然西行，彼以為東顧無憂，那知濟北抗節不從，致失後援，終落得勢孤援絕，兵敗身亡。大王試想區區濟北，若非如此用謀，是以犬羊敵虎狼，早被吞噬，怎能為國效忠，自盡職務？乃功義如此，尚聞為朝廷所疑，臣恐藩臣寒心，非社稷利！現在只有大王能持正義，力能斡旋，誠肯為濟北王出言剖白，上全危國，下保窮民，便是德淪骨髓，加惠無窮了！願大王留意為幸！」**不外恭維。**梁王武聞言大悅，即代為馳表上聞，果得景帝復詔，赦罪不問。但將濟北王徙封菑川。公孫獲既得如願，自然回國覆命，濟北王志才得幸全。

各路將帥，陸續回朝。景帝論功行賞，封竇嬰為魏其侯，欒布為鄃侯。唯周亞夫、曹襄等早沐侯封，不便再加，仍照舊職，不過賞賜若干金帛，算做報功。其餘隨徵將士，亦皆封賞有差。自齊王將閭服毒身亡，景帝說他被人脅迫，罪不至死，特從撫卹條例，賜諡將閭為孝王，使齊太子壽，仍得嗣封。一面擬封吳、楚後人，奉承先祀。竇太后得知此信，召語景帝道：「吳王首謀造反，罪在不赦，奈何尚得封蔭子孫？」景帝乃罷。唯封平陸侯宗正劉禮為楚王，禮為楚元王交次子，命禮襲封，是不忘元王的意思。又分吳地為魯、江都二國，徙淮陽王餘為魯王，汝南王非為江都王。**二王為景帝子，見五十三回。**立皇子端為膠西王，徹為膠東王，

第五十五回
平叛軍太尉建功　保孱王鄴封乞命

　　勝為中山王。遷衡山王勃為濟北王，廬江王賜為衡山王。濟南國除，不復置封。

　　越年，立子榮為皇太子。榮為景帝愛姬慄氏所出，年尚幼稚，因母得寵，遂立為儲嗣。時人或稱為慄太子。慄太子既立，慄姬越加得勢，遂暗中設法，想將薄皇后摔去，好使自己正位中宮。薄皇后既無子嗣，又為景帝所不喜，只看太皇太后薄氏面上，權立為后。**見五十三回**。本來是個宮中傀儡，有名無實，一經慄姬從旁傾軋，怎得保得住中宮位置？果然到了景帝六年，被慄姬運動成熟，下了一道詔旨，平白地將薄后廢去。**無故廢后，景帝不為無過**。慄姬滿心歡喜，總道是桃僵可代，唾手告成，就是六宮粉黛，也以為景帝廢后，無非為慄姬起見，雖然因羨生妒，亦唯有徒喚奈何罷了。誰知天有不測風雲，人有旦夕禍福，慄姬始終不得為后，連太子榮都被搖動，黜為藩王。可憐慄姬數載苦心，付諸流水，免不得憤恚成病，玉殞香消。小子有詩詠道：

　　欲海茫茫總不平，一波才逐一波生。
　　從知讒妒終無益，色未衰時命已傾。

　　究竟太子榮何故被黜，待至下回再詳。

　　吳、楚二王之屯兵梁郊，不急西進，是一大失策，既非周亞夫之善於用兵，亦未必果能逞志。項霸王以百戰餘威，猶受困於廣武間，卒至糧盡退師，敗死垓下，況如吳、楚二王乎？灌夫之為父復仇，路中大夫之為主捐軀，忠肝義膽，照耀史乘，備錄之以示後世，所以勸子臣也。公孫獲願說梁王，以片言之請命，救孱主於垂危，亦未始非濟北忠臣。假令齊王將閭，有此臣屬，則亦何至倉皇畢命。將閭死而志獨得生，此國家之所以不可無良臣也。彼七王之致斃，皆其自取，何足惜乎！

第五十六回
王美人有緣終作后　慄太子被廢復蒙冤

卻說景帝妃嬪，不止慄姬一人，當時後宮裡面，尚有一對姊妹花，生長槐里，選入椒房，出落得娉娉婷婷，成就了恩恩愛愛。閨娃王氏，母名臧兒，本是故燕王臧荼孫女，嫁為同里王仲妻，生下一男兩女，男名為信，長女名姁，**一名姝兒**。次女名息姁。未幾仲死，臧兒挈了子女，轉醮與長陵田家，又生二子，長名蚡，幼名勝。姁年已長，嫁為金王孫婦，已生一女。臧兒平日算命，術士說她兩女當貴，臧兒似信非信。適值長女歸寧，有一相士姚翁趨過，由臧兒邀他入室，令與二女看相。姚翁見了長女，不禁瞪目道：「好一個貴人，將來當生天子，母儀天下！」繼相次女，亦云當貴，不過比乃姊稍遜一籌。**漢家相士，所言多驗，想是獨得祕傳。**臧兒聽著，暗想長女已嫁平民，如何能生天子？得為國母？因此心下尚是懷疑。事有湊巧，朝廷選取良家子女，納入青宮，臧兒遂與長女密商，擬把她送入宮中，博取富貴。長女姁雖已有夫，但聞著富貴兩字，當然欣羨，也不能顧及名節，情願他適。臧兒即託人向金氏離婚，金氏如何肯從，辱罵臧兒。臧兒不管他肯與不肯，趁著長女歸寧未返，就把她裝束起來，送交有司，輦運入宮。

　　槐里與長安相距，不過百里，朝發夕至。一入宮門，便撥令侍奉太

第五十六回
王美人有緣終作后　慄太子被廢復蒙冤

子，太子就是未即位的景帝。壯年好色，喜得嬌娃，姁復為希寵起見，朝夕侍側，格外巴結，惹得太子色魔纏擾，情意纏綿，男貪女愛，我我卿卿，一朵殘花，居然壓倒香國。不到一年，便已懷胎，可惜是弄瓦之喜，未及弄璋。**大器須要晚成。**唯宮中已呼她為王美人，或稱王夫人，**美人係漢宮妃妾之稱，秩視二千石**。這王美人憶及同胞，又想到女弟身上，替她關說。太子是多多益善，就派了東宮侍監，齎著金帛，再向臧兒家聘選次女，充作嬪嬙。臧兒自送長女入宮後，尚與金氏爭執數次，究竟金氏是一介平民，不能與儲君構訟，只好和平解決，不復與爭。此次由宮監到來，傳說王美人如何得寵，如何生女，更令臧兒生歡。及聽到續聘次女一事，也樂得唯命是從，隨即受了金帛，又把次女改裝，打扮得齊齊整整，跟著宮監，出門上車。

好容易馳入東宮，乃姊早已待著，叮囑數語，便引見太子。太子見她體態輕盈，與乃姊不相上下，自然稱心合意，相得益歡。當夜開筵與飲，令姊妹花左右侍宴，約莫飲了十餘觥，酒酣興至，情不自持。王美人知情識趣，當即辭去。神女初會高唐，襄王合登巫峽，行雲布雨，其樂可知。**比乃姊如何**。說也奇怪，一點靈犀，透入子宮，竟爾絪縕化育，得孕麟兒。十月滿足，產了一男，取名為越，就是將來的廣川王。

乃姊亦隨時進御，接連懷妊，偏只生女不生男。到了景帝即位這一年，景帝夢見一個赤彘，從天空中降下，雲霧迷離，直入崇芳閣中，及夢覺後，起遊崇芳閣，尚覺赤雲環繞，彷彿龍形，當下召術士姚翁入問，姚翁謂兆主吉祥，閣內必生奇男，當為漢家盛主。景帝大喜，過了數日，景帝又夢見神女捧日，授與王美人，王美人吞入口中，**醒後即告知王美人**，偏王美人也夢日入懷，正與景帝夢兆相符。景帝料為貴兆，遂使王美人移居崇芳閣，改閣名為綺蘭殿，憑著那龍馬精神，與王美人諧歡竟夕，果得

應了瑞徵。待至七夕佳期，天上牛女相會，人間麟趾呈祥，王美人得生一子，英聲初試，便是不凡。景帝嘗夢見高祖，叫他生子名彘，又因前時夢彘下降，遂取王美人子為彘。嗣因彘字取名，究屬不雅，乃改名為徹。王美人生徹以後，竟不復孕，那妹子卻迭生四男，除長男越外，尚有寄、乘、舜三人，後皆封王。事且慢表。

且說王美人生徹時，景帝已有數男，慄姬生子最多，貌亦可人，卻是王美人的情敵。景帝本愛戀慄姬，與訂私約，俟姬生一子，當立為儲君。後來慄姬連生三男，長名榮，次名德，又次名閼。德已封為河間王，閼亦封為臨江王，**見五十三回**。只有榮未受封，明明是為立儲起見。偏經王家姊妹，連翩引入，與慄姬爭寵鬥妍，累得慄姬非常憤恨。王美人生下一徹，卻有許多瑞兆相應，慄姬恐他立為太子，反致己子失位，所以格外獻媚，力求景帝踐言。景帝既欲立榮，又欲立徹，遷延了兩三年，尚難決定。唯禁不住慄姬催促，絮聒不休，而且舍長立幼，也覺不情，因此決意立榮，但封徹為膠東王。**見前回。**

是時館陶長公主嫖，為景帝胞姊，適堂邑侯陳午為妻，生有一女，芳名叫做阿嬌。長公主欲配字太子，使人向慄姬示意，總道是輩分相當，可一說便成。偏偏慄姬不願聯姻，竟至復絕。原來長公主出入宮闈，與景帝誼屬同胞，素來親暱，凡後宮許多妾媵，都奉承長公主，求她先容，長公主不忍卻情，免不得代為薦引。**樂得做人情**。獨慄姬素來妒忌，聞著長公主時進美人，很為不平，所以長公主為女議婚，便不顧情誼，隨口謝絕。長公主惱羞成怒，遂與慄姬結下冤仇。**統是婦人意見**。那王美人卻趁此機會，聯繫長公主，十分巴結。兩下相遇，往往敘談竟日，無語不宣。長公主說及議婚情事，尚有恨聲，王美人樂得湊奉，只說自己沒福，不能得此佳婦。長公主隨口接說，願將愛女阿嬌，與徹相配，王美人巴不得有此一

第五十六回
王美人有緣終作后　慄太子被廢復蒙冤

語，但口中尚謙言徹非太子，不配高親。**語語反激，才情遠過慄姬**。惹得長公主聳眉張目，且笑且恨道：「廢立常情，禍福難料，慄氏以為己子立儲，將來定得為皇太后，千穩萬當，那知還有我在，管教她兒子立儲不成！」王美人忙接入道：「立儲是國家大典，應該一成不變，請長公主不可多心！」**再激一句更惡**。長公主憤然道：「她既不中抬舉，我也無暇多顧了！」王美人暗暗喜歡，又與長公主申訂婚約，長公主方才辭去。王美人見了景帝，就說起長公主美意，願結兒女姻親。景帝以徹年較幼，與阿嬌相差數歲，似乎不甚相合，所以未肯遽允。王美人即轉喜為憂，又與長公主說明。長公主索性帶同女兒，相將入宮，適膠東王徹，立在母側。**漢時分封諸王，年幼者多未就國**。故徹尚在宮。長公主順手攜住，擁置膝上，就頂撫摩，戲言相問道：「兒願娶婦否？」徹生性聰明，對著長公主嬉笑無言。長公主故意指示宮女，問他可否合意？徹並皆搖首。至長公主指及己女道：「阿嬌可好麼？」徹獨笑著道：「若得阿嬌為婦，合貯金屋，甚好！甚好！」**小兒生就老臉皮**。長公主不禁大笑，就是王美人也喜動顏開。長公主遂將徹抱定，趨見景帝，笑述徹言。景帝當面問徹，徹自認不諱。景帝想他小小年紀，獨喜阿嬌，當是前生注定姻緣，不若就此允許，成就兒女終身大事，於是認定婚約，各無異言。長公主與王美人，彼此做了親母，情好尤深，一想報恨，一想奪嫡，兩條心合做一條心，都要把慄姬母子摔去。慄姬也有風聞，唯望自己做了皇后，便不怕他播弄。好幾年費盡心機，才把薄皇后擠落臺下，正想自己登臺，偏有兩位新親母，從旁擺布，不使如願。這也是因果報應，弄巧反拙呢！

景帝方欲立慄姬為后，急得長公主連忙進讒，誣稱慄姬崇信邪術，詛咒妃嬪，每與諸夫人相會，往往唾及背後。量窄如此，恐一得為后，又要看見「人彘」的慘禍了！景帝聽及「人彘」二字未免動心，遂踅至慄姬宮

內，用言探試道：「我百年後，後宮諸姬，已得生子，汝應善為待遇，幸勿忘懷。」一面說，一面瞧著慄姬容顏，忽然改變，又紫又青，半晌不發一言。**一味嫉妒，全無才具，怎能免人擠排**。待了多時，仍然無語，甚且將臉兒背轉，遂致景帝忍耐不住，起身便走。甫出宮門，但聽裡面有哭罵聲，隱約有「老狗」二字。本想轉身詰責，因恐徒勞口角，反失尊嚴，不得已忍氣而去。自是心恨慄姬，不願冊立。長公主又日來偵伺，或與景帝晤談，輒稱膠東王如何聰俊，如何孝順，景帝也以為然。並記起前時夢兆，多主吉祥，如或立為太子，必能繼承大統。此念一起，太子榮已是動搖，再加王美人格外謙和，譽滿六宮，越覺得慄姬母子，相形見絀了。

　　流光如駛，又是一年，大行官禮官。忽來奏請，說是子以母貴，母以子貴，今太子母尚無位號，應即冊為皇后。景帝瞧著，不禁大怒道：「這事豈汝等所宜言？」說著，即命將大行官論罪，拘繫獄中，且竟廢太子榮為臨江王。條侯周亞夫，魏其侯竇嬰，先後諫諍，皆不見從。嬰本來氣急，謝病歸隱，只周亞夫仍然在朝，尋且因丞相陶青病免，即令亞夫代任，但禮貌反不及曩時，不過援例超遷罷了。看官聽說！景帝決然廢立，是為了大行一奏，疑是慄姬暗中主使，所以動怒。其實主使的不是慄姬，卻是爭寵奪嫡的王美人。王美人已知景帝怨恨慄姬，特囑大行奏請立后，為反激計，果然景帝一怒，立廢太子，只大行官為此下獄，枉受了數旬苦楚。後來王美人替他緩頰，才得釋放，總算僥倖免刑。那慄姬從此失寵，不得再見景帝一面，深宮寂寂，長夜漫漫，叫她如何不憤，如何不病，未幾又來了一道催命符，頓將慄姬芳魂，送入冥府！看官不必細猜，便可知徹為太子，王美人為皇后，是送死慄姬的催命符呢。

　　唯自太子榮被廢，至膠東王徹得為太子，中間也經過兩月有餘，生出一種波折，幾乎把兩親母的祕謀，平空打斷。還虧王氏母子，生就多福，

第五十六回
王美人有緣終作后　慄太子被廢復蒙冤

任憑他人覬覦，究竟不為所奪，仍得暗地斡旋。看官欲知覬覦儲位的人物，就是景帝胞弟梁王武。梁王武前次入朝，景帝曾有將來傳位的戲言，被竇嬰從旁諫阻，掃興還梁。**見五十三回**。至七國平定，梁王武固守有功，得賜天子旌旗，出警入蹕，開拓國都睢陽城，約七十里，建築東苑方三百餘里，招延四方賓客，如齊人羊勝、公孫詭、鄒陽，吳人枚乘、嚴忌，蜀人司馬相如等，陸續趨集，侍宴東苑，稱盛一時。公孫詭更多詭計，不愧大名，常為梁王謀畫劃帝位，梁王倍加寵遇，任為中尉。及慄太子廢立時，梁王似預得風聞，先期入朝，靜覘內變，果然不到多日，儲君易位。梁王進謁竇太后，婉言干請，意欲太后替他主張，訂一兄終弟及的新約。太后愛憐少子，自然樂從，遂召入景帝，再開家宴。酒過數巡，太后顧著景帝道：「我已老了，能有幾多年得生世間，他日梁王身世，所託唯兄。」景帝聞言避席，慌忙下跪道：「謹遵慈命！」太后甚喜，即命景帝起來，仍復歡宴。直至三人共醉，方罷席而散。既而景帝酒醒，自思太后所言，寓有深意，莫非因我廢去太子，即將梁王接替不成。因特召入諸大臣，與他密議所聞。太常袁盎首答道：「臣料太后意思，實欲立梁王為儲君，但臣決以為不可行！」景帝復問及不可行的理由，盎復答道：「陛下不聞宋宣公麼？**宋宣公見春秋時代**。不立子殤公，獨立弟穆公，後來五世爭國，禍亂不絕。小不忍必亂大謀，故《春秋》要義，在大居正，傳子不傳弟，免得亂統。」說到此語，群臣並齊聲贊成。景帝點首稱是，遂將袁盎所說，轉白太后。太后雖然不悅，但也無詞可駁，只得罷議。梁王武不得逞謀，很是懊惱，覆上書乞賜容車地，由梁國直達長樂宮。當使梁民築一甬道，彼此相接，可以隨時通車，入覲太后，這事又是一大奇議，自古罕聞。景帝將原書頒示群臣，又由袁盎首先反對，力為駁斥。景帝依言，拒復梁王，且使梁王歸國。梁王聞得兩番計策，都被袁盎打消，恨不得手刃

袁盎，只因有詔遣歸，不便再留，方怏怏回國去了。

　　景帝遂立王美人為皇后，膠東王徹為皇太子，一個再醮的民婦，居然得入主中宮，若非福命生成，怎有這番幸遇！可見姚翁所言，確是不誣。還有小王美人息姁，亦得進位夫人，所生長子越與次子寄，已有七齡，併為景帝所愛，擬皆封王。到了景帝改元的第二年，**景帝三次改元，第一次計七年，第二次計六年，第三次計三年，史稱第二次為中元年，末次為後元年**。即命越王廣川，寄王膠東，尚有乘、舜二幼子，後亦授封清河、常山二王。可惜息姁享年不永，未及乃姊福壽，但也算是一個貴命了。話休敘煩。

　　且說太子榮，既失儲位，又喪生母，沒奈何辭行就國，往至江陵。江陵就是臨江國都，本是慄姬少子閼分封地，**見前文**。閼已夭逝，榮適被黜，遂將臨江封榮。榮到國甫及年餘，因王宮不甚寬敞，特擬估工增築。宮外苦無隙地，只有太宗文皇帝廟垣，與宮相近，尚有餘地空著，可以造屋，榮不顧後慮，乘便構造。偏被他人告發，說他侵占宗廟餘地，**無非投阱下石**。景帝乃徵令入都。榮不得不行，就在北門外設帳祖祭，即日登程。相傳黃帝子累祖，壯年好遊，致死道中，後人奉為行神。**一說係共工氏子修**。每遇出行，必先設祭，因此叫做祖祭。榮已祭畢，上車就道，驀聽得豁喇一聲，車軸無故自斷，不由的吃了一驚，只好改乘他車。江陵父老，因榮撫治年餘，卻還仁厚愛民，故多來相送。既見榮車斷軸，料知此去不祥，相率流涕道：「我王恐不復返了！」榮別了江陵百姓，馳入都中，當有詔旨傳將出來，令榮至中尉處待質。冤冤相湊，碰著了中尉郅都，乃是著名的酷吏，綽號「蒼鷹」，朝臣多半側目，獨景帝說他不避權貴，特加倚任。這大約是臭味相投，別有賞心呢！**句中有刺**。

　　先是後宮中有一賈姬，色藝頗優，也邀主眷。景帝嘗帶她同遊上苑，

第五十六回
王美人有緣終作后　慄太子被廢復蒙冤

　　賞玩多時，賈姬意欲小便，自往廁所，突有野彘從獸欄竄出，向廁闖入。景帝瞧著，不禁著忙，恐怕賈姬受傷，急欲派人往救。郅都正為中郎將，侍駕在旁，見景帝顧視左右，面色倉皇，卻故意把頭垂下，佯作不見。景帝急不暇擇，竟拔出佩劍，自去搶救，郅都偏趨前數步，攔住景帝，伏地啟奏道：「陛下失一姬又有一姬，天下豈少美婦人？若陛下自去冒險，恐對不住宗廟太后，奈何為一婦人，不顧輕重呢！」景帝乃止。俄而野彘退出，賈姬也即出來，幸未受傷，當由景帝挈她登輦，一同還宮。適有人將郅都諫諍，入白太后，太后嘉他知義，賞賜黃金百斤。景帝亦以都為忠，加賜百金，嗣是郅都稱重朝廷。**也虧賈姬不加妒忌，才得厚賜**。既而濟南有一瞯氏大族，約三百餘家，橫行邑中，有司不敢過問。景帝聞知，特命郅都為濟南守，令他往治。都一到濟南，立即派兵往捕，得瞯氏首惡數人，斬首示眾，餘皆股慄，不敢為非。約莫過了一年，道不拾遺，濟南大治，連鄰郡都憚他聲威，景帝乃召為中尉。

　　都再入國門，豐裁越峻，就是見了丞相周亞夫，亦只一揖，與他抗禮。亞夫卻也不與計較。及臨江王榮，徵詣中尉，都更欲藉此申威，召至對簿，裝起一張黑鐵面孔，好似閻羅王一般。榮究竟少年，未經大獄，見到郅都這副面目，已嚇得魂膽飛揚，轉思母死弟亡，父已失愛，餘生也覺沒趣，何苦向酷吏乞憐，不若作書謝過，自殺了事。主意已定，乃旁顧府吏，欲借取紙筆一用，那知又被郅都喝阻，竟叱令皂役，把他牽回獄中。還是魏其侯竇嬰，聞悉情形，取給紙筆，榮寫就一封絕命書，託獄吏轉達景帝，一面解帶懸梁，自縊而亡。**卻是可憐！**獄吏報知郅都，都並不驚惶，但取榮遺書呈入。景帝覽書，卻也沒有什麼哀戚，只命將王禮殯葬，予諡曰閔，待至出葬藍田，偏有許多燕子，替他啣泥，加置塚上。途人見之，無不驚嘆，共為臨江王呼冤。小子有詩嘆道：

入都拚把一身捐，玉碎何心望瓦全？
底事蒼鷹心太狠，何如燕子尚知憐！

寶嬰聞報，代為不平，便即入奏太后。欲知太后曾否加憐，待下回詳細說明。

薄皇后為慄姬所排，無辜被廢，而王美人又伺慄姬之後，並慄太子而摔去之，天道好還，何報應之巧耶？獨怪景帝為守成令主，乃為二三婦人所播弄，無故廢后，是為不義；無端廢子，是為不慈。且王美人為再醮之婦，名節已失，亦不宜正位中宮，為天下母，君一過多矣，況至再至三乎！太子榮既降為臨江王，欲求免禍，務在小心，舊有王宮，居之可也，必欲鳩工增築，致有侵及宗廟之嫌，未免自貽伊戚。但晁錯穿廟垣而猶得無辜，臨江王侵廟地而即致加罪，誰使蒼鷹，迫諸死地？謂其非冤，不可得也。夫有慄太子之冤死，益足見景帝之忍心，蘇穎濱謂其忌刻少恩，豈過毀哉！

第五十六回
王美人有緣終作后　慄太子被廢復蒙冤

第五十七回
索罪犯曲全介弟　賜肉食戲弄條侯

　　卻說竇嬰入謁太后，報稱臨江王冤死情形，竇太后究屬婆心，不免泣下，且召入景帝，命將郅都斬首，俾得雪冤。景帝含糊答應，及退出外殿，又不忍將都加誅，但令免官歸家。未幾又想出一法，潛調都為雁門太守。雁門為北方要塞，景帝調他出去，一是使他離開都邑，免得母后聞知，二是使他鎮守邊疆，好令匈奴奪氣。果然郅都一到雁門，匈奴兵望風卻退，不敢相逼。甚至匈奴國王，刻一木偶，狀似郅都，令部眾用箭射像，部眾尚覺手顫，迭射不中。這可想見郅都聲威，得未曾有哩！匈奴本與漢朝和親，景帝五年，也曾仿祖宗遺制，將宗室女充作公主，遣嫁出去，但番眾總不肯守靜，往往出沒漢邊，時思侵掠。自從郅都出守，舉國相戒，膽子雖怯，心下總是不甘，便由中行說等定計，遣使入漢，只說郅都虐待番眾，有背和約。景帝也知匈奴逞刁，置諸不問。偏被竇太后得知，大發慈威，怒責景帝敢違母命，仍用郅都，內擾不足，還要叫他虐待外人，真正豈有此理！今唯速誅郅都，方足免患。景帝見母后動怒，慌忙長跪謝過，並向太后哀求道：「郅都實是忠臣，外言不足輕信，還乞母后貸他一死，以後再不輕用了！」太后厲聲道：「臨江王獨非忠臣麼？為何死在他手中，汝若再不殺都，我寧讓汝！」這數句怒話，說得景帝擔當不起，只好勉依慈命，遣人傳旨出去，把郅都置諸死刑。都為人頗有奇節，

第五十七回
索罪犯曲全介弟　　賜肉食戲弄條侯

居官廉正，不受饋遺，就使親若妻孥，也所不顧，但氣太急，心太忍，終落得身首兩分，史家稱為酷吏首領，實是為此。**持平之論。**

景帝得使臣還報，尚是嘆惜不已。忽聞太常袁盎，被人刺死安陵門外，還有大臣數人，亦皆遇害。景帝不待詳查，便顧語左右道：「這定是梁王所為，朕憶被害諸人，統是前次與議諸人，不肯贊成梁王，所以梁王挾恨，遣人刺死；否則盎有他仇，盎死便足了事，何故牽連多人呢！」說著，即令有司嚴捕刺客，好幾日不得拿獲。唯經有司悉心鉤考，查得袁盎屍旁，遺有一劍，此劍柄舊鋒新，料經工匠磨洗，方得如此。當下派幹吏取劍過市，問明工匠，果有一匠承認，謂由梁國郎官，曾令磨擦生新。幹吏遂復報有司，有司復轉達景帝，景帝立遣田叔、呂季主兩人，往梁索犯。田叔曾為趙王張敖故吏，經高祖特別賞識，令為漢中郡守，見前文。在任十餘年，方免職還鄉。景帝因他老成練達，復召令入朝，命與呂季主同赴梁都。田叔明知刺盎首謀，就是梁王，但梁王係太后愛子，皇上介弟，如何叫他抵罪？因此降格相求，姑把梁王撇去，唯將梁王倖臣公孫詭、羊勝，當作案中首犯，先派隨員飛馳入梁，叫他拿交詭、勝兩人。詭、勝是梁王的左右手，此次遣賊行刺，原是兩人教唆出來，梁王方嘉他有功，待遇從隆，怎肯將他交出？反令他匿居王宮，免得漢使再來捕拿。田叔聞梁王不肯交犯，乃持詔入梁，責令梁相軒邱豹及內史韓安國等，拿緝詭、勝兩犯，不得稽延。**這是旁敲側擊的法門，田叔不為無見。**軒邱豹是個庸材，碌碌無能，那裡捕得到兩犯？只有韓安國材識，遠過軒邱豹，卻是有些能耐，從前吳、楚攻梁，幸賴安國善守，才得保全。**見五十四回。**還有梁王僭擬無度，曾遭母兄詰責，也虧安國入都斡旋，求長公主代為洗刷，梁王方得無事。**此數語是補敘前文之闕。**後來安國為詭勝所忌，構陷下獄，獄吏田甲，多方凌辱，安國慨然道：「君不聞死灰復燃麼？」

田甲道：「死灰復燃，我當撒尿澆灰！」那知過了數旬，竟來了煌煌詔旨，說是梁內史出缺，應用安國為內史。梁王不敢違詔，只好釋他出獄，授內史職，慌得田甲不知所措，私下逃去。安國卻下令道：「甲敢棄職私逃，應該滅族！」甲聞令益懼，沒奈何出見安國，肉袒叩頭，俯伏謝罪。**這也是小人慣技**。安國笑道：「何必出此！請來撒尿！」甲頭如搗蒜，自稱該死。安國復笑語道：「我豈同汝等見識，徒知侮人？汝幸遇我，此後休得自誇！」甲惶愧無地，說出許多感恩悔過的話兒，安國不復與較，但令退去，仍復原職。甲始拜謝而出。從此安國大度，稱頌一方。唯至刺盎獄起，詭、勝二人，匿居王宮，安國不便入捕，又無從卸責，躊躇數日，乃入白梁王道：「臣聞主辱臣死，今大王不得良臣，竟遭摧辱，臣情願辭官就死！」說著，淚下數行，梁王詫異道：「君何為至此？」安國道：「大王原係皇帝親弟，但與太上皇對著高帝，與今上對著臨江王，究係誰親？」梁王應聲道：「我卻勿如。」安國道：「高帝嘗謂提三尺劍，自取天下，所以太上皇不便相制，坐老櫟陽。臨江王無罪被廢，又為了侵地一案，自殺中尉府。父子至親，尚且如此，俗語有云，雖有親父，安知不為虎？雖有親兄，安知不為狼？今大王列在諸侯，聽信邪臣，違禁犯法，天子為著太后一人，不忍加罪，使交出詭、勝二人，大王尚力為袒護，未肯遵詔，恐天子一怒，太后亦難挽回。況太后亦連日涕泣，唯望大王改過，大王尚不覺悟，一旦太后晏駕，大王將攀援何人呢？」**怵以利害，語婉而切**。梁王不待說畢，已是淚下，乃入囑詭、勝，令他自圖。詭、勝無法求免，只得仰藥畢命。梁王命將兩人屍首，取示田叔、呂季主，田、呂樂得留情，好言勸慰。但尚未別去，還要探刺案情，梁王不免加憂，意欲選派一人，入都轉圜，免得意外受罪。想來想去，只有鄒陽可使，乃囑令入都，並取給千金，由他使用，鄒陽受金即行。這位鄒陽的性格，卻是忠直豪爽，與公

第五十七回
索罪犯曲全介弟　　賜肉食戲弄條侯

孫詭、羊勝不同，從前為了詭、勝不法，屢次諫諍，幾被他構成大罪，下獄論死。虧得才華敏贍，下筆千言，自就獄中繕成一書，呈入梁王，梁王見他詞旨悱惻，也為動情，因命釋出獄中，照常看待。陽卻不願與詭、勝同事，自甘恬退，厭聞國政。至詭、勝伏法，梁王始知陽有先見，再三慰勉，浼他入都調護，陽無可推諉，不得不勉為一行。既入長安，探得后兄王信，方蒙上寵，遂託人介紹，踵門求見。信召入鄒陽，猝然問道：「汝莫非流寓都門，欲至我處當差麼？」鄒陽道：「臣素知長君門下，人多如鯽，不敢妄求使令。**信係后兄，時人號為長君，故陽亦援例相稱。**今特竭誠進謁，願為長君預告安危。」信始辣然起座道：「君有何言？敢請明示！」陽又說道：「長君驟得貴寵，無非因女弟為后，有此幸遇。但禍為福倚，福為禍伏，還請長君三思。」長君聽了，暗暗生驚。原來王皇后善事太后，太后因後推恩，欲封王信為侯。嗣被丞相周亞夫駁議，說是高祖有約，無功不得封侯，乃致中止。**這也是補敘之筆。**今陽來告密，莫非更有意外禍變，為此情急求教，忙握著陽手，引入內廳，仔細問明。陽即申說道：「袁盎被刺，案連梁王，梁王為太后愛子，若不幸被誅，太后必然哀戚，因哀生憤，免不得遷怒豪門。長君功無可言，過卻易指，一或受責，富貴恐不保了。」**庸人易驕亦易懼，故陽多恫嚇語。**長君被他一嚇，越覺著忙，皺眉問計。陽故意擺些架子，令他自思，急得王信下座作揖，幾乎欲長跪下去。陽始從容攔阻，向他獻議道：「長君欲保全祿位，最好是入白主上，毋窮梁事，梁王脫罪，太后必深感長君，與共富貴，何人再敢搖動呢！」信展顏為笑道：「君言誠是，唯主上方在盛怒，應如何進說主上，方可挽回？」**連說話都要教他，真是一個笨伯！**陽說道：「長君何不援引舜事，舜弟名象，嘗欲殺舜，及舜為天子，封像有庳。自來仁人待弟，不藏怒，不宿怨，只是親愛相待，毫無怨言。今梁王頑不如象，應該

加恩赦宥，上效虞廷，如此說法，定可挽回上怒了。」信乃大喜，待至鄒陽辭出，便入見景帝，把鄒陽所教的言語，照述一遍，只不說出是受教鄒陽。景帝喜信能知舜事，且自己好摹仿聖王，當然合意，遂將怨恨梁王的意思，消去了一大半。可巧田叔、呂季主，查完梁事，回京覆命，路過霸昌廐，得知宮中消息，竇太后為了梁案，日夜憂泣不休，田叔究竟心靈，竟將帶回案卷，一律取出，付諸一炬。呂季主大為驚疑，還欲搶取，田叔搖手道：「我自有計，決不累君！」季主乃罷。待至還朝，田叔首先進謁，景帝亟問道：「梁事已辦了否？」田叔道：「公孫詭、羊勝實為主謀，現已伏法，可勿他問。」景帝道：「梁王是否預謀？」田叔道：「梁王亦不能辭責，但請陛下不必窮究。」景帝道：「汝二人赴梁多日，總有查辦案冊，今可帶來否？」田叔道：「臣已大膽毀去了。試想陛下只有此親弟，又為太后所愛，若必認真辦理，梁王難逃死罪；梁王一死，太后必食不甘味，寢不安席，陛下有傷孝友，故臣以為可了就了，何必再留案冊，株累無窮。」景帝正憂太后哭泣不安，聽了田叔所奏，不禁心慰道：「我知道了。君等可入白太后，免得太后憂勞。」田叔乃與呂季主進謁太后，見太后容色憔悴，面上尚有淚痕，便即稟白道：「臣等往查梁案，梁王實未知情，罪由公孫詭、羊勝二人，今已將二人加誅，梁王可安然無事了。」太后聽著，即露出三分喜色，慰問田叔等勞苦，令他暫且歸休。田叔等謝恩而退。**呂季主好似寄生蟲。**從此竇太后起居如故。景帝以田叔能持大體，拜為魯相。田叔拜辭東往，梁王武卻謝罪西來。梁臣茅蘭，勸梁王輕騎入關，先至長公主處，寓居數日，相機入朝。梁王依議，便將從行車馬，停住關外，自己乘著布車，潛入關中，至景帝聞報，派人出迎，只見車騎，不見梁王，慌忙還報景帝。景帝急命朝吏，四出探尋，亦無下落。正在驚疑的時候，突由竇太后趨出，向景帝大哭道：「皇帝果殺我子了！」**不脫婦**

第五十七回
索罪犯曲全介弟　賜肉食戲弄條侯

人腔調。景帝連忙分辯，竇太后總不肯信。可巧外面有人趨入，報稱梁王已至闕下，斧鑕待罪。景帝大喜，出見梁王，命他起身入內，謁見太后。太后如獲至寶，喜極生悲，梁王亦自覺懷慚，極口認過。景帝不咎既往，待遇如初，更召梁王從騎一律入關。梁王一住數日，因得鄒陽報告，知是王信代為調停，免不得親去道謝。兩人一往一來，周旋數次，漸覺情投意合，暢敘胸襟。王信為了周亞夫阻他侯封，心中常存芥蒂，就是梁王武，因吳、楚一役，亞夫堅壁不救，也引為宿嫌。兩人談及周丞相，並不禁觸起舊恨，想要把他除去。**梁王初幸脫罪，又要報復前嫌，正是江山可改，本性難移。**因此互相密約，雙方進言。王信靠著皇后勢力，從中媒櫱，梁王靠著太后威權，實行讒諉。景帝只有個人知識，那禁得母妻弟舅，陸續蔽惑，自然不能無疑。況慄太子被廢，及王信封侯時，亞夫並來絮聒，也覺厭煩，所以對著亞夫，已有把他免相的意思。不過記念舊功，一時未便開口，暫且遷延。並因梁王未知改過，仍向太后前搬弄是非，總屬不安本分，就使要將亞夫免職，亦須待他回去，然後施行。梁王扳不倒亞夫，且見景帝情意浸衰，也即辭行回國，不復逗留。景帝巴不得他離開面前，自然准如所請，聽令東歸。會因匈奴部酋徐盧等六人，叩關請降，景帝當然收納，並欲封為列侯。當下查及六人履歷，有一個盧姓降酋，就是前叛王盧綰孫，名叫它人。綰前降匈奴，匈奴令為東胡王。**見前文。**嗣欲乘間南歸，終不得志，鬱郁而亡。至呂后稱制八年，綰子潛行入關，詣闕謝罪，呂后頗嘉他反正，命寓燕邸，擬為置酒召宴，不料一病不起，大命告終，遂至綰妻不得相見，亦即病死。唯綰孫它人，尚在匈奴，承襲祖封，此時亦來投降。景帝為招降起見，擬將六人均授侯封，偏又惹動了丞相周亞夫，入朝面諫道：「盧它人係叛王後裔，應該加罪，怎得受封？就是此外番王，叛主來降，也是不忠，陛下反封他為侯，如何為訓！」景帝本已不

悅亞夫，一聞此言，自覺忍耐不住，勃然變色道：「丞相議未合時勢，不用不用！」亞夫討了一場沒趣，悵悵而退。景帝便封盧它人為惡谷侯，餘五人亦皆授封。越日即由亞夫呈入奏章，稱病辭官，景帝也不挽留，准以列侯歸第，另用桃侯劉舍為丞相。舍本姓項，乃父名襄，與項伯同降漢朝，俱得封侯，賜姓劉氏。襄死後，由舍襲爵，頗得景帝寵遇，至是竟代為丞相。舍實非相材，幸值太平，國家無事，恰也好敷衍過去。一年一年又一年，已是景帝改元後六年，舍自覺閒暇，乃迎合上意，想出一種更改官名的條議，錄呈景帝。先是景帝命改郡守為太守，郡尉為都尉。又減去侯國丞相的「丞」字，但稱為相。舍擬改稱廷尉為大理，奉常為太常，典客為大行，**後又改名為大鴻臚**。治粟內史為大農，後又改名大司農。將作少府為將作大匠，主爵中尉為都尉，後又改名右扶風。長信詹事為長信少府，將行為大長秋，九行為行人，景帝當即准議。未幾又改稱中大夫為衛尉，**但改官名何關損益，中國累代如此，至今尚仍是習，令人不解**。總算是劉舍的相績。**挖苦得妙**。梁王武聞亞夫免官，還道景帝信用己言，正好入都親近，乃復乘車入朝。竇太后當然歡喜，唯景帝仍淡漠相遭，虛與應酬。梁王不免失望，更上書請留居京中，侍奉太后，偏又被景帝駁斥，梁王不得不歸。歸國數月，常悶悶不樂，趁著春夏交界，草木向榮，出獵消遣，忽有一人獻上一牛，奇形怪狀，背上生足，惹得梁王大加驚詫。罷獵回宮，驚魂未定，致引病魔，一連發了六日熱症，服藥無靈，竟爾逝世。訃音傳到長安，竇太后廢寢忘餐，悲悼的了不得，且泣且語道：「皇帝果殺我子了！」回應一筆，見得太后溺愛，只知梁王，**不知景帝**。景帝入宮省母，一再勸慰，偏太后全然不睬，只是臥床大哭，或且痛責景帝，說他逼歸梁王，遂致畢命。景帝有口難言，好似啞子吃黃連，說不出的苦悶，沒奈何央懇長公主，代為勸解。長公主想了一策，與景帝說明，景帝依言

第五十七回
索罪犯曲全介弟　賜肉食戲弄條侯

下詔，賜諡梁王武為孝王，並分梁地為五國，盡封孝王子五人為王，連孝王五女，亦皆賜湯沐邑。太后聞報，乃稍稍解憂，起床進餐，後來境過情遷，自然漸忘。總計梁王先封代郡，繼遷梁地，做了三十五年的藩王。擁資甚巨，坐享豪華，歿後查得梁庫，尚剩黃金四十餘萬斤，其他珍玩，價值相等，他還不自知足，要想窺竊神器，終致失意亡身。唯平生卻有一種好處，入謁太后，必致敬盡禮，不敢少違。就是在國時候，每聞太后不豫，亦且食旨不甘，聞樂不樂，接連馳使請安，待至太后病癒，才復常態。賜諡曰孝，並非全出虛諛呢。**孝為百行先，故特別提敘。**

梁王死後，景帝又復改元，史稱為後元年。平居無事，倒反記起梁王遺言，曾說周亞夫許多壞處，究竟亞夫行誼，優劣如何，好多時不見入朝，且召他進來，再加面試。如或亞夫舉止，不如梁王所言，將來當更予重任，也好做個顧命大臣，否則還是預先除去，免貽後患。主見已定，便令侍臣宣召亞夫，一面密囑御廚，為賜食計。亞夫雖然免相，尚住都中，未嘗還沛。一經奉召，當即趨入，見景帝兀坐宮中，行過了拜謁禮，景帝賜令旁坐，略略問答數語，便由御廚搬進酒餚，擺好席上。景帝命亞夫侍食，亞夫不好推辭，不過席間並無他人，只有一君一臣，已覺有些驚異，及顧視面前，僅一酒卮，並無匕箸，所陳餚饌，又是一塊大肉，餘無別物，暗思這種辦法，定是景帝有意戲弄，不覺怒意勃發，顧視尚席道：**尚席是主席官名。**「可取箸來。」尚席已由景帝預囑，假作痴聾，立著不動。亞夫正要再言，偏景帝向他笑語道：「這還未滿君意麼？」說得亞夫又恨又愧，不得已起座下跪，免冠稱謝。景帝才說了一個「起」字，亞夫便即起身，掉頭徑出。**也太率性。**景帝目送亞夫出門，喟然太息道：「此人鞅鞅，**與怏字通。**非少主臣。」誰料你這般猜忌！亞夫已經趨出，未及聞知，回第數日，突有朝使到來，叫他入廷對簿。亞夫也不知何因，只好隨吏入

朝。這一番有分教：

烹狗依然循故轍，鳴雌畢竟識先機。**漢高祖曾封許負為鳴雌亭侯。**

究竟亞夫犯著何罪，待看下回便知。

若孔子嘗殺少正卯，不失為聖，袁盎亦少正卯之流亞也，殺之亦宜。然孔子之殺少正卯，未嘗不請命魯君，梁王武乃為盜賊之行，潛遣刺客以斃之，例以擅殺之罪，夫復何辭！但梁王為竇太后愛子，若有罪即誅，是大傷母后之心，倘母以憂死，景帝不但負殺弟之名，且併成逼母之罪矣！賢哉田叔，移罪於公孫詭、羊勝，悉毀獄辭，還朝覆命，片言悟主，此正善處人母子兄弟之間，而曲為調護者也。若周亞夫之忠直，遠出袁盎諸人之上，盎之示直，偽也，亞夫之主直，誠也，盎以口舌見幸，而亞夫以功業成名，社稷之臣也，猶將十世宥之，以勸能者，乃以直諫忤旨，賜食而不置箸，信讒而即召質，卒致柱石忠臣，無端餓死，庸非冤乎！黃鐘譭棄，瓦釜雷鳴，古今殆有同慨焉。

第五十七回
索罪犯曲全介弟　賜肉食戲弄條侯

第五十八回
嗣帝祚董生進三策　應主召申公陳兩言

　　卻說周亞夫到了大廷，已由景帝派出問官，責令亞夫對簿，且取出一封告密原書，交與閱看。亞夫覽畢，全然沒有頭緒，無從對答。原來亞夫子恐父年老，預備後事，特向尚方**掌供御用食物之官**。買得甲楯五百具，作為他時護喪儀器。尚方所置器物，本有例禁，想是亞夫子貪占便宜，祕密託辦，一面飭傭工運至家中，不給傭錢。傭工心中懷恨，竟說亞夫子偷買禁物，意圖不軌，背地裡上書告密。景帝方深忌亞夫，見了此書，正好作為罪證，派吏審問。其實亞夫子未嘗稟父，亞夫毫不得知，如何辯說。問官還道他倔強負氣，復白景帝。景帝怒罵道：「我亦何必要他對答呢？」遂命將亞夫移交大理。**即廷尉，見前**。亞夫子聞知，慌忙過視，見乃父已入獄中，才將原情詳告。亞夫也不暇多責，付之一嘆。及大理當堂審訊，竟向亞夫問道：「君侯何故謀反？」亞夫方答辯道：「我子所買，乃係葬器，怎得說是謀反呢！」大理又譏笑道：「就使君侯不欲反地上，也是欲反地下，何必諱言！」亞夫生性高傲，怎禁得這般揶揄，索性瞑目不言，仍然還獄。一連餓了五日，不願進食，遂致嘔血數升，氣竭而亡，適應了許負的遺言。**命也何如**。

　　景帝聞亞夫餓死，毫不賵贈，但更封亞夫弟堅為平曲侯，使承絳侯周

第五十八回
嗣帝祚董生進三策　應主召申公陳兩言

勃遺祀。那皇后親兄王長君，卻得從此出頭，居然受封為蓋侯了。**莫非縈私！**獨丞相劉舍，就職五年，濫竽充數，無甚補益，景帝也知他庸碌，把他罷免，升任御史大夫衛綰為丞相。綰係代人，素善弄車，得寵文帝，由郎官遷授中郎將，為人循謹有餘，幹練不足。景帝為太子時，曾召文帝侍臣，同往宴飲，唯綰不應召，文帝越加器重，謂綰居心不貳，至臨崩時曾囑景帝道：「衛綰忠厚，汝應好生看待為是！」景帝記著，故仍使為中郎將。未幾齣任河間王太傅，吳、楚造反，綰奉河間王命，領兵助攻，得有戰功，因超拜中尉，封建陵侯。嗣復徙為太子太傅，更擢為御史大夫。劉舍免職，綰循資升任，也不過照例供職，無是無非。至御史大夫一職，卻用了南陽人直不疑。不疑也做過郎官，郎官本無定額，並皆宿衛宮中，人數既多，退班時輒數人同居，呼為同舍。會有同舍郎告歸，誤將別人金錢攜去，失金的郎官，還道是不疑盜取，不疑並不加辯，且措資代償。**未免矯情。**嗣經同舍郎假滿回來，仍將原金送還失主，失主大慚，忙向不疑謝過。不疑才說明意見，以為大眾蒙謗，寧我受誣，於是眾人都稱不疑為長老。及不疑遷任中大夫，又有人譏他盜嫂無行，徒有美貌。不疑仍不與較，但自言我本無兄，後來也因從擊吳、楚得封塞侯，兼官衛尉，衛綰為相，不疑便超補御史大夫，兩人都自守本分，不敢妄為。但欲要他治國平天下，卻是相差得多呢！**斷煞兩人。**

　　景帝又用甯成為中尉。甯成專尚嚴酷，比郅都還要辣手，曾做過濟南都尉，人民疾首，並且居心操行，遠不及郅都的忠清。偏景帝視為能吏，叫他主持刑政，正是嗜好不同，別具見解。看他詔令中語，如疑獄加讞，**景帝中五年詔令。**治獄務寬，**後元年詔令。**也說得仁至義盡，可惜是徒有虛文，言與行違，就是戒修職事，**後一年詔令。**詔勸農桑，禁採黃金珠玉，**後三年詔令。**亦未必臣民遜聽，一道同風。可見景帝所為，遠遜乃

父，史家以文景並稱，未免失實。不過與民休息，無甚紛更，還算有些守成規範。到了後三年孟春，猝然遇病，竟致崩逝，享壽四十有八，在位一十六年。遺詔賜諸侯王列侯馬各二駟，吏二千石，各黃金二斤，民戶百錢，出宮人歸家，終身不復役使，作為景帝身後隆恩。

太子徹嗣皇帝位，年甫十有六歲，就是好大喜功、比跡秦皇的漢武帝。**回顧本書第一回。**尊皇太后竇氏為太皇太后，皇后王氏為皇太后，上先帝廟號為孝景皇帝，奉葬陽陵。武帝未即位時，已娶長公主女陳阿嬌為妃，此時尊為天子，當然立陳氏為皇后。**金屋貯嬌，好算如願。**又尊皇太后母臧兒為平原君，連臧兒所生子田蚡、田勝，亦予榮封。蚡為武安侯，勝為周陽侯。**臧兒改嫁田氏，已與王氏相絕，田氏二子怎得無功封侯？即此已見武帝不遵祖制。**所有丞相御史等人，暫仍舊職。未幾已將改年。向來新皇嗣統，應該就先帝崩後，改年稱元，以後便按次遞增，就使到了一百年，也沒有再三改元等事。自文帝誤信新垣平候日再中，乃有二次改元的創聞。**見五十一回。**景帝未知幹蠱，還要踵事增華，索性改元三次，史家因稱為前元、中元、後元，作為區畫。武帝即位一年，照例改元，本不足怪，唯後來且改元十餘次，有司曲意獻諛，謂改元宜應天瑞，當用瑞命紀元，選取名號，因此從武帝第一次改元為始，迭用年號相系。元年年號，叫做建元，這是在武帝元鼎三年時新作出來，由後追前，各系年號，後人依書編敘，就稱武帝第一年為建元元年。看官須知年號開始，創自武帝，也是一種特別紀念，垂為成例呢。**標明始事，應有之筆。**

武帝性喜讀書，雅重文學，一經踐祚，便頒下一道詔書，命丞相御史列侯郡守諸侯相等，舉薦賢良方正、直言極諫之士。於是廣川人董仲舒，菑川人公孫弘，會稽人嚴助，以及各處有名儒生，並皆被選，同時入都，差不多有百餘人。武帝悉數召入，親加策問，無非詢及帝王治要。一班對

第五十八回
嗣帝祚董生進三策　應主召申公陳兩言

策士子，統皆凝神細思，屬筆成文，約莫有三五時，依次呈繳，陸續退出。武帝逐篇披覽，無甚合意，及看到董仲舒一卷，乃是詳論天人感應的道理，說得原原本本，計數千言。當即擊節稱賞，嘆為奇文。原來仲舒少治《春秋》，頗有心得，景帝時已列名博士，下帷講誦，目不窺園，又閱三年有餘，功益精進。遠近學子，俱奉為經師。至是詣闕對策，正好把生平學識，抒展出來，果然壓倒群儒，特蒙知遇。武帝見他言未盡意，復加策問，至再至三。仲舒更迭詳對，統是援據《春秋》，歸本道學，世稱為「天人三策」，傳誦古今。小子無暇抄錄，但記得最後一篇，尤關重要，乃是請武帝崇尚孔子，屏黜異言。大略說是：

臣聞天者群物之祖，故遍復包含而無所殊。聖人法天而立道，亦溥愛而無私。春者天之所以生也，仁者君之所以愛也，夏者天之所以長也，德者君之所以養也，霜者天之所以殺也，刑者君之所以罰也，故孔子作《春秋》，上揆之天道，下質諸人情，書邦家之過，兼災異之變，以此見人之所為，其美惡之極，乃與天地流通，而往來相應，此亦言天之一端也。夫天令之謂命，命非聖人不行，質樸之謂性，性非教化不成，人欲之謂情，情非制度不節，是故古之王者，上謹於承天意，以順命也，下務明教化民，以成性也，正法度之宜，別上下之序，以防欲也。修此三者，而大本舉矣。人受命於天，固超然異於群生，故孔子曰：天地之性，人為貴。明於天性，知自貴於物，然後知仁義，知仁義然後重禮節，重禮節然後安處善，安處善然後樂循理，樂循理然後謂之君子。

臣又聞之：聚少成多，積小致巨，故聖人莫不以晻**與暗字通**。致明，以微致顯。是以堯發於諸侯，舜興於深山，非一日而顯也。蓋有漸以致之矣。言出於己，不可塞也，行發於身，不可掩也，言行之大者，君子所以動天地也，故盡小者大，慎微者著。積善在身，猶長日加益而人不知也，積惡在身，猶火之銷膏而人不見也，此唐虞之所以得令名，而桀紂之可為

悼懼者也。

夫樂而不亂，復而不厭者，謂之道。道者萬世無敝，敝者道之失也。夏尚忠，殷尚質，周尚文者，救敝之術，當用此也。道之大原出於天，天不變，道亦不變，是以禹繼舜，舜繼堯，三聖相授，而守一道，不待救也。由是觀之，繼治世者其道同，繼亂世者其道變，今大漢繼亂之後，若宜少損周之文致，用夏之忠者。

夫古之天下，猶今之天下，共是天下，古大治而今遠不逮，安所繆戾而陵夷若是，意者有所失於古之道與？有所詭於天之理與？天亦有所分予，予之齒者去其角，傅之翼者兩其足，是所受大者，不得取小也。古之所予祿者，不食於力，不動於末，與天同意者也。身寵而載高位，家溫而食厚祿，因乘富貴之資力，以與民爭利於下，民安能如之哉？民日被削，浸以大窮，死且不避，安能避罪，此刑罰之所以繁，而奸邪之所以不可勝者也。公儀子相魯，至其家，見織帛，怒而出其妻，食於舍而茹葵，慍而拔之，曰吾已食祿，又奪園夫紅女利乎？**紅讀如工。**夫皇皇求財利，嘗恐乏匱者，庶人之意也。皇皇求仁義，唯恐不能化民者，大夫之意也。《易》曰：負且乘，致寇至。言居君子之位，而為庶人之行者，禍患必至也。若居君子之位，當君子之行，則舍公儀休之相魯，無可為者矣。

且臣聞《春秋》大一統者，天地之常經，古今之通誼也。今師異道，人異論，百家殊方，指意不同，是以上無以持一統，法制數變，下不知所守。臣愚以為諸不在六藝之科，孔子之術者，皆絕其道，勿使並進。邪僻之說滅息，然後統紀可一，法度可明，民乃知所從矣。

這篇文字，最合武帝微意。武帝年少氣盛，好高騖遠，要想大做一番事業，振古爍今，可巧仲舒對策，首在興學，次在求賢，最後進說大一統模範，請武帝崇正黜邪，規定一尊，正是武帝有志未逮，首思舉行，所以深相契合，大加稱賞。當下命仲舒為江都相，使佐江都王非。**景帝子，見**

073

第五十八回
嗣帝祚董生進三策　應主召申公陳兩言

前。武帝既賞識仲舒，何不留為內用？丞相衛綰，聞得武帝嘉美仲舒，忙即迎合意旨，上了一本奏牘，說是各地所舉賢良，或治申韓學，**申商韓非**。或好蘇張言，無關盛治，反亂國政，應請一律罷歸。武帝自然准奏，除公孫弘、嚴助諸人，素通儒學外，並令歸去，不得錄用。衛綰還道揣摩中旨，可以希寵固榮，保全祿位，那知武帝並不見重，反因他拾人牙慧，格外鄙夷。不到數月，竟將衛綰罷免，改用竇嬰為丞相。嬰係竇太后姪兒，竇太后嘗與景帝說及，欲令嬰居相位。景帝謂嬰沾沾自喜，量窄行輕，不合為相，所以終不見用。武帝也未嘗定欲相嬰，意中卻擬重任田蚡，不過因蚡資望尚淺，恐人不服，並且嬰是太皇太后的兄子，蚡乃皇太后的母弟，揆情酌理，亦應先嬰後蚡，所以使嬰代相，特命蚡為太尉。太尉一官，前時或設或廢，唯周勃父子，兩任太尉，及遷為丞相後，並將官職停罷。武帝復設此官，明明是位置田蚡起見。蚡雖曾學習書史，才識很是平常，只有性情乖巧，口才敏捷，乃是他的特長。自從武帝授為武安侯，他亦自知才具不足，廣招賓佐，預為計畫。入朝時乃滔滔奏對，議論動人，武帝墮入彀中，錯疑他才能邁眾，欲加大位。為此一誤，遂惹出後來許多波瀾，連竇嬰也要被他排擠，斷送性命，這且待後再表。

　　且說竇嬰、田蚡，既握朝綱，揣知武帝好儒，也不得不訪求名士，推重耆英。適御史大夫直不疑免官，遂同舉代人趙綰繼任，並又薦入蘭陵人王臧，由武帝授為郎中令。趙、王兩人，既已受任，便擬仿照古制，請設明堂辟雍。武帝也有此意，叫他詳考古制，採擇施行。兩人又同奏一本，說是臣師申公，稽古有素，應由特旨徵召，邀令入議。這申公就是故楚遺臣，與白生同諫楚王，被罰司春。**見五十三回**。及楚王戊兵敗自焚，申公等自然免罪，各歸原籍。申公魯人，歸家授徒，獨重詩教，門下弟子，約千餘人。趙綰、王臧，俱向申公受詩，知師飽學，故特從推薦。武帝風聞

申公重名，立即派遣使臣，用了安車蒲輪，束帛加璧，迎聘申公。

申公已八十餘歲，杜門不出，此次聞有朝使到來，只好出迎。朝使傳述上意，齎交玉帛，申公見他禮意殷勤，不得不應召入都。既到長安，面見武帝，武帝見他道貌高古，格外加敬，當下傳諭賜坐，訪問治道，但聽申公答說道：「為治不在多言，但視力行何如。」兩語說完，便即住口。武帝待了半晌，仍不聞有他語，**兩語夠了**。暗思自己備著厚禮，迎他到來，難道叫他說此二語，便算了事，一時大失所望，遂不欲再加質問，但命他為大中大夫，暫居魯邸，妥議明堂辟雍，及改歷易服與巡狩封禪等禮儀。申公已料武帝少年喜事，行不顧言，所以開口提出二語，待他有問再答。嗣見武帝不復加詢，也即起身拜謝，退出朝門。趙綰、王臧，引申公至魯邸，叩問明堂辟雍等古制，申公微笑無言。綰與臧雖未免詫異，但只道是遠來辛苦，不便遽問，因此請師休息，慢慢兒的提議。那知宮廷裡面，發生一大阻力，不但議事無成，還要闖出大禍，害得二人失職亡身，這真叫做冒昧進階，自取禍殃哩。

原來太皇太后竇氏，素好黃老，不悅儒術，嘗召入博士轅固取示老子書。轅固尚儒絀老，猝然答說道：「這不過家人常言，無甚至理。」竇太后發怒道：「難道定要司空城旦書麼？」固知太后語意，是譏儒教苛刻，比諸司空獄官，城旦刑法，因與私見不合，掉頭自退。固本善辯，從前與黃生爭論湯武，黃生主張放獄，固主張徵誅，景帝頗袒固說；此番在竇太后前碰了釘子，還是不便力爭，方才退出。那竇太后怒氣未平，且因固不知謝過，欲加死罪，轉思罪無可援，不如使他入圈擊彘，俾彘咬死，省得費事。**惡之欲其死，全是婦人私見**。虧得景帝知悉，不忍固無端致死，特令左右借與利刃，方才將彘刺死。太后無詞可說，只得罷休。但每聞儒生起用，往往從中阻撓，所以景帝在位十六年，始終不重用儒生。及武帝嗣

第五十八回
嗣帝祚董生進三策　應主召申公陳兩言

位，竇太后聞他好儒，大為不然，復欲出來干預。武帝又不便違忤祖母，所有朝廷政議，都須隨時請命。竇太后對著他事，卻也聽令施行，只有關係儒家法言，如明堂辟雍等種種制度，獨批得一文不值，硬加阻止。冒冒失失的趙綰，一經探悉，便入奏武帝道：「古禮婦人不得預政，陛下已親理萬凡，不必事事請命東宮！」**處人骨肉之間，怎得如此直率！**武帝聽了，默然不答。看官聽說！綰所說的「東宮」二字，乃是指長樂宮，為太皇太后所居。長樂宮在漢都東面，故稱東宮。**詮釋明白，免致閱者誤會。**自從綰有此一奏，竟被太皇太后聞知，非常震怒，立召武帝入內，責他誤用匪人。且言綰既崇尚儒術，怎得離間親屬？這明明是導主不孝，應該重懲。武帝尚想替綰護辯，只說丞相竇嬰，太尉田蚡，並言趙綰多才，與王臧一同薦入，所以特加重任。竇太后不聽猶可，聽了此語，越覺怒不可遏，定要將綰、臧下獄，嬰、蚡免官。武帝拗不過祖母，只好暫依訓令，傳旨出去，革去趙綰、王臧官職，下吏論罪。擬俟竇太后怒解，再行釋放。偏竇太后指二人為新垣平，非誅死不足示懲，累得武帝左右為難。那知綰與臧已拚一死，索性自殺了事。**倒也清脫。**小子有詩嘆道：

才經拜爵即遭災，禍患都從富貴來。

莫道文章憎命達，銜才便是殺身媒。

綰臧既死，竇太后還要黜免竇嬰、田蚡。究竟嬰、蚡曾否免官，待至下回再表。

武帝繼文景之後，慨然有為，首重儒生，而董仲舒起承其乏，對策大廷，哀然舉首。觀其三策中語，持論純正，不但非公孫弘輩可比，即賈長沙亦勿如也。武帝果有心鑑賞，應即留其補闕，胡為使之出相江都，是可知武帝之重儒，非真好儒也。第欲借儒生之詞藻，以文致太平耳。申公老

成有識，一經召問，即以力行為勉，譬如對症發藥，先究病源，惜乎武帝之諱疾忌醫，而未由針砭也。就令無竇太后之阻力，亦烏有濟？董生去，申公歸，而偽儒雜進，漢治不可問矣。

第五十八回
嗣帝祚董生進三策　應主召申公陳兩言

第五十九回
迎母姊親馳御駕　訪公主喜遇歌姬

　　卻說竇嬰、田蚡，為了趙綰、王臧，觸怒太皇太后，遂致波及，一同坐罪。武帝不能袒護，只得令二人免官。申公本料武帝有始無終，不過事變猝來，兩徒受戮，卻也出諸意外，隨即謝病免職，仍歸林下，所有明堂辟雍諸議，當然擱置，不煩再提。武帝別用栢至侯許昌為相，武疆侯莊青翟為御史大夫，復將太尉一職，罷置不設。

　　先是河內人石奮，少侍高祖，有姊能通音樂，入為美人，**美人乃是女職，注見前。**奮亦得任中涓，**內侍官名。**遷居長安。後來歷事數朝，累遷至太子太傅，勤慎供職，備位全身；有子四人，俱有父風，當景帝時，官皆至二千石，遂賜號為萬石君。奮年老致仕，仍許食上大夫俸祿，歲時入朝慶賀，守禮如前；就是家規，亦非常嚴肅，子孫既出為吏，歸謁時必朝服相見，如有過失，奮亦不欲明責，但當食不食，必經子孫肉袒謝罪，然後飲食如常，因此一門孝謹，名聞郡國。太皇太后竇氏，示意武帝，略言儒生尚文，徒事藻飾，還不如萬石君家，起自小吏，卻能躬行實踐，遠勝腐儒。因此武帝記著，特令石奮長子建為郎中令，少子慶為內史。建已經垂老，鬚髮盡白，奮尚強健無恙，每值五日休沐，建必回家省親，私取乃父所服衣褲，親為洗濯，悄悄付與僕役，不使乃父得知，如是成為常例。

第五十九回
迎母姊親馳御駕　訪公主喜遇歌姬

　　至入朝事君，在大庭廣眾中，似不能言，如必須詳奏事件，往往請屏左右，直言無隱。武帝頗嘉他樸誠，另眼相看。一日有奏牘呈入，經武帝批發下來，又由建複閱，原奏內有一個「馬」字，失落一點，不由的大驚道：「馬字下有四點，象四足形與馬尾一彎，共計五畫，今有四缺一，倘被主上察出，豈不要受譴麼？」為此格外謹慎，不敢少疏。**看似迂拘，其實謹小慎微，也是人生要務，故特從詳敘。**唯少子慶，稍從大意，未拘小謹，某夕因酒後忘情，回過里門，竟不下車，一直馳入家中。偏被乃父聞知，又把老態形容出來，不食不語。慶瞧著父面，酒都嚇醒，慌忙肉袒跪伏，叩頭請罪，奮只搖首無言。時建亦在家，見弟慶觸怒父親，也招集全家眷屬，一齊肉袒，跪在父前，代弟乞情，奮始冷笑道：「好一個朝廷內史，為現今貴人，經過閭里，長老都皆趨避，內史卻安坐車中，形容自若，想是現今時代，應該如此！」慶聽乃父詰責，方知為此負罪，連忙說是下次不敢，幸乞恩恕。建與家人，也為固請，方由奮諭令退去，慶自此亦非常戒慎。**比現今時代之父子相去何如？**嗣由內史調任太僕，為武帝御車出宮，武帝問車中共有幾馬？慶明知御馬六龍，應得六馬，但恐忙中有錯，特用鞭指數，方以六馬相答。武帝卻不責他遲慢，反默許他遇事小心，倚任有加。**可小知者，未必能大受，故後來為相，貽譏素餐。**至奮已壽終，建哀泣過度，歲餘亦死，獨慶年尚疆，歷躋顯階，事且慢表。**夾入此段，雖為御史郎中令補缺，似承接上文之筆，但說他家風醇謹，卻是借古箴今。**

　　且說弓高侯韓頹當，自平叛有功後，還朝覆命，**見五十五回。**未幾病歿。有一庶孫，生小聰明，眉目清揚，好似美女一般，因此取名為嫣，表字叫做王孫。武帝為膠東王時，嘗與嫣同學，互相親愛，後來隨著武帝，不離左右。及武帝即位，嫣仍在側，有時同寢御榻，與共臥起。或說他為

武帝男妾，不知是真是假，無從證明。唯嫣既如此得寵，當然略去形跡，無論什麼言語，都好與武帝說知。武帝生母王太后，前時嫁與金氏，生有一女，為武帝所未聞。**見五十六回**。嫣卻得自家傳，具悉王太后來歷，乘間說明。武帝愕然道：「汝何不早言？既有這個母姊，應該迎她入宮，一敘親誼。」當下遣人至長陵，暗地調查，果有此女，當即回報。武帝遂帶同韓嫣，乘坐御輦，前引後隨，騎從如雲，一擁出橫城門，**橫音光。橫城門為長安北面西門**。直向長陵出發。

　　長陵係高祖葬地，距都城三十五里，立有縣邑，徙民聚居，地方卻也鬧熱，百姓望見御駕到來，總道是就祭陵寢，偏御駕馳入小市，轉彎抹角，竟至金氏所居的里門外，突然停下。向來御駕經過，前驅清道，家家閉戶，人人匿蹤，所以一切里門，統皆關住。當由武帝從吏，呼令開門，連叫不應，遂將里門開啟，一直馳入。到了金氏門首，不過老屋三椽，借蔽風雨。武帝恐金女膽怯，或致逃去，竟命從吏截住前後，不准放人出來。屋小人多，甚至環繞數匝，嚇得金家裡面，不知有何大禍，沒一人不去躲避。金女是個女流，更慌得渾身發顫，帶抖帶跑，搶入內房，向床下鑽將進去。那知外面已有人闖入，四處搜尋，只有大小男女數人，單單不見金女。當下向他人問明，知在內室，便呼她出來見駕。金女怎敢出頭？直至宮監進去，搜至床下，才見她縮做一團，還是不肯出來。宮監七手八腳，把她拖出，叫她放膽出見，可得富貴。她尚似信非信，勉強拭去塵汙，且行且卻，宮監急不暇待，只好把她扶持出來，導令見駕。金女戰兢兢的跪伏地上，連稱呼都不知曉，只好屏息聽著。**一路描摹，令人解頤。**

　　武帝親自下車，嗚咽與語道：「嚄！**驚愕之辭。**大姊何必這般膽小，躲入裡面？請即起來相見！」金女聽得這位豪貴少年，叫她大姊，尚未知是何處弟兄。不過看他語意纏綿，料無他患，因即徐徐起立。再由武帝命

第五十九回
迎母姊親馳御駕　訪公主喜遇歌姬

　　她坐入副車,同詣宮中。金女答稱少慢,再返入家門,匆匆裝扮,換了一套半新半舊的衣服,辭別家人,再出乘車。問明宮監,才知來迎的乃是皇帝,不由的驚喜異常。一路思想,莫非做夢不成!好容易便入皇都,直進皇宮,仰望是宮殿巍峨,俯矚是康衢平坦,還有一班官吏,分立兩旁,非常嚴肅,真是見所未見,聞所未聞。待到了一座深宮,始由從吏請她下車,至下車後,見武帝已經立著,招呼同入,因即在後跟著,緩步徐行。

　　既至內廷,武帝又囑令立待,方才應聲住步。不消多時,便有許多宮女,一齊出來,將她簇擁進去,凝神睇視,上面坐著一位雍容華貴的婦人,左側立著便是引她同入的少年皇帝,只聽皇帝指示道:「這就是臣往長陵,自去迎接的大姊。」又用手招呼道:「大姊快上前謁見太后!」當下福至心靈,連忙步至座前,跪倒叩首道:「臣女金氏拜謁。」**虧她想著!**王太后與金女,相隔多年,一時竟不相認,便開口問著道:「汝就是俗女麼?」金女小名是一「俗」字,當即應聲稱是。王太后立即下座,就近撫女。女也曾聞生母入宮,至此有緣重會,悲從中來,便即伏地涕泣。太后亦為淚下,親為扶起,問及家況。金女答稱父已病歿,又無兄弟,只招贅了一個夫婿,生下子女各一人,並皆幼稚,現在家況單寒,勉力餬口云云。母女正在泣敘,武帝已命內監傳諭御廚,速備酒餚,頃刻間便即搬入,宴賞團圞。太后當然上坐,姊弟左右侍宴,武帝斟酒一卮,親為太后上壽,又續斟一卮,遞與金女道:「大姊今可勿憂,我當給錢千萬,奴婢三百人,公田百頃,甲第一區,俾大姊安享榮華,可好麼?」金女當即起謝,太后亦很是喜歡,顧語武帝道:「皇帝亦太覺破費了。」武帝笑道:「母后也有此說,做臣子的如何敢當?」說著,遂各飲了好幾杯。武帝又進白太后道:「今日大姊到此,三公主應即相見,願太后一同召來!」太后說聲稱善,武帝即命內監出去,往召三公主去了。

太后見金女服飾粗劣，不甚雅觀，便借更衣為名，叫金女一同入內。俗語說得好，佛要金裝，人要衣裝，自從金女隨入更衣，由宮女替她裝飾，搽脂抹粉，貼鈿橫釵，服霞裳，著玉舄，居然像個現成帝女，與進宮時大不相同。待至裝束停當，復隨太后出來，可巧三公主陸續趨入。當由太后武帝，引她相見，彼此稱姊道妹，湊成一片歡聲。這三公主統是武帝胞姊，均為王太后所出，**見五十六回**。長為平陽公主，次為南宮公主，又次為隆慮公主，已皆出嫁，不過並在都中，容易往來，所以一召即至。既已敘過寒暄，便即一同入席，團坐共飲，不但太后非常高興，就是武帝姊弟，亦皆備極歡愉，直至更鼓頻催，方才罷席。金女留宿宮中，餘皆退去。到了翌日，武帝記著前言，即將面許金女的田宅財奴，一併撥給，復賜號為修成君。金女喜出望外，住宮數日，自去移居。偏偏禍福相因，吉凶並至，金女驟得富貴，乃夫遽爾病亡，**想是沒福消受**。金女不免哀傷，猶幸得此厚賜，還好領著一對兒女，安閒度日。有時入覲太后，又得邀太后撫卹，更覺安心。

唯武帝迎姊以後，竟引動一番遊興，時常出行。建元二年三月上巳，親倖霸上祓祭。還過平陽公主家，樂得進去休息，敘談一回。平陽公主，本稱陽信公主，因嫁與平陽侯曹壽為妻，故亦稱平陽公主。**曹壽即曹參曾孫**。公主見武帝到來，慌忙迎入，開筵相待。飲至數巡，卻召出年輕女子十餘人，勸酒奉觴。看官道平陽公主是何寓意？她是為皇后陳氏久未生子，特地採選良家女兒，蓄養家中，趁著武帝過飲，遂一併叫喚出來，任令武帝自擇。偏武帝左右四顧，略略評量，都不過尋常脂粉，無一當意，索性回頭不視，儘管自己飲酒。平陽公主見武帝看了諸女，統不上眼，乃令諸女退去，另召一班歌女進來侑酒，當筵彈唱。就中有一個嬌喉宛轉，曲調鏗鏘，送入武帝耳中，不由的凝眸審視，但見她低眉斂翠，暈臉生

第五十九回
迎母姊親馳御駕　訪公主喜遇歌姬

紅，已覺得嫵媚動人，可喜可愛。尤妙在萬縷青絲，攏成蛇髻，黑油油的可鑑人影，光滑滑的不受塵蒙。端詳了好多時，尚且目不轉瞬，那歌女早已覺著，斜著一雙俏眼，屢向武帝偷看，口中復度出一種靡曼的柔音，暗暗挑逗，直令武帝魂馳魄蕩，目動神迷。**色不醉人人自醉。**平陽公主復從旁湊趣，故意向武帝問道：「這個歌女衛氏，色藝何如？」武帝聽著，才顧向公主道：「她是何方人氏？叫做何名？」公主答稱籍隸平陽，名叫子夫。武帝不禁失聲道：「好一個平陽衛子夫呢！」說著，佯稱體熱，起座更衣。公主體心貼意，即命子夫隨著武帝，同入尚衣軒。**公主更衣室名尚衣軒。**好一歇不見出來，公主安坐待著，並不著忙。又過了半晌，才見武帝出來，面上微帶倦容，那衛子夫且更閱片時，方姍姍來前，星眼微餳，雲鬢斜嚲，一種嬌怯態度，幾乎有筆難描。**怕武帝耶？怕公主耶？**平陽公主瞧著子夫，故意的瞅了一眼，益令子夫含羞俯首，拈帶無言。**好容易乞求得來，何必如此！**武帝看那子夫情態，越覺銷魂，且因公主引進歌姝，發生感念，特面允酬金千斤。公主謝過賞賜，並願將子夫奉送入宮。武帝喜甚，便擬挈與同歸，公主再令子夫入室整妝。待她妝畢，席已早撤，武帝已別姊登車。公主忙呼子夫出行。子夫拜辭公主，由公主笑顏扶起，併為撫背道：「此去當勉承雨露，強飯為佳！將來得能尊貴，幸勿相忘！」子夫諾諾連聲，上車自去。

　　時已日暮，武帝帶著子夫，並驅入宮，滿擬夜間，再續歡情，重諧鸞鳳，偏有一位貪酸吃醋的大貴人，在宮候著，巧巧冤家碰著對頭，竟與武帝相遇，目光一瞬，早已看見那衛子夫。急忙問明來歷，武帝只好說是平陽公主家奴，入宮充役。誰知她豎起柳眉，翻轉桃靨，說了兩個「好」字，掉頭竟去。這人究竟為誰？就是皇后陳阿嬌。武帝一想，皇后不是好惹的人物，從前由膠東王得為太子，由太子得為皇帝，多虧是后母長公

主,一力提攜。況幼年便有金屋貯嬌的誓言,怎好為了衛子夫一人,撇去好幾年夫妻情分?於是把衛子夫安頓別室,自往中宮,陪著小心。陳皇后還要裝腔作態,叫武帝去伴新來美人,不必絮擾。嗣經武帝一再溫存,方與武帝訂約,把衛子夫錮置冷宮,不准私見一面。武帝恐傷后意,勉強照行。從此子夫鎖處宮中,幾有一年餘不見天顏。陳后漸漸疏防,不再查問,就是武帝亦放下舊情,蹉跎過去。

會因宮女過多,武帝欲察視優劣,分別去留,一班悶居深宮的女子,巴不得出宮歸家,倒還好另行擇配,免誤終身,所以情願見駕,冀得發放。衛子夫入宮以後,本想陪伴少年天子,專寵後房,偏被正宮妒忌,不准相見,起初似罪犯下獄,出入俱受人管束,後來雖稍得自由,總覺得天高日遠,毫無趣味,還不如乘機出宮,仍去做個歌女,較為快活,乃亦粗整烏雲,薄施朱粉,出隨大眾入殿,聽候發落。武帝親御便殿,按著宮人名冊,一一點驗,有的是准令出去,有的是仍使留住。至看到「衛子夫」三字,不由的觸起前情,留心盼著。俄見子夫冉冉過來,人面依然,不過清瘦了好幾分,唯鴉鬢蟬鬢,依然漆黑生光。**子夫以美髮聞,故一再提及。**及拜倒座前,逼住嬌喉,嗚嗚咽咽的說出一語,願求釋放出宮。武帝又驚又愧,又憐又愛,忙即好言撫慰,命她留著。子夫不便違命,只好起立一旁,待至餘人驗畢,應去的即出宮門,應留的仍返原室。子夫奉諭留居,沒奈何隨眾退回,是夕尚不見有消息。到了次日的夜間,始有內侍傳旨宣召,子夫應召進見,亭亭下拜。武帝忙為攔阻,攬她入懷,重敘一年離緒。子夫故意說道:「臣妾不應再近陛下,倘被中宮得知,妾死不足惜,恐陛下亦許多不便哩!」武帝道:「我在此處召卿,與正宮相離頗遠,不致被聞。況我昨得一夢,見卿立處,旁有梓樹數株,梓與子聲音相通,我尚無子,莫非應在卿身,應該替我生子麼?」**日有所思,夜有所夢,武帝自**

第五十九回
迎母姊親馳御駕　訪公主喜遇歌姬

解夢境，未免附會。說著，即與子夫攜手入床，再圖好事。一宵湛露，特別覃恩，十月歡苗，從茲布種。小子有詩詠道：

陰陽化合得生機，年少何憂子嗣稀？
可惜昭陽將奪寵，禍端從此肇宮闈。

子夫得幸以後，便即懷妊在身，不意被陳后知曉，又生出許多醋波。欲知後事，且看下回。

武帝與金氏女，雖為同母姊，然母已改適景帝，則與前夫之恩情已絕，即置諸不問，亦屬無妨。就令武帝曲體親心，顧及金氏，亦唯有密遣使人，給彼粟帛，令無凍餒之虞，已可告無愧矣。必張皇車駕，麾騎往迎，果何為者？名為孝母，實彰母過，是即武帝喜事之一端，不足為後世法也。平陽公主，因武帝之無子，私蓄少艾，乘間進御，或稱其為國求儲，心堪共諒，不知武帝年未弱冠，無子寧足為憂？觀其送衛子夫時，有貴毋相忘之囑，是可知公主之心，無非徼利，而他日巫蠱之獄，長門之錮，何莫非公主階之厲也！武帝迎金氏女，平陽公主獻衛子夫，跡似是而實皆非，有是弟即有是姊，同胞其固相類歟？

第六十回
因禍為福仲卿得官　寓正於諧東方善辯

　　卻說衛子夫懷妊在身，被陳皇后察覺，恚恨異常，立即往見武帝，與他爭論。武帝卻不肯再讓，反責陳后無子，不能不另幸衛氏，求育麟兒。陳皇后無詞可駁，憤憤退去。一面出金求醫，屢服宜男的藥品，一面多方設計，欲害新進的歌姬。老天不肯做人美，任她如何謀劃，始終無效。武帝且恨后奇妒，既不願入寢中宮，復格外保護衛氏，因此子夫日處危地，幾番遇險，終得復安。陳皇后不得逞志，又常與母親竇太主密商，總想除去情敵。竇太主就是館陶長公主，因後加號，從母稱姓，所以尊為竇太主。太主非不愛女，但一時也想不出良謀，忽聞建章宮中，有一小吏，叫做衛青，乃是衛子夫同母弟，最近當差，太主推不倒衛子夫，要想從她母弟上出氣，囑人捕青。

　　青與子夫，同母不同父，母本平陽侯家婢女，嫁與衛氏，生有一男三女，長女名君孺，次女名少兒，三女就是子夫。後來夫死，仍至平陽侯家為傭，適有家僮鄭季，暗中勾搭，竟與私通，居然得產一男，取名為青。鄭季已有妻室，不能再娶衛媼，衛媼養青數年，已害得辛苦艱難，不可名狀。**誰叫你偷圖快樂**。只好使歸鄭季，季亦沒奈何，只好收留。從來婦人多妒，往往防夫外遇，鄭季妻猶是人情，怎肯大度包容？況家中早有數

第六十回
因禍為福仲卿得官　寓正於諧東方善辯

子，還要他兒何用？不過鄭季已將青收歸，勢難麾使他去，當下令青牧羊，視若童僕，任情呼叱。鄭家諸子，也不與他稱兄道弟，一味苛待。青寄人籬下，熬受了許多苦楚，才得偷生苟活，粗粗成人。一日跟了里人，行至甘泉，過一徒犯居室，遇著髡奴，注視青面，不由的驚詫道：「小哥兒今日窮困，將來當為貴人，官至封侯哩！」青笑道：「我為人奴，想什麼富貴？」髡奴道：「我頗通相術，不至看錯！」青又慨然道：「我但求免人答罵，已為萬幸，怎得立功封侯？願君不必妄言！」**貧賤時都不敢痴想。**說罷自去。已而年益長成，不願再受鄭家奴畜，乃復過訪生母，求為設法。生母衛媼，乃至平陽公主處乞情，公主召青入見，卻是一個彪形大漢，相貌堂堂，因即用為騎奴。每當公主出行，青即騎馬相隨，雖未得一官半職，較諸在家時候，苦樂迥殊。時衛氏三女，已皆入都，長女嫁與太子舍人公孫賀，次女與平陽家吏霍仲孺相姦，生子去病。三女子夫，已由歌女選入宮中。青自思鄭家兄弟，一無情誼，不如改從母姓，與鄭氏斷絕親情，因此冒姓為衛，自取一個表字，叫做仲卿。這仲卿二字的取義，乃因衛家已有長子，自己認作同宗，應該排行第二，所以係一「仲」字，卿字是志在希榮，不煩索解。唯據此一端，見得衛青入公主家，已是研究文字，粗通音義。聰明人不勞苦求，一經涉覽，便能領會，所以後此掌兵，才足勝任。否則一個牧羊兒，胸無點墨，難道能平空騰達，專閫無慚麼？**應有此理。**

　　唯當時做了一兩年騎奴，卻認識了好幾個朋友，如騎郎公孫敖等，皆與往還，因此替他薦引，轉入建章宮當差。不意與竇太主做了對頭，好好的居住上林，竟被太主使人縛去，險些兒斫落頭顱。**建章繫上林宮名。**虧得公孫敖等，召集騎士，急往搶救，得將衛青奪回，一面託人代達武帝。武帝不禁憤起，索性召見衛青，面加擢用，使為建章監侍中，尋且封衛子

夫為夫人，再遷青為大中大夫。就是青同母兄弟姊妹，也擬一併加恩，俾享富貴。青兄向未知名，時人因他入為貴戚，排行最長，共號為衛長君。此時亦得受職侍中。衛長女君孺，既嫁與公孫賀，賀父渾邪，曾為隴西太守，封平曲侯，後來坐法奪封，賀卻得侍武帝，曾為舍人，至是夫因妻貴，升官太僕。衛次女少兒，與霍仲孺私通後，又看中了一個陳掌，私相往來。掌係前曲逆侯陳平曾孫，有兄名何，擅奪人妻，坐罪棄市，封邑被削，掌寄寓都中，不過充個尋常小吏，只因他面龐秀美，為少兒所眼羨，竟撇卻仲孺，願與掌為夫婦。**掌兄奪人妻，掌又誘人妻，可謂難兄難弟，不過福命不同**。仲孺本無媒證，不能強留少兒，只好眼睜睜的由她改適。那知陳掌既得少婦，復沐異榮，平白地為天子姨夫，受官詹事。**俏郎君也有特益**。就是搶救衛青的公孫敖，也獲邀特賞，超任大中大夫。

唯竇太主欲殺衛青，弄巧成拙，反令他驟躋顯要，連一班昆弟親戚，並登顯階，真是悔恨不迭，無從訴苦！陳皇后更悶個不了，日日想逐衛子夫，偏子夫越得專寵，甚至龍顏咫尺，似隔天涯，急切裡又無從挽回，唯長鎖蛾眉，終日不展，慢慢兒設法擺布罷了。**伏下文巫蠱之禍**。唯武帝本思廢去陳后，尚恐太皇太后竇氏，顧著血胤，出來阻撓，所以只厚待衛氏姊弟，與陳后母女一邊，未敢過問。但太皇太后已經不悅，每遇武帝入省，常有責言。武帝不便反抗，心下卻很是憂鬱，出來排遣，無非與一班侍臣，嘲風弄月，吟詩醉酒，消磨那愁裡光陰。

當時侍臣，多來自遠方，大都有一技一能，足邀主眷，方得內用。就中如詞章、滑稽兩派，更博武帝歡心，越蒙寵任。滑稽派要推東方朔，詞章派要推司馬相如，他若莊助、枚皋、吾邱壽王、主父偃、朱買臣、徐樂、嚴安、終軍等人，先後干進，總不能越此兩派範圍。迄今傳說東方朔、司馬相如遺事，幾乎膾炙人口，稱道勿衰。小子且撮敘大略，聊說所

第六十回
因禍為福仲卿得官　寓正於諧東方善辯

聞。東方朔字曼倩，係平原厭次人氏，少好讀書，又善詼諧。聞得漢廷廣求文士，也想乘時干祿，光耀門楣，乃西入長安，至公車令處上書自陳，但看他書中語意，已足令人解頤。略云：

臣朔少失父母，長養兄嫂，年十二學書，三冬文史足用，十五學擊劍，十六學詩書，誦二十二萬言，十九學孫吳兵法，戰陣之具，鉦鼓之教，亦誦二十二萬言。凡臣朔固已誦四十四萬言，又嘗服子路之言。臣朔年二十二，長九尺三寸，目若懸珠，齒若編貝，勇若孟賁，**孟賁衛人，古勇士**。捷若慶忌，**吳王僚子**。廉若鮑叔，**齊大夫**。信若尾生，**古信士**。若此可以為天子大臣矣。臣朔昧死再拜以聞。

這等書辭，若遇著老成皇帝，定然視作痴狂，棄擲了事。偏經那武帝的眼中，卻當作奇人看待，竟令他待詔公車。公車屬衛尉管領，置有令史，凡徵求四方名士，得用公車往來，不需私費。就是士人上書，亦必至公車令處呈遞，轉達禁中。武帝叫他待詔公車，已是有心留用，朔只好遵詔留著。好多時不見詔下，唯在公車令處領取錢米，只夠一宿三餐，此外沒有什麼俸金，累得朔望眼將穿，囊資俱盡。偶然出遊都中，見有一班侏儒，**倭人名**。從旁經過，便向他們恐嚇道：「汝等死在目前，尚未知曉麼？」侏儒大驚問故。朔又說道：「我聞朝廷召入汝等，名為侍奉天子，實是設法殲除。試想汝等不能為官，不能為農，不能為兵，無益國家，徒耗衣食，何如一概處死，可省許多食用？但恐殺汝無名，所以誘令進來，暗地加刑。」**虧他捏造**。侏儒聞言，統嚇得面色慘沮，涕泣俱下。朔復佯勸道：「汝等哭亦無益，我看汝等無罪受戮，很覺可憐，現在特為設法，願汝等依著我言，便可免死。」侏儒齊聲問計，朔答道：「汝等但俟御駕出來，叩頭請罪，如或天子有問，可推到我東方朔身上，包管無事。」說罷自去。侏儒信以為真，逐日至宮門外候著，好容易得如所望，便一齊至車

駕前，跪伏叩頭，泣請死罪。武帝毫不接洽，驚問何因？大眾齊聲道：「東方朔傳言，臣等將盡受天誅，故來請死。」武帝道：「朕並無此意，汝等且退，待朕訊明東方朔便了。」

眾始拜謝起去。武帝即命人往召東方朔。朔正慮無從見駕，特設此計，既得聞召，立即欣然趨來。武帝忙問道：「汝敢造言惑眾，難道目無王法麼？」朔跪答道：「臣朔生固欲言，死亦欲言，侏儒身長三尺餘，每次領一囊粟，錢二百四十，臣朔身長九尺餘，亦只得粟一囊，錢二百四十，侏儒飽欲死，臣朔飢欲死，臣意以為陛下求才，可用即用，不可用即放令歸家，勿使在長安索米，飢飽難免一死呢！」武帝聽罷，不禁大笑，因令朔待詔金馬門。金馬門本在宮內，朔既得入宮，便容易覲見天顏。會由武帝召集術士，令他射覆。**是遊戲術名。詳見下句。**特使左右取過一盂，把守宮復諸盂下，令人猜射。**守宮蟲名，即壁虎。**諸術士屢猜不中，東方朔獨聞信趨入道：「臣嘗研究易理，能射此復。」武帝即令他猜射，朔分著布卦，依象推測，便答出四語道：

臣以為龍又無角，謂之為蛇又無足，跂跂脈脈善緣壁，是非守宮即蜥蜴。

武帝見朔猜著，隨口稱善，且命左右賜帛十匹，再令別射他物，無不奇中，連蒙賜帛。旁有寵優郭舍人，因技見寵，雅善口才，此次獨懷了妒意，進白武帝道：「朔不過僥倖猜著，未足為奇。臣願令朔復射，朔若再能射中，臣願受笞百下，否則朔當受笞，臣當賜帛。」**想是臀上肉作癢，自願求笞。**說著，即密向盂下放入一物，使朔射覆。朔布卦畢，含糊說道：「這不過是個寠數呢。」**獨言小物。**郭舍人笑指道：「臣原知朔不能中，何必譐言！」道言未畢，朔又申說道：「生肉為膾，乾肉為脯，著樹為寄生，盆下為寠數。」郭舍人不禁失色，待至揭盂審視，果係樹上寄生。那

第六十回
因禍為福仲卿得官　寓正於諧東方善辯

時郭舍人不能免答，只得趨至殿下，俯伏待著。當有監督優伶的官吏，奉武帝命，用著竹板，笞責舍人，喝打聲與呼痛聲，同時並作。東方朔拍手大笑道：「咄！口無毛，聲嗷嗷，尻益高！」**尻讀若考，平聲**。郭舍人又痛又恨，等到受笞已畢，一蹺一突的走上殿階，哭訴武帝道：「朔敢毀辱天子從官，罪應棄市。」武帝乃顧朔問道：「汝為何將他毀辱？」朔答道：「臣不敢毀他，但與他說的隱語。」武帝問隱語如何，朔說道：「口無毛是狗竇形，聲嗷嗷是鳥哺鷇聲，尻益高是鶴俯啄狀，奈何說是毀辱呢！」郭舍人從旁應聲道：「朔有隱語，臣亦有隱語，朔如不知，也應受笞。」朔顧著道：「汝且說來。」舍人信口亂湊，作為諧語道：「令壺齟，**側加切**。老柏塗，**丈加切**。伊優亞，**烏加切**。狋音銀。吽讀若牛。牙。」朔不加思索，隨口作答道：「令作命字解；壺所以盛物，齟即邪齒貌；老是年長的稱呼，為人所敬；柏是不凋木，四時陰濃，為鬼所聚；塗是低溼的路徑；伊優亞乃未定詞；狋吽牙乃犬爭聲，有何難解呢？」舍人本胡謅成詞，無甚深意，偏經朔一一解釋，倒覺得語有來歷；自思才辯不能相及，還是忍受一些笞辱，便算了事。**是你自己取咎，與朔何尤**。武帝卻因此重朔，拜為郎官。朔得常侍駕前，時作諧語，引動武帝歡顏。武帝逐漸加寵，就是朔脫略形跡，也不復詰責，且嘗呼朔為先生。

　　會當伏日賜肉，例須由大官丞**官名**。分給，朔入殿候賜，待到日昃，尚不見大官丞來分，那肉卻早已擺著；天氣盛暑，汗不停揮，不由的懊惱起來，便即拔出佩劍，走至俎前，割下肥肉一方，舉示同僚道：「三伏天熱，應早歸休，且肉亦防腐，臣朔不如自取，就此受賜回家罷。」口中說，手中提肉，兩腳已經轉動，趨出殿門，逕自去訖。群僚究不敢動手，待至大官丞進來，宣詔分給，獨不見東方朔，問明群僚，才知朔割肉自去，心下恨他專擅，當即向武帝奏明。**汝何故至晚方來？**武帝記著，至翌

日御殿，見朔趨入，便向他問道：「昨日賜肉，先生不待詔命，割肉自去，究屬何理？」朔也不變色，但免冠跪下，從容請罪。武帝道：「先生且起，儘可自責罷了！」朔再拜而起，當即自責道：「朔來！朔來！受賜不待詔，為何這般無禮呢？拔劍割肉，志何甚壯！割肉不多，節何甚廉！歸遺細君，情何甚仁！難道敢稱無罪麼？」**細君猶言小妻，自謙之詞。**武帝又不覺失笑道：「我使先生自責，乃反自譽，豈不可笑！」當下顧令左右，再賜酒一石，肉百斤，使他歸遺細君。朔舞蹈稱謝，受賜而去。群僚都服他機警，稱羨不置。

會東都獻一矮人，入謁武帝，見朔在側，很加詫異道：「此人慣竊王母桃，何亦在此。」武帝怪問原因，矮人答道：「西方有王母種桃，三千年方一結子，此人不良，已偷桃三次了。」武帝再問東方朔，朔但笑無言。其實東方朔並非仙人，不過略有技術，見譽當時，偷桃一說，也是與他諧謔，所以朔毫不置辯。後世因訛傳訛，竟當作實事相看，疑他有不死術，說他偷食蟠桃，因得延年，這真叫做無稽之談了。**闢除邪說，有關世道。**唯東方朔雖好談謔，卻也未嘗沒有直言，即據他諫止闢苑，卻是一篇正大光明的奏議，可惜武帝反不肯盡信呢。

武帝與諸人談笑度日，尚覺得興味有限，因想出微行一法，易服出遊。每與走馬善射的少年，私下囑咐，叫他守候門外，以漏下十刻為期，屆期即潛率近侍，悄悄出會，縱馬同往。所以殿門叫做期門。有時馳騁竟夕，直至天明，還是興致勃勃，跑入南山，與從人射獵為樂，薄暮方還。一日又往南山馳射，踐人禾稼，農民大譁，鄠杜令聞報，領役往捕，截住數騎，騎士示以乘輿中物，方得脫身。已而夜至柏谷，投宿旅店。店主人疑為盜賊，暗招壯士，意圖拿住眾人，送官究治。虧得店主婦獨具慧眼，見武帝骨相非凡，料非常人，因把店主灌醉，將他縛住，備食進帝。轉眼間

第六十回
因禍為福仲卿得官　寓正於諧東方善辯

天色已明，武帝挈眾出店，一直回宮。當下遣人往召店主夫婦，店主人已經酒醒，聞知底細，驚慌的了不得。店主婦才與說明，於是放膽同來，伏闕謝罪。武帝特賞店主婦千金，並擢店主人為羽林郎。店主人喜出望外，與妻室同叩幾個響頭，然後退去。**虧得有此賢妻，應該令他向妻磕頭。**

自經過兩次恐慌，武帝乃託名平陽侯曹壽，多帶侍從數名，防備不測。且分置更衣所十二處，以便日夕休息。大中大夫吾邱壽王，阿承意旨，請拓造上林苑，直接南山，預先猜想價值，圈地償民。武帝因國庫盈饒，並不吝惜。獨東方朔進奏道：

臣聞謙遊靜愨，天表之應，應之以福，驕溢靡麗，天表之應，應之以異。今陛下累築郎臺，**郎與廊字通。**恐其不高也，弋獵之處，恐其不廣也，如天不為變，則三輔之地，儘可為苑，何必盩厔鄠杜乎？

夫南山，天下之阻也，南有江淮，北有河渭，其地從汧隴以東，商洛以西，厥壤肥饒，所謂天下陸海之地，百工之所取資，萬民之所仰給也。今規以為苑，絕陂池水澤之利，而取民膏腴之地，上乏國家之用，下奪農桑之業，其不可一也。且盛荊棘之林，大虎狼之墟，壞人塚墓，毀人家廬，令幼弱懷土而思，耆老泣涕而悲，其不可二也。斥而營之，垣而圍之，騎馳東西，車騖南北，縱一日之樂，致危無堤之興，其不可三也。夫殷作九市之宮而諸侯叛，靈王起章華之臺而楚民散，秦興阿房之殿而天下亂，陛下奈何蹈之？糞土愚臣，自知忤旨，但不敢以阿默者危陛下，謹昧死以聞。

武帝見說，卻也稱善，進拜朔為大中大夫，兼給事中。但遊獵一事，始終不忘，仍依吾邱壽王奏請，拓造上林苑。小子有詩嘆道：

諧語何如法語良，嘉謨入告獨從詳。
君雖不用臣無忝，莫道東方果太狂！

上林苑既經拓造，遂引出一篇〈上林賦〉來。欲知〈上林賦〉作是何人？便是上文所說的司馬相如，看官且住，容小子下回敘明。

　　陳皇后母子欲害衛子夫，並及其同母弟衛青，卒之始終無效，害人適以利人，是可為婦女好妒者，留下龜鑑。天下未有無故害人，而能自求多福者也。東方朔好為詼諧，乘時干進，而武帝亦第以俳優畜之。觀其射覆之舉，與郭舍人互相角技，不過自矜才辯，與國家毫無補益。至若割肉偷桃諸事，情同兒戲，更不足取，況偷桃之事更無實證乎？唯諫止拓苑之言，有關大體，厥後尚有直諫時事，是東方朔之名聞後世者，賴有此爾。滑稽派固不足重也。

第六十回
因禍為福仲卿得官　寓正於諧東方善辯

第六十一回
挑嫠女即席彈琴　別嬌妻入都獻賦

　　卻說司馬相如，字長卿，係蜀郡成都人氏，少時好讀書，學擊劍，為父母所鍾愛，呼為犬子；及年已成童，慕戰國時人藺相如，**趙人**。因名相如。是時蜀郡太守文翁，吏治循良，大興教化，遂選擇本郡士人，送京肄業，司馬相如亦得與選。至學成歸里，文翁便命相如為教授，就市中設立官學，招集民間子弟，師事相如，入學讀書。遇有高足學生，輒使為郡縣吏，或命為孝弟力田。蜀民本來野蠻，得著這位賢太守，興教勸學，風氣大開，嗣是學校林立，化野為文。後來文翁在任病歿，百姓追懷功德，立祠致祭，連文翁平日的講臺舊址，都隨時修葺，垂為紀念，至今遺址猶存。**莫謂循吏不可為**。唯文翁既歿，相如也不願長作教師，遂往遊長安，入資為郎，嗣得遷官武騎常侍。相如雖少學技擊，究竟是注重文字，不好武備，因此就任武職，反致用違所長。會值梁王武入朝景帝，從吏如鄒陽、枚乘諸人，皆工著作，見了相如，互相談論，引為同志，相如乃欲往投梁國，索性託病辭官，竟至睢陽，**梁都見前**。干謁梁王。梁王卻優禮相待，相如得與鄒、枚諸人，琴書雅集，詩酒逍遙，暇時撰成一篇〈子虛賦〉，傳播出去，譽重一時。

　　既而梁王逝世，同人皆風流雲散，相如亦不得安居，沒奈何歸至成都。

第六十一回
挑鬖女即席彈琴　別嬌妻入都獻賦

家中只有四壁，父母早已亡故，就使有幾個族人，也是無可倚賴，窮途落魄，鬱郁無聊。偶記及臨邛縣令王吉，係多年好友，且曾與自己有約，說是宦遊不遂，可來過從等語。此時正當貧窮失業的時候，不能不前往相依，乃摒擋行李，徑赴臨邛。王吉卻不忘舊約，聞得相如到來，當即歡迎，並問及相如近狀。相如直言不諱，吉代為扼腕嘆息。眉頭一皺，計上心來，遂與相如附耳數語，相如自然樂從。當下用過酒膳，遂將相如行裝，命左右搬至都亭，使他暫寓亭舍，每日必親自趨候。相如前尚出見，後來卻屢次擋駕，稱病不出。偏吉仍日日一至，未嘗少懈。附近民居，見縣令僕僕往來，伺候都亭，不知是什麼貴客，寓居亭舍，有勞縣令這般優待，逐日殷勤。一時鬨動全邑，傳為異聞。

臨邛向多富人，第一家要算卓王孫，次為程鄭，兩家僮僕，各不下數百人。卓氏先世居趙，以冶鐵致富，戰國時便已著名。及趙為秦滅，國亡家滅，只剩得卓氏兩夫婦，輾轉徙蜀，流寓臨邛。好在臨邛亦有鐵山，卓氏仍得采鐵鑄造，重興舊業。漢初榷鐵從寬，**榷鐵即冶鐵稅**。卓氏坐取厚利，覆成鉅富，蓄養家僮八百，良田美宅，不可勝計。程鄭由山東徙至，與卓氏操業相同，彼此統是富戶，並且同業，當然是情誼相投，聯為親友。一日卓王孫與程鄭晤談，說及都亭中寓有貴客，應該設宴相邀，自盡地主情誼，乃即就卓家為宴客地，預為安排，兩家精華，一齊搬出，鋪設得非常華美；然後具束請客，首為司馬相如，次為縣令王吉，此外為地方紳富，差不多有百餘人。

王吉聞信，自喜得計，立即至都亭密告相如，叫他如此如此。**總算玉汝於成**。相如大悅，依計施行，待至王吉別去，方將行李中的貴重衣服，攜取出來，最值錢的是一件鷫鸘裘，正好乘寒穿著，出些風頭。餘如冠履等皆更換一新，專待王吉再至，好與同行，俄而縣中復派到車騎僕役，歸

他使喚，充作騶從。又俄而卓家使至，敦促赴席。相如尚託詞有病，未便應召。及至使人往返兩次，才見王吉復來，且笑且語，攜手登車，從騎一擁而去。

　　到了卓家門首，卓王孫、程鄭與一班陪客，統皆佇候，見了王吉下車，便一齊趨集，來迎貴客。相如又故意延挨，直至卓王孫等，車前迎謁，方緩緩的起身走下。**描摹得妙**。大眾仰望豐采，果然是雍容大雅，文采風流，當即延入大廳，延他上坐。王吉從後趨入，顧眾與語道：「司馬公尚不願蒞宴，總算有我情面，才肯到此。」相如即接入道：「孱軀多病，不慣應酬，自到貴地以來，唯探望邑尊一次，此外未曾訪友，還乞諸君原諒。」卓王孫等滿口恭維，無非說是大駕辱臨，有光陋室等語。未幾即請令入席，相如也不推辭，便坐首位。王吉以下，挨次坐定，卓王孫、程鄭兩人，並在末座相陪。餘若騶從等，俱在外廂，亦有盛餐相待，不消多敘。那大廳裡面的筵席，真個是山珍海味，無美不收。

　　約莫飲了一兩個時辰，賓主俱有三分酒意。王吉顧相如道：「君素善彈琴，何不一勞貴手，使僕等領教一二？」相如尚有難色，卓王孫起語道：「舍下卻有古琴，願聽司馬公一奏。」王吉道：「不必不必，司馬公琴劍隨身，我看他車上帶有琴囊，可即取來。」左右聞言，便出外取琴。須臾攜至，**當是特地帶來**。由王吉接受，奉交相如，**都是做作**。相如不好再辭，乃撫琴調弦，彈出聲來。這琴名為綠綺琴，係相如所素弄，憑著那多年熟手，按指成聲，自然雅韻鏗鏘，抑揚有致。大眾齊聲喝采，無不稱賞。**恐未免對牛彈琴**。正在一彈再鼓，忽聞屏後有環珮聲，即由相如留心窺看，天緣輻湊，巧巧打了一個照面，引得相如目迷心醉，意蕩神馳。究竟屏後立著何人？原來是卓王孫女卓文君。文君年才十七，生得聰明伶俐，妖冶風流，琴棋書畫，件件皆精，不幸嫁了一夫，為歡未久，即悲死

第六十一回
挑嫠女即席彈琴　別嬌妻入都獻賦

別，二八紅顏，怎堪經此慘劇，不得已回到母家，嫠居度日。此時聞得外堂上客，乃是華貴少年，已覺得搖動芳心，情不自主，當即緩步出來，潛立屏後。方思舉頭外望，又聽得琴聲入耳，音律雙諧，不由的探出嬌容，偷窺貴客，適被相如瞧見，果然是個絕世尤物，比眾不同。便即變動指法，彈成一套鳳求凰曲，借那弦上宮商，度送心中詩意。文君是個解人，側耳靜聽，一聲聲的寓著情詞，詞云：

鳳兮鳳兮歸故鄉，遨遊四海求其凰。有一豔女在此堂，室邇人遐毒我腸。何由交接為鴛鴦！鳳兮鳳兮從凰棲，得托子尾永為妃。交情通體必和諧，中夜相從別有誰！

彈到末句，劃然頓止。已而酒闌席散，客皆辭去，文君才返入內房，不言不語，好似失去了魂魄一般。忽有一侍兒踉蹌趨入，報稱貴客為司馬相如，曾在都中做過顯官，年輕才美，擇偶甚苛，所以至今尚無妻室。目下告假旋里，路經此地，由縣令留玩數天，不久便要回去了。文君不禁失聲道：「他……他就要回去麼？」**情急如繪**。侍兒本由相如從人，奉相如命，厚給金銀，使通殷勤，所以入告文君，用言探試。及見文君語急情深，就進一層說道：「似小姐這般才貌，若與那貴客訂結絲蘿，正是一對天成佳偶，願小姐勿可錯過！」文君並不加嗔，還道侍兒是個知心，便與她密商良法。侍兒替她設策，竟想出一條寶夜私奔的法子，附耳相告。文君記起琴心，原有中夜相從一語，與侍兒計謀暗合。情魔一擾，也顧不得什麼嫌疑，什麼名節，便即草草裝束，一俟天晚，竟帶了侍兒，偷出後門，趁著夜間月色，直向都亭行去。

都亭與卓家相距，不過里許，頃刻間便可走到。司馬相如尚未就寢，正在憶念文君，胡思亂想，驚聞門上有剝啄聲，即將燈光剔亮，親自開門。雙扉一啟，有兩女魚貫進來，先入的乃是侍兒，繼進的就是日間所見

的美人。一宵好事從天降，真令相如大喜過望，忙即至文君前，鞠躬三揖。**也是一番俟門禮**。文君含羞答禮，趨入內房。唯侍兒便欲告歸，當由相如向她道謝，送出門外，轉身將門掩住，急與文君握手敘情。燈下端詳，越加嬌豔，但看她眉如遠山，面如芙蕖，膚如凝脂，手如柔荑，低鬟弄帶，真個銷魂。那時也無暇多談，當即相攜入幃，成就了一段姻緣。郎貪女愛，徹夜綢繆，待至天明，兩人起來梳洗，彼此密商，只恐卓家聞知，前來問罪，索性逃之夭夭，與文君同詣成都去了。

卓王孫失去女兒，四下找尋，並無下落，嗣探得都亭貴客，不知去向，轉至縣署訪問，亦未曾預悉，才料到寡女文君，定隨相如私奔。家醜不宜外揚，只好擱置不提。王吉聞相如不別而行，亦知他擁豔逃歸，但本意是欲替相如作伐，好教他入贅卓家，借重富翁金帛，再向都中謀事，那知他求鳳甫就，遽效鴻飛，自思已對得住故人，也由他自去，不復追尋。**這謝媒酒未曾吃得，當亦可惜。**

唯文君跟著相如，到了成都，總道相如衣裝華美，定有些須財產，那知他家室蕩然，只剩了幾間敝屋，僅可容身。自己又倉猝夜奔，未曾多帶金帛，但靠著隨身金飾，能值多少錢文？事已如此，悔亦無及，沒奈何拔釵沽酒，脫釧易糧。敷衍了好幾月，已將衣飾賣盡，甚至相如所穿的鷫鸘裘，也押與酒家，賒取新釀數斗，餚核數色，歸與文君對飲澆愁。文君見了酒餚，勉強陪飲，至問及酒餚來歷，乃由鷫鸘裘抵押得來，禁不住淚下數行，無心下箸。相如雖設詞勸慰，也覺得無限淒涼，文君見相如為己增愁，因即收淚與語道：「君一寒至此，終非長策，不如再往臨邛，向兄弟處借貸錢財，方可營謀生計。」相如含糊答應，到了次日，即挈文君啟程。身外已無長物，只有一琴一劍，一車一馬，尚未賣去，乃與文君一同登程，再至臨邛，先向旅店中暫憩，私探卓王孫家消息。

第六十一回
挑鬈女即席彈琴　別嬌妻入都獻賦

　　旅店中人，與相如夫婦，素不相識。便直言相告道：卓女私奔，卓王孫幾乎氣死，現聞卓女家窮苦得很，曾有人往勸卓王孫，叫他分財賙濟，偏卓王孫盛怒不從，說是女兒不肖，我不忍殺死，何妨聽她餓死，如要我賙給一錢，也是不願云云。相如聽說，暗思卓王孫如此無情，文君也不便往貸。我已日暮途窮，也不能顧著名譽，索性與他女兒拋頭露面，開起一爿小酒肆來，使他自己看不過去，情願給我錢財，方作罷論。主見已定，遂與文君商量，文君到了此時，也覺沒法，遂依了相如所言，決計照辦。**文君名節，原不足取，但比諸朱買臣妻，還是較勝一籌**。相如遂將車馬變賣，作為資本，租借房屋，備辦器具，居然擇日開店，懸掛酒旗。店中僱了兩三個酒保，自己也充當一個腳色，改服犢鼻褌，**即短腳褲**。攜壺滌器，與傭保通力合作。一面令文君淡裝淺抹，當壚賣酒。**係買酒之處，築土堆甕**。

　　頓時引動一班酒色朋友，都至相如店中，喝酒賞花。有幾人認識卓文君，背地笑談，當作新聞，一傳十，十傳百，送入卓王孫耳中。卓王孫使人密視，果是文君，惹得羞愧難堪，杜門不出。當有許多親戚故舊，往勸卓王孫道：「足下只有一男二女，何苦令文君出醜，不給多金？況文君既失身長卿，往事何須追究，長卿曾做過貴官，近因倦遊歸家，暫時落魄，家況雖貧，人才確是不弱，且為縣令門客，怎見得埋沒終身？足下不患無財，一經賙濟，便好反辱為榮了！」卓王孫無奈相從，因撥給家童百名，錢百萬緡，並文君嫁時衣被財物，送交相如肆中。相如即將酒肆閉歇，乃與文君飽載而歸。縣令王吉，卻也得知，唯料是相如詭計，絕不過問。相如也未曾往會。彼此心心相印，總算是個好朋友呢。**看到此處，不可謂非相如能屈能伸**。

　　相如返至成都，已得僮僕資財，居然做起富家翁來，置田宅，闢園

囿，就住室旁築一琴臺，與文君彈琴消遣。又因文君性耽麯糵，特向邛崍縣東，購得一井，井水甘美，釀酒甚佳，特號為文君井，隨時汲取，造酒合歡。且在井旁亦造一琴臺，嘗挈文君登臺彈飲，目送手揮，領略春山眉嫵。酒酣興至，翦來秋水瞳人，未免有情，願從此老。**何物長卿得此豔福**。只是蛾眉伐性，醇酒傷腸，相如又素有消渴病，怎禁得酒色沉迷，恬不知返，因此舊疾復發，不能起床。**特敘瑣事以戒後人**。虧得名醫調治，漸漸痊可，乃特作一篇〈美人賦〉，作為自箴。可巧朝旨到來，召令入都，相如樂得暫別文君，整裝北上。不多日便到長安，探得邑人楊得意，現為狗監，**掌上林獵犬**。代為先容，所以特召。當下先訪得意，問明大略，得意說道：「這是足下的〈子虛賦〉，得邀主知。主上恨不與足下同時，僕謂足下，曾為此賦，現正家居。主上聞言，因即宣召足下。足下今日到此，取功名如拾芥了。」相如忙為道謝，別了得意。詰旦入朝，武帝見了相如，便問：「〈子虛賦〉是否親筆？」相如答道：「〈子虛賦〉原出臣手，但尚係諸侯情事，未足一觀。臣請為陛下作〈遊獵賦〉。」武帝聽說，遂令尚書給與筆札。相如受筆札後，退至闕下，據案構思，濡毫落紙，賦就了數千言，方才呈入。武帝展覽一周，覺得滿紙琳瑯，目不勝賞，遂即嘆為奇才，拜為郎官。

當時與相如齊名，要算枚皋。皋即吳王濞郎中枚乘庶子。乘嘗諫阻吳王造反，故吳王走死，乘不坐罪，仍由景帝召入，命為弘農都尉。乘久為大國上賓，不願退就郡吏，蒞任未幾，便託病辭官，往遊梁國。梁王武好養食客，當然引為幕賓，文誥多出乘手。乘納梁地民女為妾，乃生枚皋。至梁王病歿，乘歸淮陰原籍，妾不肯從行，觸動乘怒，竟將她母子留下，但給與數千錢，俾她贍養，逕自告歸。武帝素聞乘名，即位後，就派遣使臣，用著安車蒲輪，迎乘入都。乘年已衰邁，竟病死道中。使臣回報武

第六十一回
挑氂女即席彈琴　別嬌妻入都獻賦

帝，武帝問乘子能否屬文？派員調查，好多時才得枚皋出來，詣闕上陳，自稱讀書能文。原來皋幼傳父業，少即工詞，十七歲上書梁王劉買，**即梁王武長子**。得詔為郎，嗣為從吏所譖，得罪亡去，家產被收。輾轉到了長安，適遇朝廷大赦，並聞武帝曾求乘子，遂放膽上書，作了自薦的毛遂。**趙人，此處係是借喻**。武帝召入，見他少年儒雅，已料知所言非虛，再命作〈平樂館賦〉，卻是下筆立就，比相如尤為敏捷，詞藻亦曲贍可觀，因也授職為郎。唯相如為文，雖遲必佳，皋卻隨手寫來，片刻可成，但究不及相如的工整。就是皋亦自言勿如。唯謂詩賦乃消遣筆墨，毋庸多費心思，故往往詼諧雜出，不尚修辭。後人稱為馬遲枚速，便是為此。小子有詩詠道：

髦士峨峨待詔來，幸逢天子撥真才。

馬遲枚速何遑問，但擅詞章便占魁。

尚有朱買臣一段故事，不妨連類敘明，請看官續閱下回，自知分曉。

文君夜奔相如，古今傳為佳話，究之寡廉鮮恥，有玷閨箴。而相如則尤為名教罪人，羨其美而挑逗之，涎其富而汙辱之，學士文人，果當如是耶！中國小說家，往往於才子佳人之苟合，津津樂道，遂致鑽穴窺牆之行，時有所聞。近則自由擇偶，不待媒妁，蓋又變本加厲，名節益蕩然矣。然文君既隨相如，雖窮不怨，甚至當壚沽酒，亦所甘心，以視近人之忽合忽離，行同犬彘者，其得毋相去尚遠耶！讀此回，不禁有每況愈下之感云。

第六十二回
厭夫貧下堂致悔　開敵釁出塞無功

　　卻說吳人朱買臣，表字翁子，性好讀書，不治產業，蹉跎至四十多歲，還是一個落拓儒生，食貧居賤，困頓無聊。家中只有一妻，不能贍養，只好與他同入山中，刈薪砍柴，挑往市中求售，易錢為生。妻亦負載相隨。唯買臣肩上挑柴，口中尚咿唔不絕，妻在後面聽著，卻是一語不懂，大約總是背誦古書，不由的懊惱起來，叫他不要再念。偏是買臣越讀越響，甚且如唱歌一般，提起嗓子，響徹市中。妻連勸數次，並不見睬，又因家況越弄越僵，單靠一兩擔薪柴，如何度日？往往有了朝餐，沒有晚餐。自思長此飢餓，終非了局，不如別尋生路，省得這般受苦，便向買臣求去。買臣道：「我年五十當富貴，今已四十餘歲了，不久便當發跡了，汝隨我吃苦，已有二十多年，難道這數載光陰，竟忍耐不住麼？待我富貴，當報汝功勞。」語未說完，但聽得一聲嬌嗔道：「我隨汝多年，苦楚已嘗遍了，汝原是個書生，弄到擔柴為生，也應曉得讀書無益，為何至今不悟，還要到處行吟！我想汝終要餓死溝中，怎能富貴？不如放我生路，由我去罷！」買臣見妻動惱，再欲勸解，那知婦人性格，固執不返，索性大哭大鬧，不成樣子，乃允與離婚，寫了休書，交與妻手。妻絕不留戀，出門自去。**實是婦人常態，亦不足怪。**

第六十二回
厭夫貧下堂致悔　開敵釁出塞無功

　　買臣仍操故業，讀書賣柴，行歌如故。會當清明節屆，春寒未盡，買臣從山上刈柴，束作一擔，挑將下來，忽遇著一陣風雨，淋溼敝衣，覺得身上單寒，沒奈何趨入墓間，為暫避計。好容易待至天霽，又覺得飢腸亂鳴，支撐不住。事有湊巧，來了一男一女，祭掃墓前，婦人非別，正是買臣故妻。買臣明明看見，卻似未曾相識，不去睬她。倒是故妻瞧著買臣，見他瑟縮得很，料為飢寒所迫，因將祭畢酒飯，分給買臣，使他飲食。買臣也顧不得羞慚，便即飽餐一頓，把碗盞交還男人，單說了一個謝字，也不問男子姓名。其實這個男子，就是他前妻的後夫。**前妻還算有情。**兩下裡各走各路，並皆歸家。

　　轉眼間已過數年，買臣已將近五秩了。適會稽郡吏入京上計，**計乃簿帳之總名。**隨帶食物，並載車內，買臣願為運卒，跟吏同行。既到長安，即詣闕上書，多日不見發落。買臣只好待詔公車，身邊並無銀錢，還虧上計吏憐他窮苦，給濟飲食，才得生存。可巧邑人莊助，自南方出使回來，買臣曾與識面，乃踵門求見，託助引進。助卻顧全鄉誼，便替他入白武帝，武帝方才召入，面詢學術。買臣說《春秋》，言《楚辭》，正合武帝意旨，遂得拜為中大夫，與莊助同侍禁中。不意釋褐以後，官運尚未亨通，屢生波折，終致坐事免官，仍在長安寄食。又閱年始召他待詔。

　　是時武帝方有事南方，欲平越地，遂令買臣乘機獻策，取得銅章墨綬，來作本地長官。**富貴到手了。**看官欲知買臣計議，待小子表明越事，方有頭緒可尋。**隨手敘入越事，是縈帶法。**從前東南一帶，南越最大，次為閩越，又次為東越。閩越王無諸，受封最早，**漢高所封。**東越王搖及南越王趙佗，受封較遲。**搖為惠帝時所封，佗為文帝時所封，並見前文。**三國子孫，相傳未絕。自吳王濞敗奔東越，被他殺死，吳太子駒，亡走閩越，屢思報復父仇，嘗勸閩越王進擊東越，**回應前文五十五回。**閩越王

106

郢，乃發兵東侵，東越抵敵不住，使人向都中求救。武帝召問群臣，武安侯田蚡，謂越地遼遠，不足勞師，獨莊助從旁駁議，謂小國有急，天子不救，如何撫宇萬方？武帝依了助言，便遣助持節東行，至會稽郡調發戍兵，使救東越。會稽守遷延不發，由助斬一司馬，促令發兵，乃即由海道進軍，陸續往援。行至中途，閩越兵已聞風退去。東越王屢經受創，恐漢兵一返，閩越再來進攻，因請舉國內徙，得邀俞允。於是東越王以下，悉數遷入江淮間。閩越王郢，自恃兵強，既得逐去東越，復欲併吞南越。休養了三四年，竟大舉入南越王境。南越王胡，為趙佗孫，聞得閩越犯邊，但守勿戰，一面使人飛奏漢廷，略言兩越俱為藩臣，不應互相攻擊，今閩越無故侵臣，臣不敢舉兵，唯求皇上裁奪！武帝覽奏，極口褒賞，說他守義踐信，不能不為他出師。當下命大行王恢，及大司農韓安國，併為將軍，一出豫章，一出會稽，兩路並進，直討閩越。淮南王安，上書諫阻，武帝不從，但飭兩路兵速進。閩越王郢回軍據險，防禦漢師。郢弟餘善，聚族與謀，擬殺郢謝漢，族人多半贊成。遂由餘善懷刃見郢，把郢刺斃，就差人齎著郢首，獻與漢將軍王恢。恢方率軍逾嶺，既得餘善來使，樂得按兵不動。一面通告韓安國，一面將郢首傳送京師，候詔定奪。武帝下詔罷兵，遣中郎將傳諭閩越，另立無諸孫繇君丑為王，使承先祀。偏餘善挾威自恣，不服繇王，繇王丑復遣人入報。武帝以餘善誅郢有功，不如使王東越，權示羈縻，乃特派使冊封，並諭餘善，劃境自守，不准與繇王相爭。餘善總算受命。武帝復使莊助慰諭南越，南越王胡，稽首謝恩，願遣太子嬰齊，入備宿衛，莊助遂與嬰齊偕行。路過淮南，淮南王安，迎助入都，表示殷勤。助曾受武帝面囑，順道諭淮南王，至是傳達帝意，淮南王安，自知前諫有誤，惶恐謝過，且厚禮待助，私結交好。助不便久留，遂與訂約而別。**為後文連坐叛案張本**。還至長安，武帝因助不辱使命，特別

第六十二回
厭夫貧下堂致悔　開敵釁出塞無功

賜宴，從容問答。至問及居鄉時事，助答言少時家貧，致為友婿富人所辱，未免悵然。武帝聽他言中寓意，即拜助為會稽太守，使得誇耀鄉鄰。誰知助蒞任以後，並無善聲，武帝要把他調歸。

適值東越王餘善，屢徵不朝，觸動武帝怒意，謀即往討，買臣乘機進言道：「東越王餘善，向居泉山，負嵎自固，一夫守險，千人俱不能上，今聞他南遷大澤，去泉山約五百里，無險可恃，今若發兵浮海，直指泉山，陳舟列兵，席捲南趨，破東越不難了！」武帝甚喜，便將莊助調還，使買臣代任會稽太守。買臣受命辭行，武帝笑語道：「富貴不歸故鄉，如衣錦夜行，今汝可謂衣錦榮歸了！」**天子當為地擇人，不應徒令誇耀故鄉，乃待莊助如此，待買臣又如此。毋乃不經。**買臣頓首拜謝，武帝復囑道：「此去到郡，宜亟治樓船，儲糧蓄械，待軍俱進，不得有違！」買臣奉命而出。

先是買臣失官，嘗在會稽守邸中，寄居飯食，**守邸如今之會館相似。**免不得遭人白眼，忍受揶揄。此次受命為會稽太守，正是吐氣揚眉的日子，他卻藏著印綬，仍穿了一件舊衣，步行至邸。邸中坐著上計郡吏，方置酒高會，酣飲狂呼，見了買臣進去，並不邀他入席，儘管自己亂喝。**統是勢利小人。**買臣也不去說明，低頭趨入內室，與邸中當差人役，一同噉飯。待至食畢，方從懷中露出綬帶，隨身飄揚。有人從旁瞧著，暗暗稱奇，遂走至買臣身旁，引綬出懷，卻懸著一個金章。細認篆文，正是會稽郡太守官印，慌忙向買臣問明。買臣尚淡淡的答說道：「今日正詣闕受命，君等不必張皇！」話雖如此，已有人跑出外廳報告上計郡吏。郡吏等多半酒醉，統斥他是妄語胡言，氣得報告人頭筋飽綻，反唇相譏道：「如若不信，儘可入內看明。」當有一個買臣故友，素來瞧不起買臣，至此首先著忙，起座入室。片刻便即趨出，拍手狂呼道：「的確是真，不是假的！」大

眾聽了，無不駭然，急白守邸郡丞，同肅衣冠，至中庭排班佇立，再由郡丞入啟買臣，請他出庭受謁。買臣徐徐出戶，踱至中庭，大眾尚恐酒後失儀，並皆加意謹慎，拜倒地上。**不如是，不足以見炎涼世態**。買臣才答他一個半禮。待到大眾起來，外面已驅入駟馬高車，迎接買臣赴任。買臣別了眾人，登車自去，有幾個想乘勢趨奉，願隨買臣到郡，都被買臣復絕，碰了一鼻子灰，這且無容細說。

唯買臣馳入吳境，吏民夾道歡迎，趨集車前，就是吳中婦女，也來觀看新太守豐儀，真是少見多怪，盛極一時。買臣從人叢中望將過去，遙見故妻，亦站立道旁，不由的觸起舊情，記著墓前給食的餘惠，便令左右呼她過來，停車細詢。此時貴賤懸殊，後先迥別，那故妻又羞又悔，到了車前，幾至呆若木雞。還是買臣和顏與語，才說出一兩句話來，原來故妻的後夫，正充郡中工役，修治道路，經買臣問悉情形，也叫他前來相見，使與故妻同載後車，馳入郡衙。當下騰出後園房屋，令他夫妻同居，給與衣食。**不可謂買臣無情**。又遍召故人入宴，所有從前叨惠的親友，無不報酬，鄉里翕然稱頌。唯故妻追悔不了，雖尚衣食無虧，到底不得錦衣美食，且見買臣已另娶妻室，享受現成富貴，自己曾受苦多年，為了一時氣忿，竟至別嫁，反將黃堂貴眷，平白地讓諸他人，如何甘心？左思右想，無可挽回，還是自盡了事，遂乘後夫外出時，投繯畢命。買臣因覆水難收，勢難再返，特地收養園中，也算是不忘舊誼。才經一月，即聞故妻自縊身亡，倒也嘆息不置。因即取出錢財，令她後夫買棺殮葬，這也不在話下。**覆水難收，本太公望故事，後人多誤作買臣遺聞，史傳中並未載及，故不妄入。**

且說買臣到任，遵著武帝面諭，置備船械，專待朝廷出兵，助討東越。適武帝誤聽王恢，誘擊匈奴，無暇南顧，所以把東越事擱起，但向北方預備出師。

109

第六十二回
厭夫貧下堂致悔　開敵釁出塞無功

　　漢自文景以來,屢用和親政策,籠絡匈奴。匈奴總算與漢言和,未嘗大舉入犯,唯小小侵掠,在所不免。朝廷亦未敢弛防,屢選名臣猛將,出守邊疆。當時有個上郡太守李廣,係隴西成紀人,驍勇絕倫,尤長騎射,文帝時出擊匈奴,斃敵甚眾,已得擢為武騎常侍,至吳、楚叛命,也隨周亞夫出征,突陣搴旗,著有大功,只因他私受梁印,功罪相抵,故只調為上谷太守。上谷為出塞要衝,每遇匈奴兵至,廣必親身出敵,為士卒先,典屬國官名。公孫昆邪,嘗泣語景帝道:「李廣材氣無雙,可惜輕敵,倘有挫失,恐亡一驍將,不如內調為是。」景帝乃徙廣入守上郡。上郡在雁門內,距虜較遠,偏廣生性好動,往往自出巡邊。一日出外探哨,猝遇匈奴兵數千人,蜂擁前來,廣手下只有百餘騎,如何對敵?戰無可戰,走不及走,他卻從容下馬,解鞍坐著。匈奴兵疑有詭謀,倒也未敢相逼。會有一白馬將軍出陣望廣,睥睨自如,廣竟一躍上馬,僅帶健騎十餘人,向前奔去,至與白馬將軍相近,張弓發矢,颼的一聲,立將白馬將軍射斃,再回至原處,跳落馬下,坐臥自由。匈奴兵始終懷疑,相持至暮並皆退回。嗣是廣名益盛。**卻是有膽有識,可惜命運欠佳。**

　　武帝素聞廣名,特調入為未央宮衛尉,又將邊郡太守程不識,亦召回京師,使為長樂宮衛尉。廣用兵尚寬,隨便行止,不拘行伍,不擊刁斗,使他人人自衛,卻亦不遭敵人暗算。不識用兵尚嚴,部曲必整,斥堠必周,部眾當謹受約束,不得少違軍律,敵人亦怕他嚴整,未敢相犯。兩將都防邊能手,士卒頗願從李廣,不願從程不識。不識也推重廣才,但謂寬易致失,寧可從嚴。**這是正論。**因此兩人名望相同,將略不同。

　　至武帝元光元年,**武帝於建元六年後,改稱元光元年。**復令李廣、程不識為將軍,出屯朔方。越年,匈奴復遣使至漢,申請和親。大行王恢,謂不如與他絕好,相機進兵。韓安國已為御史大夫,獨主張和親,免得勞

師。武帝遍問群臣，群臣多贊同韓議，乃遣歸番使，仍允和親。偏有雁門郡馬邑人聶一，年老嗜利，入都進謁王恢，說是匈奴終為邊患，今乘他和親無備，誘令入塞，伏兵邀擊，必獲大勝。恢本欲擊虜邀功，至此聽了一言，又覺得興致勃發，立刻奏聞。武帝年少氣盛，也為所動，再召群臣會議。韓安國又出來反對，與王恢爭論廷前，各執一是。王恢說道：「陛下即位數年，威加四海，統一華夷，獨匈奴侵盜不已，肆無忌憚，若非設法痛擊，如何示威！」安國駁說道：「臣聞高皇帝被困平城，七日不食，及出圍返都，不相仇怨，可見聖人以天下為心，不願挾私害公。自與匈奴和親，利及五世，故臣以為不如主和！」恢又說道：「此語實似是而非。從前高皇帝不去報怨，乃因天下新定，不應屢次興師，勞我人民。今海內久安，只有匈奴屢來寇邊，常為民患，死傷累累，櫬車相望。這正仁人君子，引為痛心，奈何不乘機擊逐呢！」安國又申駁道：「臣聞兵法有言，以飽待飢，以逸待勞，所以不戰屈人，安坐退敵。今欲卷甲輕舉，長驅深入，臣恐道遠力竭，反為敵擒，故決意主和，不願主戰！」恢搖首道：「韓御史徒讀兵書，未諳兵略，若使我兵輕進，原是可虞，今當誘彼入塞，設伏邀擊，使他左右受敵，進退兩難，臣料擒渠獲醜，在此一舉，可保得有利無害呢！」**看汝做來。**

　　武帝聽了多時，也覺得恢計可用，決從恢議，遂使韓安國為護軍將軍，王恢為將屯將軍，太僕公孫賀為輕車將軍，衛尉李廣為驍騎將軍，大中大夫李息為材官將軍，率同兵馬三十多萬，悄悄出發。先令聶一出塞互市，往見舍軍臣單于，**匈奴國主名，見前。**願舉馬邑城獻虜。單于似信非信，便問聶一道：「汝本商民，怎能獻城？」聶一答道：「我有同志數百人，若混入馬邑，斬了令丞，管教全城可取，財物可得，但望單于發兵接應，並錄微勞，自不致有他患了！」單于本來貪利，聞言甚喜，立派部目隨著聶

第六十二回
厭夫貧下堂致悔　開敵釁出塞無功

一，先入馬邑，俟聶一得斬守令，然後進兵。聶一返至馬邑，先與邑令密謀，提出死囚數名，梟了首級，懸諸城上，託言是令丞頭顱，誑示匈奴來使。來使信以為然，忙去回報軍臣單于，單于便領兵十萬，親來接應，路過武州，距馬邑尚百餘里，但見沿途統是牲畜，獨無一個牧人，未免詫異起來，可巧路旁有一亭堡，料想堡內定有亭尉，何不擒住了他，問明底細？當下指揮人馬，把亭圍住，亭內除尉史外，只有守兵百人，無非是瞭望敵情，通報邊訊。此次亭尉得了軍令，佯示鎮靜，使敵不疑，所以留住亭內，誰料被匈奴兵馬，團團圍住，偌大孤亭，如何固守？沒奈何出降匈奴，報知漢將祕謀。單于且驚且喜，慌忙退還，及馳入塞外，額手相慶道：「我得尉史，實邀天佑！」一面說，一面召過尉史，特封天王。**卻是儻來富貴，可惜舍義貪生。**

是時王恢已抄出代郡，擬襲匈奴兵背後，截奪輜重，驀聞單于退歸，不勝驚訝，自思隨身兵士，不過二三萬人，怎能敵得過匈奴大隊，不如縱敵出塞，還好保全自己生命，遂斂兵不出，旋且引還。**既有今日，何必當初！** 韓安國等帶領大軍，分駐馬邑境內，好幾日不見動靜，急忙變計出擊，馳至塞下，那匈奴兵早已遁去，一些兒沒有形影了，只好空手回都。安國本不贊成恢議，當然無罪，公孫賀等亦得免譴。獨王恢乃是首謀，無故勞師，輕自縱敵，眼見是無功有罪，應該受刑。小子有詩嘆道：

　　婁敬和親原下策，王恢誘敵豈良謀。
　　勞師卅萬輕佻矣，一死猶難謝主憂。

畢竟王恢是否坐罪，且看下回再詳。

「貪」之一字，無論男婦，皆不可犯。試觀本回之朱買臣妻，及大行王恢，事蹟不同，而致死則同，蓋無一非「貪」字誤之耳，買臣妻之求

去，是志在貪富，王恢之誘匈奴，是志在貪功，卒之貪富者輕喪名節，無救於貧，貪功者徒費機謀，反致坐罪。後悔難追，終歸自殺，亦何若不貪之為愈乎！是故買臣妻之致死，不能怨買臣之薄情，王恢之致死，不能怨武帝之寡德，要之皆自取而已。世之好貪者其鑑諸！

第六十二回
厭夫貧下堂致悔　開敵釁出塞無功

第六十三回
執國法王恢受誅　罵座客灌夫得罪

　　卻說王恢還朝，入見武帝，武帝不禁怒起，說他勞師縱敵，罪有所歸。**試問自己，果能無過否？**王恢答辯道：「此次出師，原擬前後夾攻，計擒單于，諸將軍分伏馬邑，由臣抄襲敵後，截擊輜重，不幸良謀被洩，單于逃歸，臣所部止三萬人，不能攔阻單于，明知回朝覆命，不免遭戮，但為陛下保全三萬人馬，亦望曲原！陛下如開恩恕臣，臣願邀功贖罪，否則請陛下懲處便了。」武帝怒尚未息，令左右繫恢下獄，援律讞案。廷尉議恢逗撓當斬，復奏武帝。武帝當即依議，限期正法。恢聞報大懼，慌忙囑令家人，取出千金，獻與武安侯田蚡，求他緩頰。是時太皇太后竇氏早崩，**在武帝建元六年**。丞相許昌，亦已免職。武安侯田蚡，竟得入膺相位，內依太后，外冠群僚，總道是容易設法，替恢求生，遂將千金老實收受，入宮白王太后道：「王恢謀擊匈奴，伏兵馬邑，本來是一條好計，偏被匈奴探悉，計不得成，雖然無功，罪不至死。今若將恢加誅，是反為匈奴報仇，豈非一誤再誤麼？」王太后點首無言。待至武帝入省，便將田蚡所言，略述一遍。武帝答道：「馬邑一役，本是王恢主謀，出師三十萬眾，望得大功，就使單于退去，不中我計，但恢已抄出敵後，何勿邀擊一陣，殺獲數人，借慰眾心？今恢貪生怕死，逗留不出，若非按律加誅，如何得謝天下呢！」**理論亦正，可惜徒知責人，不知責己。**

第六十三回
執國法王恢受誅　罵座客灌夫得罪

　　王太后本與恢無親，不過為了母弟情面，代為轉言。及見武帝義正詞嚴，也覺得不便多說，待至武帝出宮，即使人復報田蚡。蚡亦只好復絕王恢。**千金可曾發還否？**恢至此已無生路，索性圖個自盡，省得身首兩分。獄吏至恢死後，方才得知，立即據實奏聞，有詔免議。看官閱此，還道武帝決意誅恢，連太后母舅的關說，都不肯依，好算是為公忘私。其實武帝也懷著私意，與太后母舅兩人，稍有芥蒂，所以借恢出氣，不肯枉法。

　　武帝常寵遇韓嫣，累給厚賞。**已見前文。**嫣坐擁資財，任情揮霍，甚至用黃金為丸，彈取鳥雀。長安兒童，俟嫣出獵，往往隨去。嫣一彈射，彈丸輒墜落遠處，不復覓取。一班兒童，樂得奔往尋覓，運氣的拾得一丸，值錢數十緡，當然懷歸。嫣亦不過問。時人有歌謠道：「苦飢寒，逐金丸。」武帝頗有所聞，但素加寵幸，何忍為此小事，責他過奢。會值江都王非入朝，武帝約他同獵上林，先命韓嫣往視鳥獸。嫣奉命出宮，登車馳去，從人卻有百餘騎。江都王非，正在宮外伺候，望見車騎如雲，想總是天子出來，急忙麾退從人，自向道旁伏謁。不意車騎並未停住，儘管向前馳去。非才知有異，起問從人，乃是韓嫣坐車馳過，忍不住怒氣直衝，急欲奏白武帝。轉思武帝寵嫣，說也無益，不如暫時容忍。待至侍獵已畢，始入謁王太后，泣訴韓嫣無禮，自願辭國還都，入備宿衛，與嫣同列。王太后也為動容，雖然非不是親子，究竟由景帝所出，不能為嫣所侮，**非係程姬所產。**乃好言撫慰，決加嫣罪。也是嫣命運該絕，一經王太后留心調查，復得嫣與宮人相姦情事，兩罪併發，即命賜死。武帝還替嫣求寬，被王太后訓斥一頓，弄得無法轉圜，只好聽嫣服藥，毒發斃命。嫣弟名說，曾由嫣薦引入侍，武帝惜嫣短命，乃擢說為將，後來且列入軍功，封案道侯。江都王非，仍然歸國，未幾即歿，由子建嗣封，待後再表。

唯武帝失一韓嫣，總覺得太后不肯留情，未免介意。獨王太后母弟田蚡，素善阿諛，頗得武帝親信。從前尚有太皇太后，與蚡不合，**見前文**。至此已經病逝，毫無阻礙，所以蚡得進躋相位。向來小人情性，失志便諂，得志便驕，蚡既首握朝綱，並有王太后作為內援，當即起了驕態，作福作威，營大廈，置良田，廣納姬妾，厚儲珍寶，四方貨賂，輦集門庭，端的是安富尊榮，一時無兩。**猶記前時貧賤時否？** 每當入朝白事，坐語移時，言多見用，推薦人物，往往得為大吏至二千石，甚至所求無厭，惹得武帝也覺生煩。一日蚡又面呈薦牘，開列至十餘人，要求武帝任用。武帝略略看畢，不禁作色道：「母舅舉用許多官吏，難道尚未滿意麼？以後須讓我揀選數人。」蚡乃起座趨出。既而增築家園，欲將考工地圈入，以便擴充。**考工係少府屬官**。因再入朝面請，武帝又怫然道：「何不逕取武庫？」說得蚡面頰發赤，謝過而退。為此種種情由，所以王恢一案，武帝不肯放鬆，越是太后母舅說情，越是要將王恢處死。田蚡權勢雖隆，究竟拗不過武帝，只好作罷。

是時故丞相竇嬰，失職家居，與田蚡相差甚遠，免不得撫髀興嗟。前時嬰為大將軍，聲勢赫濯，蚡不過一個郎官，奔走大將軍門下，拜跪趨謁，何等謙卑，就是後來嬰為丞相，蚡為太尉，名位上幾乎並肩，但蚡尚自居後進，一切政議，推嬰主持，不稍爭忤。誰知時移勢易，嬰竟蹉跌，蚡得超升，從此不復往來，視同陌路，連一班親戚僚友，統皆變了態度，只知趨承田氏，未嘗過謁竇門，所以嬰相形見絀，越覺不平。**何不歸隱**。

獨故太僕灌夫，卻與嬰沆瀣相投，始終交好，不改故態，嬰遂視為知己，格外情深。灌夫自吳、楚戰後，**見五十五回**。還都為中郎將，遷任代相，武帝初，入為太僕，與長樂衛尉竇甫飲酒，忽生爭論，即舉拳毆甫。甫係竇太后兄弟，當然不肯罷休，便即入白宮中。武帝還憐灌夫忠直，忙

第六十三回
執國法王恢受誅　罵座客灌夫得罪

　　將他外調出去，使為燕相，夫終使酒好氣，落落難合，卒致坐法免官，仍然還居長安。他本是潁川人氏，家產頗饒，平時善交豪猾，食客常數十人，及夫出外為官，宗族賓客，還是倚官託勢，魚肉鄉民。潁川人並有怨言，遂編出四句歌謠，使兒童唱著道：「潁水清，灌氏寧，潁水濁，灌氏族。」夫在外多年，無暇顧問家事，到了免官以後，仍不欲退守家園，但在都中混跡。居常無事，輒至竇嬰家歡敘。兩人性質相同，所以引為至交。

　　一日夫在都遊行，路過相府，自思與丞相田蚡，本是熟識，何妨闖將進去，看他如何相待？主見已定，遂趨入相府求見。門吏當即入報，蚡卻未拒絕，照常迎入。談了數語，便問夫近日閒居，如何消遣？夫直答道：「不過多至魏其侯家，飲酒談天。」蚡隨口接入道：「我也欲過訪魏其侯，仲孺可願同往否？」夫本字仲孺，聽得蚡邀與同往，就應聲說道：「丞相肯辱臨魏其侯家，夫願隨行。」蚡不過一句虛言，誰知灌夫竟要當起真來！乃注目視夫，見夫身著素服，便問他近有何喪？夫恐蚡寓有別意，又向蚡進說道：「夫原有期功喪服，未便宴飲，但丞相欲過魏其侯家，夫怎敢以服為辭？當為丞相預告魏其侯，令他具酒守候，願丞相明日蚤臨，幸勿逾約！」蚡只好允諾。夫即告別，出了相府，匆匆往報竇嬰。**實是多事。**

　　嬰雖未奪侯封，究竟比不得從前，一呼百諾。既聞田蚡要來宴敘，不得不盛筵相待，因特入告妻室，趕緊預備，一面囑廚夫多買牛羊，連夜烹宰，並飭僕役灑掃房屋，設具供張，足足忙了一宵，未遑安睡。一經天明，便令門役小心侍候。過了片刻，灌夫也即趨至，與竇嬰一同候客。好多時不聞足音，仰矚日光，已到晌午時候。嬰不禁焦急，對灌夫說道：「莫非丞相已忘記不成！」夫亦憤然道：「那有此理！我當往迎。」說著便馳往相府，問明門吏，才知蚡尚高臥未起。勉強按著性子，坐待了一二時，方

見蚡緩步出來。當下起立與語道:「丞相昨許至魏其侯家,魏其侯夫婦,安排酒席,渴望多時了。」蚡本無去意,到此只好佯謝道:「昨宵醉臥不醒,竟至失記,今當與君同往便了。」乃蚡吩咐左右駕車,自己又復入內,延至日影西斜,始出呼灌夫,登車並行。竇嬰已望眼欲穿,總算不虛所望,接著這位田丞相,延入大廳,開筵共飲。灌夫喝了幾杯悶酒,覺得身體不快,乃離座起舞,舒動筋骸。未幾舞罷,便語田蚡道:「丞相曾善舞否?」蚡假作不聞。惹動灌夫酒興,連問數語,仍不見答。夫索性移動座位,與蚡相接,說出許多譏刺的話兒。竇嬰見他語帶蹊蹺,恐致惹禍,連忙起扶灌夫,說他已醉,令至外廂休息。待夫出去,再替灌夫謝過。蚡卻不動聲色,言笑自若。飲至夜半,方盡歡而歸。**即此可見田蚡陰險。**

　　自有這番交際,蚡即想出一法,浼令竇佐籍福,至竇嬰處求讓城南田。此田係竇嬰寶產,向稱肥沃,怎肯讓與田蚡?當即對著籍福,忿然作色道:「老朽雖是無用,丞相也不應擅奪人田!」籍福尚未答言,巧值灌夫趨進,聽悉此事,竟把籍福指斥一番。還是籍福氣度尚寬,別嬰報蚡,將情形概置不提,但向蚡勸解道:「魏其侯年老且死,丞相忍耐數日,自可唾手取來,何必多費唇舌哩?」蚡頗以為然,不復提議。偏有他人討好蚡前,竟將竇嬰灌夫的實情,一一告知,蚡不禁發怒道:「竇氏子嘗殺人,應坐死罪;虧我替他救活,今向他乞讓數頃田,乃這般吝惜麼?況此事與灌夫何干,又來饒舌,我卻不稀罕這區區田畝,看他兩人能活到幾時?」於是先上書劾奏灌夫,說他家屬橫行潁川,請即飭有司懲治。武帝答諭道:「這本丞相分內事,何必奏請呢!」蚡得了諭旨,便欲捕夫家屬,偏夫亦探得田蚡陰事,要想乘此訐發,作為抵制。原來蚡為太尉時,正值淮南王安入朝,蚡出迎霸上,密與安語道:「主上未有太子,將來帝位,當屬大王。大王為高皇帝孫,又有賢名,若非大王繼立,此外尚有何人?」

第六十三回
執國法王恢受誅　罵座客灌夫得罪

　　安聞言大喜，厚贈蚡金錢財物，託蚡隨時留意。**蚡原是騙錢好手**。兩下裡訂立密約，偏被灌夫偵悉，援作話柄，關係卻是很大。**何妨先發制人，徑去告訐**。蚡得著風聲，自覺情虛，倒也未敢遽下辣手，當有和事老出來調停，勸他兩面息爭，才算罷議。

　　到了元光四年，蚡取燕王嘉**劉澤子**。女為夫人，由王太后頒出教令，盡召列侯宗室，前往賀喜。竇嬰尚為列侯，應去道賀，乃邀同灌夫偕往。夫辭謝道：「夫屢次得罪丞相，近又與丞相有仇，不如不往。」嬰強夫使行。且與語道：「前事已經人調解，諒可免嫌；況丞相今有喜事，正可乘機宴會，仍舊修好，否則將疑君負氣，仍留隱恨了。」**嬰為灌夫所累，也是夠了，此次還要叫他同行，真是該死**！灌夫不得已與嬰同行，一入相門，真是車馬喧闐，說不盡的熱鬧。兩人同至大廳，當由田蚡親出相迎，彼此作揖行禮，自然沒有怒容。未幾便皆入席，田蚡首先敬客，挨次捧觴，座上俱不敢當禮，避席俯伏。竇嬰、灌夫，也只得隨眾鳴謙。嗣由座客舉酒酬蚡，也是挨次輪流。待到竇嬰敬酒，只有故人避席，餘皆膝席。古人嘗席地而坐，就是賓朋聚宴，也是如此。膝席是膝跪席上，聊申敬意，比不得避席的謙恭。灌夫瞧在眼裡，已覺得座客勢利，心滋不悅，及輪至灌夫敬酒，到了田蚡面前，蚡亦膝席相答，且向夫說道：「不能滿觴！」夫忍不住調笑道：「丞相原是當今貴人，但此觴亦應畢飲。」蚡不肯依言，勉強喝了一半。夫不便再爭，乃另敬他客，依次捱到臨汝侯灌賢。灌賢方與程不識密談，並不避席。夫正懷怒意，便借賢洩忿，開口罵道：「平日毀程不識不值一錢，今日長者敬酒，反效那兒女子態，絮絮耳語麼？」灌賢未及答言，蚡卻從旁插嘴道：「程、李嘗併為東西宮衛尉，今當眾毀辱程將軍，獨不為李將軍留些餘地，未免欺人？」這數語明是雙方挑釁，因灌夫素推重李廣，所以把程、李一併提及，使他結怨兩人。偏灌

夫性子發作，不肯少耐，竟張目厲聲道：「今日便要斬頭洞胸，夫也不怕！顧什麼程將軍，李將軍？」**狂夫任性，有何好處？**座客見灌夫鬧酒，大殺風景，遂託詞更衣，陸續散去。寶嬰見夫已惹禍，慌忙用手揮夫，令他出去。**誰叫你邀他同來？**

夫方趨出，蚡大為懊惱，對眾宣言道：「這是我平時驕縱灌夫，反致得罪座客，今日不能不稍加懲戒了！」說著，即令從騎追留灌夫，不准出門，從騎奉命，便將灌夫牽回。籍福時亦在座，出為勸解，並使灌夫向蚡謝過。夫怎肯依從？再由福按住夫項，迫令下拜，夫越加動怒，竟將福一手推開。蚡至此不能再忍，便命從騎縛住灌夫，迫居傳舍。座客等未便再留，統皆散去，寶嬰也只好退歸。蚡卻召語長史道：「今日奉詔開宴，灌夫乃敢來罵座，明明違詔不敬，應該劾奏論罪！」**好一個大題目。**長史自去辦理，拜本上奏。蚡自思一不做，二不休，索性追究前事，遣吏分捕灌夫宗族，並皆論死。一面把灌夫徙繫獄室，派人監守，斷絕交通。灌夫要想告訐田蚡，無從得出，只好束手待斃。

獨寶嬰返回家中，自悔從前不該邀夫同去，現既害他入獄，理應挺身出救。嬰妻在側，問明大略，亟出言諫阻道：「灌將軍得罪丞相，便是得罪太后家，怎可救得？」嬰喟然道：「一個侯爵，自我得來，何妨自我失去？我怎忍獨生，乃令灌仲孺獨死？」說罷，即自入密室，繕成一書，竟往朝堂呈入。有頃，即由武帝傳令進見。嬰謁過武帝，便言灌夫醉後得罪，不應即誅。武帝點首，並賜嬰食，且與語道：「明日可至東朝辯明便了。」嬰拜謝而出。

到了翌晨，就遵著諭旨，徑往東朝。東朝便是長樂宮，為王太后所居，田蚡係王太后母弟，武帝欲審問此案，也是不便專擅，所以會集大臣，同至東朝決獄。嬰馳入東朝，待了片刻，大臣陸續趨集，連田蚡也即

第六十三回
執國法王恢受誅　　罵座客灌夫得罪

到來。未幾便由武帝御殿，面加質訊，各大臣站列兩旁，嬰與蚡同至御案前，辯論灌夫曲直。為這一番訟案，有分教：

刺虎不成終被噬，飛蛾狂撲自遭災。

欲知兩人辯論情形，俟至下回再表。

王恢之應坐死罪，前回中已經評論，姑不贅述。唯田蚡私受千金，即懇太后代為緩頰。誠使武帝明哲，便當默察幾微，撤蚡相位，別用賢良，豈徒拒絕所請，即足了事耶？況一意誅恢，亦屬有激使然。非真知有公不知有私也。竇嬰既免相職，正可退居林下，安享天年，乃猶溷跡都中，流連不去，果胡為者！且灌夫好酒使性，引與為友，益少損多，無端而親田蚡，無端而忤田蚡，又無端而仇田蚡，卒至招尤取辱，同歸於盡，天下之剛愎自用者，皆可作灌夫觀！天下之游移無主者，亦何不可作竇嬰觀也？田蚡不足責，竇嬰灌夫，其亦自貽伊戚乎！

第六十四回
遭鬼祟田蚡斃命　撫夷人司馬揚鑣

　　卻說竇嬰、田蚡，為了灌夫罵座一事，爭論廷前。竇嬰先言灌夫曾有大功，不過醉後忘情，觸犯丞相，丞相竟挾嫌誣控，實屬非是。田蚡卻繼陳灌夫罪惡，極言夫縱容家屬，私交豪猾，居心難問，應該加刑。兩人辯論多時，畢竟竇嬰口才，不及田蚡，遂致嬰忍耐不住，歷言蚡驕奢無度，貽誤國家。蚡隨口答辯道：「天下幸安樂無事，蚡得叨蒙恩遇，置田室，備音樂，畜倡優，弄狗馬，坐享承平，但卻不比那魏其、灌夫，日夜招聚豪猾，祕密會議，腹誹心謗，仰視天，俯畫地，睥睨兩宮間，喜亂惡治，冀邀大功。這乃蚡不及兩人，望陛下明察！」舌上有刀。武帝見他辯論不休，便顧問群臣，究竟孰是孰非？群臣多面面相覷，未敢發言。只御史大夫韓安國啟奏道：「魏其謂灌夫為父死事，隻身荷戟，馳入吳軍，身被數十創，名冠三軍，足為天下壯士，現在並無大惡，不過杯酒爭論，未可牽入他罪，誅戮功臣，這言也未嘗不是。丞相乃說灌夫通姦猾，虐細民，家資累萬，橫恣潁川，恐將來枝比干大，不折必披，丞相言亦屬有理。究竟如何處置，應求明主定奪！」武帝默然不答，又有主爵都尉汲黯，及內史鄭當時，相繼上陳，頗為竇嬰辯護，請武帝曲宥灌夫。蚡即怒目注視兩人，汲黯素來剛直，不肯改言，鄭當時生得膽小，遂致語涉游移。武帝也知田蚡理屈，不過礙著太后面子，未便斥蚡，因借鄭當時洩忿道：「汝平

第六十四回
遭鬼祟田蚡斃命　撫夷人司馬揚鑣

日慣談魏其武安長短，今日廷論，乃局促效轅下駒，究懷何意，我當一併處斬方好哩！」鄭當時嚇得發顫，縮做一團，此外還有何人，再敢饒舌，樂得寡言免尤。**保身之道莫逾於此。**武帝拂袖起座，掉頭趨入，群臣自然散歸，竇嬰亦去。

田蚡徐徐引退，走出宮門，見韓安國尚在前面，便呼與同載一車，且呼安國表字道：「長孺，汝應與我共治一禿翁，**竇嬰年老發禿。**為何首鼠兩端？」**首鼠係一前一卻之意。**安國沉吟半晌，方答說道：「君何不自謙？魏其既說君短，君當免冠解印，向主上致謝道：『臣幸託主上肺腑，待罪宰相，愧難勝任，魏其所言皆是，臣願免職。』如此進說，主上必喜君能讓，定然慰留，魏其亦自覺懷慚，杜門自殺。今人毀君短，君亦毀人，好似鄉村婦孺，互相口角，豈不是自失大體麼？」田蚡聽了，也覺得自己性急，乃對韓安國謝過道：「爭辯時急不暇擇，未知出此。長孺幸勿怪我呢！」及田蚡還第，安國當然別去。蚡回憶廷爭情狀，未能必勝，只好暗通內線，請太后出來作主，方可推倒竇嬰。乃即使人進白太后，求為援助。

王太后為了此事，早已留心探察，聞得朝議多袒護竇嬰，已是不悅，及蚡使人入白，越覺動怒，適值武帝入宮視膳，太后把箸一擲，顧語武帝道：「我尚在世，人便凌踐我弟，待我百年後，恐怕要變做魚肉了！」**婦人何知大體？**武帝忙上前謝道：「田、竇俱係外戚，故須廷論；否則並非大事，一獄吏便能決斷了。」王太后面色未平，武帝只得勸她進食，說是當重懲竇嬰。及出宮以後，郎中令石建復與武帝詳言田、竇事實，武帝原是明白，但因太后力護田蚡，不得不從權辦理。**事父母幾諫，豈可專徇母意？**乃再使御史召問竇嬰，責他所言非實，拘留都司空署內。**都司空係漢時宗正屬官。**嬰既被拘，怎能再營救灌夫，有司希承上旨，竟將灌夫擬定

族誅。這消息為嬰所聞,越加驚惶,猛然記得景帝時候,曾受遺詔云:「事有不便,可從便宜上白。」此時無法解免,只好把遺詔所言,敘入奏章,或得再見武帝,申辯是非。會有從子入獄探視,嬰即與說明,從子便去照辦,即日奏上。武帝覽奏,命尚書複查遺詔,尚書竟稱查無實據,只有竇嬰家丞,封藏詔書,當係由嬰捏造,罪當棄市等語。武帝卻知尚書有意陷嬰,留中不發,但將灌夫處死,家族駢誅,已算對得住太后母舅。待至來春大赦,便當將嬰釋放。嬰聞尚書劾他矯詔,自知越弄越糟,不如假稱風疾,絕粒自盡。嗣又知武帝未曾批准,還有一線生路,乃復飲食如常。那知田蚡煞是利害,只恐竇嬰不死,暗中造出謠言,誣稱嬰在獄怨望,肆口訕謗。一時傳入宮中,致為武帝所聞,不禁怒起,飭令將嬰斬首,時已為十二月晦日。可憐嬰並無死罪,冤冤枉枉的被蚡播弄,隕首渭城,就是灌夫觸忤田蚡,也沒有什麼大罪,偏把他身誅族滅,豈非奇冤。兩道冤氣,無從伸雪,當然要撲到田蚡身上,向他索命。

　　元光五年春月,蚡正志得氣驕,十分快活,出與諸僚吏會聚朝堂,頤指氣使,入與新夫人食前方丈,翠繞珠圍,朝野上下,那個敢動他毫毛,偏偏兩冤鬼尋入相府,互擊蚡身,蚡一聲狂叫,撲倒地上,接連呼了幾聲知罪,竟致暈去。妻妾僕從等,慌忙上前施救,一面延醫診治,鬧得一家不寧,好多時才得甦醒。**還要他吃些苦楚,方肯死去**。口眼卻能開閉,身子卻不能動彈。當由家人舁至榻上,晝夜呻吟,只說渾身盡痛,無一好肉。有時狂言譫語,無非連聲乞恕,滿口求饒。家中雖不見有鬼魅,卻亦料他為鬼所祟,代他祈禱,始終無效。武帝親往視疾,也覺得病有奇異,特遣術士看驗虛實,複稱有兩鬼為祟,更迭笞擊,一是竇嬰,一是灌夫,武帝嘆息不已,就是王太后亦追悔無及。約莫過了三五天,蚡滿身青腫,七竅流血,嗚呼畢命!**報應止及一身,還是田氏有福**。武帝乃命平棘侯薛

第六十四回
遭鬼祟田蚡斃命　撫夷人司馬揚鑣

澤為丞相，待後再表。

且說武帝兄弟，共有十三人，皆封為王。臨江王閼早死，接封為故太子榮，被召自殺；江都王非，廣川王越，清河王乘，亦先後病亡。**累見前文**。尚有河間王德，魯王餘，膠西王端，趙王彭祖，中山王勝，長沙王發，膠東王寄，常山王舜，受封就國，並皆無恙。就中要算河間王德，為最賢。德修學好古，實事求是，嘗購求民間遺書，不吝金帛，因此古文經籍，先秦舊書，俱由四方奉獻，所得甚多。平時講習禮樂，被服儒術，造次不敢妄為，必循古道。元光五年，入朝武帝，面獻雅樂，對三雍宮，**辟雍，明堂，靈臺，號三雍宮，對字聯屬下文**。及詔策所問三十餘事，統皆推本道術，言簡意賅。武帝甚為嘉嘆，並飭太常就肄雅聲，歲時進奏。已而德辭別回國，得病身亡，中尉常麗，入都訃喪，武帝不免哀悼，且稱德身端行治，應予美諡。有司應詔復陳，援據諡法，謂聰明睿知曰獻，可即諡為獻王，有詔依議，令王子不害嗣封。**河間獻王，為漢代賢王之一。故特筆提敘**。

河間與魯地相近，魯秉禮義，尚有孔子遺風，只魯王餘，自淮陽徙治，不好文學，只喜宮室狗馬等類，甚且欲將孔子舊宅，盡行拆去，改作自己宮殿。當下親自督工，飭令毀壁，見壁間有藏書數十卷，字皆作蝌蚪文，魯王多不認識，卻也稱奇。嗣入孔子廟堂，忽聽得鍾磬聲，琴瑟聲，同時並作，還疑裡面有人作樂，及到處搜尋，並無人跡，唯餘音尚覺繞梁，嚇得魯王餘毛髮森豎，慌忙命工罷役，並將壞壁修好，仍使照常，所有壁間遺書，給還孔裔，上車自去。相傳遺書為孔子八世孫子襄所藏，就是《尚書》、《禮記》、《論語》、《孝經》等書，當時欲避秦火，因將原簡置入壁內，至此才得發現，故後人號為壁經。**畢竟孔聖有靈，保全祠宇**。魯王餘經此一嚇，方不敢藐視儒宗。但舊時一切嗜好，相沿不改，費用不

足，往往妄取民間。虧得魯相田叔，彌縫王闕，稍免怨言。田叔自奉命到魯，**見前文**。便有人民攔輿訴訟，告王擅奪民財，田叔佯怒道：「王非汝主麼？怎得與王相訟！」說著，即將為首二十人，各笞五十，餘皆逐去。魯王餘得知此事，也覺懷慚，即將私財取出，交與田叔，使他償還人民。**還是好王**。田叔道：「王從民間取來，應該由王自償。否則，王受惡名，相得賢聲？竊為王不取哩！」魯王依言，乃自行償還，不再妄取。獨逐日遊敗，成為習慣。田叔卻不加諫阻，唯見王出獵，必然隨行，老態龍鍾，動致喘息。魯王餘卻還敬老，輒令他回去休息。他雖當面應允，步出苑外，仍然露坐相待。有人入報魯王，王仍使歸休，終不見去。待至魯王獵畢，出見田叔，問他何故留著？田叔道：「大王且暴露苑中，臣何敢就舍？」說得魯王難以為情，便同輿載歸，稍知斂跡。未幾田叔病逝，百姓感他厚恩，湊集百金，送他祭禮。叔少子仁，卻金不受，對眾作謝道：「不敢為百金累先人名！」眾皆嘆息而退。魯王餘也得優遊卒歲，不致負慝。這也是幸得田叔，輔導有方，所以保全富貴，頤養終身哩。**敘入此段，全為田叔揚名**。

　　武帝因郡國無事，內外咸安，乃復擬戡定蠻夷，特遣郎官司馬相如，往撫巴蜀，通道西南。先是王恢出征閩越，**見六十二回**。曾使番陽令唐蒙，慰諭南越，南越設席相待，餚饌中有一種枸醬，味頗甘美。**枸亦作蒟，音矩，草名，緣木而生，子可作醬**。蒙問明出處，才知此物由牂柯江運來。牂柯江西達黔中，距南越不下千里，輸運甚艱，如何南越得有此物？所以蒙雖知出處，尚覺懷疑。及返至長安，復問及蜀中賈人，賈人答道：「枸醬出自蜀地，並非出自黔中，不過土人貪利，往往偷帶此物，賣與夜郎國人。夜郎是黔中小國，地臨牂柯江，嘗與南越交通，由江往來，故枸醬遂得送達。現在南越屢出財物，羈縻夜郎，令為役屬，不過要他甘

第六十四回
遭鬼祟田蚡斃命　撫夷人司馬揚鑣

心臣服，尚非易事呢。」蒙聽了此言，便想拓地徼功，即詣闕上書，略云：

南越王黃屋左纛，地東西萬餘里，名為外臣，實一州主也。今若就長沙、豫章，通道南越，水絕難行。竊聞夜郎國所有精兵，可得十萬，浮艦牂牁，出其不意，亦制越一奇也。誠以大漢之強，巴蜀之饒，通夜郎道，設官置吏，則取南越不難矣。謹此上聞。

武帝覽書，立即允准，擢蒙為中郎將，使詣夜郎。蒙多帶繒帛，調兵千人為衛，出都南下。沿途經過許多險阻，方至巴地筰關，再從筰關出發，才入夜郎國境。夜郎國王，以竹為姓，名叫多同，向來僻處南方，世人號為南夷。南夷部落，約有十餘，要算夜郎最大。素與中國不通聞問，所以夜郎王坐井觀天，還道是世界以上，唯我獨尊。後世相傳夜郎自大，便是為此。及唐蒙入見，夜郎王多同，得睹漢官威儀，才覺相形見絀。蒙更極口鋪張，具說漢朝如何強盛，如何富饒，又把繒帛取置帳前，益顯得五光十色，錦繡成章。夜郎王見所未見，聞所未聞，不由的瞪目伸舌，願聽指揮。**比南越何如？**蒙乃叫他舉國內附，不失侯封，並可使多同子為縣令，由漢廷置吏為助。多同甚喜，召集附近諸部酋，與他說明。各部酋見漢繒帛，統是垂涎，且因漢都甚遠，料不至發兵進攻，乃皆慫恿多同，請依蒙約。多同遂與蒙訂定約章，蒙即將繒帛分給，告別還都。入朝覆命，武帝聞報，遂特置鍵為郡，統轄南夷，覆命蒙往治道路，由僰音卜。道直達牂牁江。蒙再至巴蜀，調發士卒，督令治道，用著軍法部勒，不得少懈，逃亡即誅。地方百姓，大加惶惑，遂至訛言百出，物議沸騰。

事為武帝所聞，不得不另派妥員，出去宣撫，自思司馬相如本是蜀人，應該熟悉地方情形，派令出撫，較為妥當。乃使相如赴蜀，一面責備唐蒙，一面慰諭人民。相如馳至蜀郡，憑著那簪花妙手，作了一篇檄文，曉諭各屬，果得地方諒解，漸息浮言。**莫謂毛錐無用。**可巧西夷各部，聞

得南夷內附,多蒙賞賜,也情願仿照辦法,歸屬漢朝,當即與蜀中官吏通書,表明誠意,官吏自然奏聞。武帝正擬派使調查,適相如由蜀還朝,正好問明原委。相如奏對道:「西夷如邛莋、**音昨**。冉駹,並稱大部,地近蜀郡,容易交通,秦時嘗通道置吏,尚有遺轍。今若規復舊制,更置郡縣。比南夷還要較勝哩。」武帝甚喜,即拜相如為中郎將,持節出使,令王然、於壺充國、呂越人為副,分乘驛車四輛,往撫西夷。

此次相如赴蜀,與前次情形不同。前次官職尚卑,又非朝廷特派正使,所以地方官雖嘗迎送,不過照例相待,沒甚殷勤。到了此次出使,前導後呼,擁旌旄,飾輿衛,聲威赫濯,冠冕堂皇。一入蜀郡,太守以下,俱出郊遠迎,縣令身負弩矢,作為前驅。道旁士女,無不嘆羨,就是臨邛富翁卓王孫,亦邀同程鄭諸人,望風趨集,爭獻牛酒。相如尚高自位置,託言皇命在身,不肯輕與相見。卓王孫等只好懇求從吏,表示殷勤。相如才不便卻還牛酒,特使從吏向他復報,全數收受。卓王孫還道相如有情,竟肯賞受,自覺得叨受光榮,對著同來諸親友,喟然嘆息道:「我不意司馬長卿,果有今日!」諸親友齊聲附和,盛稱文君眼光,畢竟過人。就是卓王孫拈鬚自思,也悔從前目光短小,未知當筵招贅,以致諸多唐突,不但對不住相如,並且對不住自己女兒!**並非從前寡識,實是始終勢利,故先後不同。**於是順道訪女,即將文君接回臨邛。昔日當壚,今日乘軒,也不枉一番慧眼,半世苦心。**褒中寓貶。**卓王孫復分給家財,與子相等。紅顏有幸,因貴致富,相如亦得為妻吐氣,安心西行。及馳入西夷境內,也是照著唐蒙老法,把車中隨帶的幣物,使人齎去,分給西夷。邛莋冉駹各部落,原是為了財帛,來求內附。此時既得如願,當然奉表稱臣。於是拓邊關,廣絕域,西至沫若水,南至牂牁江,鑿靈山道,架橋孫水,直達邛都。共設一都尉,十縣令,歸蜀管轄。規劃已畢,仍從原路回蜀。

第六十四回
遭鬼祟田蚡斃命　撫夷人司馬揚鑣

蜀中父老，本謂相如鑿通西夷，無甚益處。**原是無益。** 經相如作文詰難，蜀父老始不敢多言。卓王孫聞相如歸來，亟將文君送至行轅。夫妻相見，舊感新歡，不問可知。相如遂挈文君至長安，自詣朝堂覆命。武帝大悅，慰勞有加，相如亦沾沾自喜，漸有驕色。偏同僚從旁加忌，劾他出使時私受賂金，竟致坐罪免官。相如遂與文君寓居茂陵，不復歸蜀。後來武帝又復記著，再召為郎。偶從武帝至長楊宮射獵，武帝膂力方剛，輒親擊熊豕，馳逐野獸，相如上書諫阻，頗合上意，乃罷獵而還。路過宜春宮，係是秦二世被弒處，相如又作賦憑弔，奏聞武帝。武帝覽辭嘆賞，因拜相如為孝文園令。既而武帝好仙，相如又呈入一篇〈大人賦〉，借諛作規。武帝見相如文，往往稱為奇才。才人多半好色，相如前時勾動文君，全為好色起見，及文君華色漸衰，相如又有他念，欲納茂陵女為妾，嗣得文君〈白頭吟〉，責他薄倖，方才罷議。未幾消渴病發，乞假家居，好多時不得入朝。忽由長門宮遣出內侍，齎送黃金百斤，求相如代作一賦。相如問明來使，得悉原因，免不得揮毫落墨，力疾成文。小子有詩嘆道：

富貴都從文字邀，入都獻賦姓名標。
詞人翰墨原推重，可惜長門已寂廖！

究竟相如作賦，是為何人費心，待至下回再敘。

鬼神非盡有憑，而報應卻真不爽。田蚡以私憾而族灌夫，殺竇嬰，假使作威作福，長享榮華，則世人儘可逞刁，何苦行善？觀其暴病之來，非必竇嬰、灌夫之果為作祟，然天奪之魄而益其疾，使其自呼服罪，痛極致亡，乃知善惡昭彰，無施不報，彼田蚡之但斃一身，未及全族，吾猶不能不為竇、灌呼冤也。西南夷之通道，議者輒以好大喜功，為漢武咎。吾謂拓邊之舉，非不可行，誤在知拓土而不知殖民，徒買服而未嘗柔服耳。若

司馬相如之入蜀，蜀中守令，郊迎前驅，卓王孫輩，爭送牛酒，恍如蘇季之路過洛陽，後先一轍。炎涼世態，良可慨也！本回曲筆描摹，覺流俗情形，躍然紙上。

第六十四回
遭鬼祟田蚡斃命　撫夷人司馬揚鑣

第六十五回
竇太主好淫甘屈膝　公孫弘變節善承顏

　　卻說司馬相如，因病家居，只為了長門宮中，贈金買賦，不得已力疾成文，交與來使帶回。這賦叫做〈長門賦〉，乃是皇后被廢，尚思復位，欲借那文人筆墨，感悟主心，所以不惜千金，購求一賦。皇后為誰？就是竇太主女陳阿嬌。陳后不得生男，又復奇妒，自與衛子夫爭寵後，竟失武帝歡心。**見前文。**子夫越加得寵，陳后越加失勢，窮極無聊，乃召入女巫楚服，要她設法祈禳，挽回武帝心意。楚服滿口承認，且自誇玄法精通，能使指日有效。陳后是個女流見識，怎知她妄語騙錢？便即叫她祈禱起來。楚服遂號召徒眾，設壇齋醮，每日必入宮一二次，喃喃誦咒，不知說些什麼話兒。好幾月不見應驗，反使武帝得知消息，怒不可遏，好似火上添油一般。當下徹底查究，立將楚服拿下，飭吏訊鞫，一嚇二騙，不由楚服不招，依詞定讞，說她為后咒詛，大逆無道，罪應梟斬。此外尚有一班徒眾，及宮中女使太監，統皆連坐，一概處死。這篇讞案奏將上去，武帝立即批准，便把楚服推出市曹，先行梟首，再將連坐諸人，悉數牽出，一刀一個，殺死至三百餘人。**楚服貪財害命，咎由自取，必連坐至三百餘人，冤乎不冤？**陳后得報，嚇得魂不附體，數夜不曾闔眼，結果是冊書被收，璽綬被奪，廢徙長門宮，竇太主也覺慚懼，忙入宮至武帝前，稽顙謝罪。武帝尚追念舊情，避座答禮，並用好言勸慰，決不令廢后吃苦，竇太

第六十五回
竇太主好淫甘屈膝　公孫弘變節善承顏

主乃稱謝而出。

本來竇太主是武帝姑母，且有擁立舊功，應該入宮譙責，為何如此謙卑，甘心屈膝？說來又有一段隱情，從頭細敘，卻是漢史中的穢聞。竇太主嘗養一弄兒，叫做董偃。偃母向以賣珠為業，得出入竇太主家，有時挈偃同行，進謁太主。太主見他童年貌美，齒白唇紅，不覺心中憐愛。詢明年齡，尚只一十三歲，遂向偃母說道：「我當為汝教養此兒。」偃母聽了此言，真是喜從天降，忙即應聲稱謝。竇太主便留偃在家，令人教他書算，並及騎射御車等事。偃卻秀外慧中，有所授受，無不心領神會，就是侍奉竇太主，亦能曲承意旨，馴謹無違。光陰易過，又是數年，竇太主夫堂邑侯陳午病歿，一切喪葬，皆由偃從中襄理，井然有序。竇太主年過五十，垂老喪夫，也是意中情事，算不得什麼苦孀。偏她生長皇家，華衣美食，望去尚如三十許人，就是她的性情，也還似中年時候，不耐嫠居。可巧得了一個董偃，年已十八，出落得人品風流，多能鄙事，自從陳午逝世，偃更穿房入戶，不必避嫌。竇太主由愛生情，居然降尊就卑，引同寢處。偃雖然不甚情願，但主人有命，未敢違慢，只好勉為效力，日夕承歡。老婦得了少夫，自然愜意，當即替他行了冠禮，肆筵設席，備極奢華。**不如行合婚禮，較為有名。**一班趨炎附勢的官僚，相率趨賀。區區賣珠兒，得此奇遇，真是夢想不到。竇太主恐貽眾謗，且令偃廣交賓客，籠絡人心，所需資財，任令恣取，必須每日金滿百斤，錢滿百萬，帛滿千匹，方須由自己裁奪。偃好似得了金窟，取不盡，用不竭，樂得任情揮霍，遍結交遊。就是名公臣卿，亦與往來，統稱偃為董君。

安陵人袁叔，係袁盎從子，與偃友善，無隱不宣。一日密與偃語道：「足下私侍太主，蹈不測罪，難道能長此安享麼？」偃被他提醒，皺眉問計。袁叔道：「我為足下設想，卻有一計在此，顧城廟係漢祖祠宇，**文帝**

廟。旁有揪竹籍田，主上歲時到此，恨無宿宮，可以休息。唯竇太主長門園與廟相近，足下若預白太主，將此園獻與主上，主上必喜，且知此意出自足下，當然記功赦過，足下便可高枕無憂了。」偃欣然受教，入告竇太主，竇太主也是樂從，當日奉書入奏，願獻長門園，果然武帝改園為宮，袁叔卻從中取巧，坐得竇太主贈金一百斤。**可謂計中有計。**

已而陳后被廢，出居長門宮中，尚覺生死難卜，竇太主為親女計，復為自己計，沒奈何婢顏奴膝，入求武帝，至武帝面加慰諭，方才安心回家。袁叔復替偃畫策，再向偃密進祕謀，偃即轉告竇太主，令她裝起假病，連日不朝。武帝怎知真偽？親自探疾，問她所欲，竇太主故意唏噓，且泣且謝道：「妾蒙陛下厚恩，先帝遺德，列為公主，賞賜食邑，天高地厚，愧無以報，設有不測，先填溝壑，遺恨實多！故竊有私願，願陛下政躬有暇，養精遊神，隨時臨妾山林，使妾得奉觴上壽，娛樂左右，妾雖死亦無恨了！」武帝答說道：「太主何必憂慮，但願早日病癒，自當常來遊宴，不過群從太多，免不得要太主破費哩。」竇太主謝了又謝，武帝即起駕還宮。過了數日，竇太主便自稱病癒，進見武帝。武帝卻命左右取錢千萬，給與竇太主，一面設宴與飲。席間談笑，暗寓諷詞，竇太主知他言中有意，卻也未嘗抵賴，含糊答了數語，宴畢始歸。又閱數日，武帝果親臨竇太主家，竇太主聞御駕將到，急忙脫去華衣，改穿賤服，下身著了一條蔽膝的圍裙，彷彿與灶下婢相似，乃出門佇候，待至武帝到來，傴僂迎入，登階就座。武帝見她這般服飾，已是一眼窺透，便笑語竇太主道：「願謁主角！」**天子無戲言，奈何武帝不知？**竇太主聽著，不禁赧顏，下堂跪伏，自除簪珥，脫履叩首道：「妾自知無狀，負陛下恩，罪當伏誅，陛下不忍加刑，願頓首謝罪！」**虧她老臉。**武帝又微笑道：「太主不必多禮，且請主角出來，自有話說。」竇太主乃起，戴簪著履，步往東廂，引了董

第六十五回
竇太主好淫甘屈膝　公孫弘變節善承顏

偃，前謁武帝。偃首戴綠幘，臂纏青韝，**皆廚人服**。隨竇太主至堂下，惶恐匍伏。竇太主代為致辭道：「館陶公主庖人臣偃，昧死拜謁！」**好一個廚宰**。武帝笑著，特為起座，囑賜衣冠，上堂與宴。偃再拜起身，入著衣冠。竇太主吩咐左右，開筵饗帝，奉食進觴，偃亦出來進爵，武帝一飲而盡，且顧左右斟酒，回敬主人，並命與竇太主分坐侍飲，居然是敕賜為夫婦。竇太主格外獻媚，引動武帝歡心，飲至日落西山，方才撤席。及車駕將行，竇太主又獻出許多金銀雜繒，請武帝頒賜將軍列侯從官，武帝應聲稱善，顧命從騎搬運了去。次日即傳詔分賜，大眾得了財帛，都感竇太主厚惠，無不傾心。竇太主本來貪財，所以平時積貯，不可勝計，且自竇太后去世，遺下私財，都歸竇太主受用，此次為了董偃一人，卻毫不吝惜，買動輿情。俗語有言，錢可通靈，無論何等人物，總教慷慨好施，自然人人湊奉，爭相趨集。況且偃一時貴寵，連天子都叫他主角，還有何人再敢輕視？因此遠近聞風，爭投董君門下，其實這般做作，統是袁叔教他的妙計。**總束一句。不煩瑣敘**。

　　竇太主既顯出醜事，遂公然帶偃入朝。武帝亦愛偃伶俐，許得自由往返。偃從此出入宮禁，親近天顏，嘗從武帝遊戲北宮，馳逐平樂，**繫上林苑中臺觀名**。狎狗馬，戲蹴鞠，大邀主眷。會竇太主復入宮朝謁，武帝特為置酒宣室，召偃共飲，與主合歡。可巧東方朔執戟為衛，侍立殿側，聞武帝使人召偃，亟置戟入奏道：「董偃有斬罪三，怎得進來？」武帝問為何因？朔申說道：「偃以賤臣私侍太主，便是第一大罪；敗常瀆禮，敢違王制，便是第二大罪；陛下春秋日富，正應披覽六經，留心庶政，偃不遵經勸學，反以靡麗紛華，蠱惑陛下，是乃國家大賊，人主火蠍，罪無逾此，死有餘辜！陛下不責他三罪，還要引進宣室，臣竊為陛下生憂哩！」**朝陽鳴鳳**。武帝默然不應，良久方答說道：「此次不妨暫行，後當改過。」朔正

色道：「不可不可！宣室為先帝正殿，非正人不得引入，自來篡逆大禍，多從淫亂釀成，豎刁為淫，齊國大亂，慶父不死，魯難未平，陛下若不預防，禍胎從此種根了！」武帝聽說，也覺悚然，當即點首稱善，移宴北宮，命董偃從東司馬門入宴，改稱東司馬門為東交門。**改名曰交，適自增醜**。唯武帝天姿聰穎，一經旁人提醒，便知董偃不是好人，賜朔黃金三十斤，不復寵偃。後來竇太主年逾六十，漸漸的頭童齒豁，不合濃妝，董偃甫及壯年，怎肯再顧念老嫗，不去尋花問柳？竇太主怨偃負情，屢有責言，武帝乘機罪偃，把他賜死。偃年終三十，竇太主又活了三五年，然後病歿。武帝竟令二人合葬霸陵旁。**霸陵即文帝陵，見前文**。

只廢后陳氏，心尚未死，暗思老母做出這般歹事，尚能巧計安排，不致獲譴，自己倘能得人斡旋，或即挽回主意，亦未可知。猶記從前在中宮時，嘗聞武帝稱讚相如，因此不惜重金，買得一賦，命宮人日日傳誦，冀為武帝所聞，感動舊念。那知此事與乃母不同，乃母所為，無人作梗，自己有一衛氏在內，做了生死的對頭，怎肯令武帝再收廢后？所以〈長門賦〉雖是佳文，挽不轉漢皇恩意，不過陳氏的飲食服用，總由有司按時撥給，終身無虧。到了竇太主死後，陳氏愈加悲鬱，不久亦即病死了。**收束淨盡**。

話分兩頭，且說陳廢后巫蠱一案，本來不至株連多人，因有侍御史張湯參入治獄，主張嚴酷，所以鍛鍊周納，連坐至三百餘名。湯係杜陵人氏，童年敏悟，性最剛強。乃父嘗為長安丞，有事外出，囑湯守舍。湯尚好嬉戲，未免疏忽。至乃父回來，見廚中所藏食肉，被鼠齧盡，不禁動怒，把湯笞責數下。湯為鼠遭笞，很不甘心，遂燻穴尋鼠。果有一鼠躍出，被湯用鐵網罩住，竟得捕獲。穴中尚有餘肉剩著，也即取出，戲做一篇讞鼠文，將肉作證，處它死刑，磔斃堂下。父見他讞鼠文辭，竟與老獄

第六十五回
竇太主好淫甘屈膝　公孫弘變節善承顏

吏相似，暗暗驚奇，當即使習刑名，抄寫案牘。久久練習，養成一個法律家。嗣為中尉寧成掾屬。寧成為有名酷吏，湯不免效尤，習與性成，尚嚴務猛。及入為侍御史，與治巫蠱一案，不管人家性命，一味羅織，害及無辜。武帝還道他是治獄能手，升任大中大夫，同時又有中大夫趙禹，亦尚苛刻，與湯交好，湯嘗事禹如兄，交相推重。武帝遂令兩人同修律令，加添則例，特創出見知故縱法，鉗束官僚：凡官吏見人犯法，應即出頭告發，否則與犯人同罪，這就是見知法；問官斷獄，寧可失入，不可失出，失出便是故意縱犯，應該坐罪，這叫做故縱法。自經兩法創行，遂致獄訟繁苛，赭衣滿路。湯又巧為迎合，見武帝性好文學，就附會古義，引作獄辭。又請令博士弟子，分治《尚書》、《春秋》。

《春秋》學要算董仲舒，武帝即位，曾將他拔為首選，出相江都。**見前文。**江都王非，本來驕恣不法，經仲舒從旁匡正，方得安分終身。那知有功不賞，反且見罰，竟因別案牽連，被降為中大夫。**無非是不善逢迎。**建元六年，遼東高廟及長陵高園殿兩處失火，仲舒援據《春秋》，推演義理。屬稿方就，適辯士主父偃過訪，見到此稿，竟覷隙竊去，背地奏聞。武帝召示諸儒，儒生呂步舒，本是仲舒弟子，未知稿出師手，斥為下愚。偃始說出仲舒所作，且劾他語多譏刺，遂致仲舒下獄，幾乎論死。**偃之陰險如此，怎能善終？**幸武帝尚器重仲舒，特詔赦罪，仲舒乃得免死。但中大夫一職，已從此褫去了。

先是菑川人公孫弘，與仲舒同時被徵，選為博士，嗣奉命出使匈奴，還白武帝，不合上意，沒奈何託病告歸。至元光五年，復徵賢良文學諸士，菑川國又推舉公孫弘。弘年將八十，精神尚健，筋力就衰，且經他前次蹉跌，不願入都，無奈國人一致慫恿，乃襆被就道，再至長安，謁太常府中對策。太常先評甲乙，見他語意近迂，列居下第，仍將原卷呈入。偏

武帝特別鑑賞，擢居第一，隨即召入，面加諮詢。弘預為揣摩，奏對稱旨，因復拜為博士，使待詔金馬門。齊人轅固，時亦與選，年已九十有餘，比弘貌還要高古。弘頗懷妒意，側目相視。轅固本與弘相識，便開口戒弘道：「公孫子，務正學以立言，毋曲學以阿世！」弘佯若不聞，掉頭徑去。轅固老不改行，前為竇太后所不容，**見前文**。此次又為公孫弘等所排斥，仍然罷歸。獨公孫弘重入都門，變計求合，曲意取容，第一著是逢迎主上，第二著是結納權豪。他見張湯方得上寵，屢次往訪，與通聲氣。又因主爵都尉汲黯，為武帝所敬禮，亦特與結交。

汲黯籍隸濮陽，世為卿士，生平治黃老言，不好煩擾，專喜諒直。初為謁者，旋遷中大夫，繼復出任東海太守，執簡御民，臥病不出，東海居然大治。武帝聞他藉藉有聲，又詔為主爵都尉，名列九卿。當田蚡為相時，威赫無比，僚吏都望輿下拜，黯不屑趨承，相見不過長揖，蚡亦無可如何。武帝嘗與黯談論治道，志在唐虞，黯竟直答道：「陛下內多私慾，外施仁義，奈何欲效唐虞盛治呢！」**一語中的**。武帝變色退朝，顧語左右道：「汲黯真一個憨人！」朝臣見武帝驟退，都說黯言不遜，黯朗聲道：「天子位置公卿，難道叫他來作諛臣，陷主不義麼？況人臣既食主祿，應思為主盡忠，若徒愛惜身家，便要貽誤朝廷了！」說畢，夷然趨出。武帝卻也未嘗加譴，及唐蒙與司馬相如往通西南夷，黯獨謂徒勞無益，果然治道數年，士卒多死，外夷亦叛服無常。適公孫弘入都待詔，奉使往視，至還朝奏報，頗與黯議相同。偏武帝不信弘言，再召群臣會議，黯也當然在列。他正與公孫弘往來，又見弘與己同意，遂在朝堂預約，決議堅持到底，弘已直認不辭。那知武帝升殿，集眾開議，弘竟翻去前調，但說由主聖裁。頓時惱動黯性，屬聲語弘道：「齊人多詐無信，才與臣言不宜通夷，忽又變議，豈非不忠！」武帝聽著，便問弘有無食言？弘答謝道：「能知臣心，

第六十五回
竇太主好淫甘屈膝　公孫弘變節善承顏

當說臣忠；不知臣心，便說臣不忠！」**老奸巨猾**。武帝頷首退朝，越日便遷弘為左內史。未幾又超授御史大夫。小子有詩嘆道：

八十衰翁待死年，如何尚被利名牽！
豈因宣聖遺言在，求富無妨暫執鞭？

欲知後事如何，且至下回分解。

竇太主以五十歲老嫗，私通十八歲弄兒，瀆倫傷化，至此極矣。武帝不加懲戒，反稱董偃為主角，是導人淫亂，何以為治？微東方朔之直言進諫，幾何不封偃為堂邑侯也。張湯、趙禹，以苛刻見寵，無非由迎合主心。公孫弘則智足飾奸，取容當世，以視董子、轅固之守正不阿，固大相逕庭矣。然笑罵由他笑罵，好官我自為之，古今之為公孫弘者，比比然也，於公孫弘乎何誅？

第六十六回
飛將軍射石驚奇　愚主父受金拒諫

　　卻說元光六年，匈奴興兵入塞，殺掠吏民，前鋒進至上谷，當由邊境守將，飛報京師。武帝遂命衛青為車騎將軍，帶領騎兵萬人，直出上谷，又使騎將軍公孫敖，出代郡，輕車將軍公孫賀出雲中，驍騎將軍李廣出雁門。部下兵馬，四路一律，李廣資格最老，雁門又是熟路，總道是旗開得勝，馬到成功。那知匈奴早已探悉，料知李廣不好輕敵，竟調集大隊，沿途埋伏，待廣縱騎前來，就好將他圍住，生擒活捉。廣果自恃驍勇，當然急進，匈奴兵佯作敗狀，誘他入圍，四面攻擊，任汝李廣如何善戰，終究是寡不敵眾，殺得勢窮力竭，竟為所擒。匈奴將士，獲得李廣，非常歡喜，遂將廣縛住馬上，押去獻功。廣知此去死多活少，閉目設謀，約莫行了數十里，只聽胡兒口唱凱歌，自鳴得意，偷眼一瞧，近身有個胡兒，坐著一匹好馬，便盡力一賺，扯斷繩索，騰身急起，躍上胡兒馬背，把胡兒推落馬下，奪得弓箭，加鞭南馳。胡兵見廣走脫，回馬急追，卻被廣射死數人，竟得逃歸。代郡一路的公孫敖，遇著胡兵，吃了一個敗仗，傷兵至七千餘人，也即逃回。公孫賀行至雲中，不見一敵，駐紮了好幾日，聞得兩路兵敗，不敢再進，當即收兵回來，總算不折一人。獨衛青出兵上谷，徑抵籠城，匈奴兵已多趨雁門，不過數千人留著，被青驅殺一陣，卻斬獲了數百人，還都報捷。**全是運氣使然。**武帝聞得四路兵馬，兩路失敗，一

第六十六回
飛將軍射石驚奇　愚主父受金拒諫

路無功，只有衛青得勝，當然另眼相待，加封關內侯。公孫賀無功無過，置諸不問，李廣與公孫敖，喪師失律，並應處斬，經兩人出錢贖罪，乃並免為庶人，看官聽說！這衛青初次領兵，首當敵衝，真是安危難料，偏匈奴大隊，移往雁門，僅留少數兵士，抵敵衛青，遂使青得著一回小小勝仗。這豈不是福星照臨，應該富貴麼？**李廣替災。**

　　事有湊巧，他的同母姊衛子夫，選入宮中。接連生下三女，偏此次阿弟得勝，阿姊也居然生男。**正是喜氣重重。**武帝年已及壯，尚未有子，此次專寵後房的衛夫人，竟得產下麟兒，正是如願以償，不勝快慰！三日開筵，取名為據，且下詔命立禖祠。古時帝嚳元妃姜源，三妃簡狄，皆出祀郊禖，得生貴子。**姜源生棄，簡狄生契。**武帝仿行古禮，所以立祠祭神，使東方朔、枚皋等作禖祝文，垂為紀念，一面冊立衛子夫為皇后，滿朝文武，一再賀喜，說不盡的熱鬧，忙不了的儀文。唯枚皋為了衛后正位，獻賦戒終，卻是獨具隻眼，言人未言。**暗伏後文。**武帝雖未嘗駁斥，究不過視作閒文，沒甚注意，並即紀瑞改元，稱元光七年為元朔元年。是年秋月，匈奴又來犯邊，殺斃遼西太守，掠去吏民二千餘人，武帝方遣韓安國為材官將軍，出戍漁陽。部卒不過數千，竟被胡兵圍住，安國出戰敗績，回營拒守，險些兒覆沒全巢，還虧燕兵來援，方得突圍東走，移駐右北平。武帝遣使詰責，安國且慚且懼，嘔血而亡。訃聞都中，免不得擇人接任，武帝想了多時，不如再起李廣，使他防邊。乃頒詔出去，授廣為右北平太守。

　　廣自贖罪還家，與故潁陰侯灌嬰孫灌強，屏居藍田南山中，射獵自娛。嘗帶一騎兵出飲，深夜方歸，路過亭下，正值霸陵縣尉巡夜前來，厲聲喝止。廣未及答言，從騎已代為報名，說是故李將軍。縣尉時亦酒醉，悻然說道：「就是現任將軍，也不宜犯夜，何況是故將軍呢？」廣不能與

校，只好忍氣吞聲，留宿亭下，待至黎明，方得回家。未幾即奉到朝命，授職赴任，奏調霸陵尉同行。霸陵尉無從推辭，過謁李廣，立被廣喝令斬首，**廣雖數奇，亦非大器**。然後上書請罪，武帝方倚重廣才，反加慰勉，因此廣格外感奮，戒備極嚴。匈奴不敢進犯，且贈他一個美號，叫做「飛將軍」。

右北平向多虎患，廣日日巡邏，一面瞭敵，一面逐虎，靠著那百步穿楊的絕技，射斃好幾個大蟲。一日，復巡至山麓，遙望叢草中間，似有一虎蹲著，急忙張弓搭箭，射將過去。他本箭不虛發，當然射著。從騎見他射中虎身，便即過去牽取，誰知走近草叢，仔細一瞧，並不是虎，卻是一塊大石！最奇怪的是箭透石中，約有數寸，上面露出箭羽，卻用手拔它不起。大眾互相詫異，返報李廣。廣親自往觀，亦暗暗稱奇，再回至原處注射，箭到石上，全然不受，反將箭鏃折斷。這大石本甚堅固，箭鋒原難穿入，獨李廣開手一箭，得把石頭射穿，後來連射數箭，俱不能入，不但大眾瞧著，驚疑不置，就是李廣亦莫名其妙，只好拍馬自回。但經此一箭，越覺揚名，都說他箭能入石，確具神力，還有何人再敢當鋒？所以廣在任五年，烽燧無驚，後至郎中令石建病歿，廣乃奉召入京，代任郎中令，事見後文。

唯右北平一帶，匈奴原未敢相侵，此外邊境袤延，守將雖多，沒有似李廣的聲望，匈奴既與漢朝失和，怎肯斂兵不動，所以時出時入，飄忽無常。武帝再令車騎將軍衛青，率三萬騎出雁門，又使將軍李息出代郡。青與匈奴兵交戰一場，復斬首虜數千人，得勝而回。青連獲勝仗，主眷日隆，凡有謀議，當即照行，獨推薦齊人主父偃，終不見用。偃久羈京師，資用乏絕，借貸無門，不得已乞靈文字，草成數千言，詣闕呈入。書中共陳九事，八事為律令，一事諫伐匈奴。大略說是：

第六十六回
飛將軍射石驚奇　愚主父受金拒諫

　　臣聞怒為逆德，兵為凶器，爭為末節，蓋務戰勝，窮武事者，未有不悔者也。昔秦皇帝併吞六國，務勝不休，嘗欲北攻匈奴，不從李斯之諫，卒使蒙恬將兵攻胡，闢地千里，發天下丁男，以守北河，暴兵露師，十有餘年，死者不可勝數。又使天下飛芻輓粟，起自負海，轉輸北河，率三十鍾而至一石，男子疾耕，不足於糧餉，女子紡績，不足於帷幕，百姓靡敝，孤寡老弱，不能相養，天下乃始叛秦也。

　　及高皇帝平定天下，略地於邊，聞匈奴聚於代谷之外，而欲擊之。御史成進，進諫不聽，遂北至代谷，果有平城之圍。高帝悔之，乃使劉敬往結和親，然後天下無兵戈之事。

　　夫匈奴難得而制，非一世也，行盜侵驅，所以為業也，天性固然，上及虞夏商周，固弗程督，禽獸畜之，不比為人。若不上觀虞夏殷周之統，而下循近世之失，此臣之所以大恐，百姓之所疾苦也。且夫兵久則變生，事苦則慮易，使邊境之民，靡敝愁苦，將吏相疑而外市，故尉佗、章邯，得成其私，而秦政不行，權分二子，此得失之效也。故周書曰：安危在出令，存亡在所用。願陛下熟計之而加察焉！

　　這封書呈將進去，竟蒙武帝鑑賞，即日召見，面詢數語，也覺應對稱旨，遂拜偃為郎中。故丞相史嚴安，與偃同為臨淄人，見偃得邀主知，也照樣上書，無非是舉秦為戒，還有無終人徐樂，也來湊興，說了一番土崩瓦解的危言，拜本上呈，俱由武帝召入，當面獎諭道：「公等前在何處？為何至今才來上書？朕卻相見恨晚了！」遂並授官郎中。主父偃素擅辯才，前時嘗遊說諸侯，不得一遇，至此時來運湊，因言見幸，樂得多說幾語，連陳數書。好在武帝並不厭煩，屢次採用，且屢次超遷。俄而使為謁者，俄而使為中郎，又俄而使為中大夫，為期不滿一載，官階竟得四遷，真是步步青雲，聯梯直上。嚴安、徐樂，並皆瞠乎落後，讓著先鞭。偃越覺興高彩烈，遇事敢言。適梁王劉襄，**劉買子**。與城陽王劉延，**劉章孫**。

先後上書，願將屬邑封弟，偃即乘機獻議道：

　　古者諸侯，地不過百里，強弱之形易制，今諸侯或連城數十，地方千里，緩則驕奢，易為淫佚，急則恃強合縱，以逆京師，若依法割削，則逆節萌起，前日晁錯是也。今諸侯子弟或十數，而嫡嗣代立，餘雖骨肉，無尺地之封，則仁孝之道不宣。願陛下令諸侯推恩，分封子弟，以地侯之，彼人人喜得所願，靡不感德。實則國土既分，無尾大不掉之弊，安上全下，無逾於此。願陛下採擇施行。

　　武帝依議，先將梁王、城陽王奏牘，一律批准，並令諸侯得分國邑，封子弟為列侯，因此遠近藩封，削弱易制，比不得從前驕橫了。**賈長沙早有此議，偃不過拾人牙慧，並非奇謀，然尚有淮南之叛。**元朔二年春月，匈奴又發兵侵邊，突入上谷、漁陽。武帝復遣衛青、李息兩將軍，統兵出討，由雲中直抵隴西，屢敗胡兵，擊退白羊、樓煩二王，陣斬敵首數千，截獲牛羊百餘萬，盡得河套南地。捷書到達長安，武帝大悅，即派使犒勞兩軍。嗣由使臣返報，歸功衛青。**無非趨奉衛皇后。**因下詔封青為長平侯，連青屬下部將，亦邀特賞。校尉蘇建，得封平陵侯，張次公得封岸頭侯。

　　主父偃復入朝獻策，說是河南地土肥饒，外阻大河，秦時蒙恬嘗就地築城，控制匈奴，今可修復故塞，特設郡縣，內省轉輸，外拓邊陲，實是滅胡的根本云云。**但知迎合主心，不管前後矛盾。**武帝見說，更命公卿會議，大眾多有異言。御史大夫公孫弘，且極力駁說道：「秦時嘗發三十萬眾築城北河，終歸無成，今奈何復蹈故轍呢？」武帝不以為然，竟從偃策，特派蘇建，調集丁夫，築城繕塞，因河為固，特置朔方、五原兩郡，徙民十萬口居住。自經此次興築，費用不可勝計，累得府庫日竭，把文景兩朝的蓄積，搬發一空了。

第六十六回
飛將軍射石驚奇　愚主父受金拒諫

主父偃又請將各地豪民，徙居茂陵。茂陵係武帝萬年吉地，在長安東北，新置園邑，地廣人稀，所以偃擬移民居住，謂可內實京師，外銷奸猾等語。武帝亦唯言是聽，詔令郡國調查富豪，徙至茂陵，不得違延。**也是秦朝敝法。**郡國自然遵行，陸續派吏驅遣，越是有財有勢，越要他趕早啟程。時有河內軹人郭解，素有俠名，乃是鳴雌侯許負外孫，短小精悍，動輒殺人。不過他生性慷慨，遇有鄉里不平事件，往往代為調停，任勞任怨，甚至自己的身家性命，亦可不顧。因此關東一帶，說起郭解二字，無不知名，稱為大俠，此次亦名列徙中。解不欲遷居，特託人轉懇將軍衛青，代為求免。青因入白武帝，但言解係貧民，無力遷徙。偏武帝搖首不答，待至青退出殿門，卻笑顧左右道：「郭解是一個布衣，乃能使將軍說情，這還好算得貧窮麼？」青不得所求，只好回覆郭解，解未便違詔，沒奈何整頓行裝，挈眷登程。臨行時候，親友爭來餞送，賻儀多至千餘萬緡，解悉數收受，謝別入關。關中人相率歡迎，無論知與不知，競與交結，因此解名益盛。會有軹人楊季主子，充當縣掾，押解至京，見他擁資甚厚，未免垂涎，遂向解一再需索。解卻也慨與，偏解兄子代為不平，竟把楊掾刺死，取去首級。事為楊季主所聞，立命人入京控訴，誰知來人又被刺死，首亦不見。都下出了兩件無頭命案，當然哄動一時，到了官吏勘驗屍身，察得來人身上，尚有訴冤告狀，指明凶手郭解，於是案捕首犯，大索茂陵。解聞只潛遁，東出臨晉關。關吏籍少翁，未識解面，頗慕解名，一經盤詰，解竟直認不諱。少翁越為感動，竟將他私放出關，嗣經偵吏到了關下，查問少翁，少翁恐連坐得罪，不如捨身全解，乃即自殺。解竟得安匿太原。越年遇赦，回視家屬，偏被地方官聞知，把他拿住，再向軹縣調查舊事。解雖犯案累累，卻都在大赦以前，不能追咎。且全邑士紳，多半為解延譽，只有一儒生對眾宣言，斥解種種不法，不意為解客所

聞，待他回家時候，截住途中，把他殺死，截舌遁去。為此一案，又復提解訊質。解全未預聞，似應免罪，獨公孫弘主張罪解，且說他私結黨羽，睚眥皆殺人，大逆不道，例當族誅。武帝竟依弘言，便命把郭解全家處斬，**解非不可誅，但屠及全家，毋乃太酷**。還是郭解朋友，替他設法，救出解子孫一二人，方得不絕解後。東漢時有循吏郭伋，就是郭解的玄孫，這些後話不提。

且說燕王劉澤孫定國，承襲封爵，日夕肆淫，父死未幾，便與庶母通姦，私生一男。又把弟婦硬行占住，作為己妾。後來越加淫縱，連自己三個女兒，也逼之侍寢，輪流交歡。**禽獸不如**。肥如令郢人，上書切諫，反觸彼怒，意欲將郢人論罪。郢人乃擬入都告發，偏被定國先期劾捕，殺死滅口。定國妹為田蚡夫人，**事見六十三回**。田蚡得寵，定國亦依勢橫行，直至元朔二年，蚡已早死，郢人兄弟乃詣闕訴冤，並託主父偃代為申理。偃前曾遊燕，不得見用，至是遂借公濟私，極言定國行同禽獸，不能不誅。武帝遂下詔賜死。定國自殺，國除為郡。**定國應該受誅，與偃無尤**。

朝臣等見偃勢盛，一言能誅死燕主，夷滅燕國，只恐自己被他尋隙，構成罪名，所以格外奉承，隨時饋遺財物，冀免禍殃。偃毫不客氣，老實收受。有一知友，從旁誡偃，說偃未免太橫，偃答說道：「我自束髮遊學，屈指已四十餘年，從前所如不合，甚至父母棄我，兄弟嫉我，賓朋疏我，我實在受苦得夠了。大丈夫生不五鼎食，死就五鼎烹，亦屬何妨！古人有言，日暮途遠，故倒行逆施，**語本伍子胥**。我亦頗作此想呢！」

既而齊王次昌，與偃有嫌，又由偃訐發隱情。武帝便令偃為齊相，監束齊王。偃原籍臨淄，得了這個美差，即日東行，也似衣錦還鄉一般。那知福為禍倚，樂極悲生，為了這番相齊，竟把身家性命，一古腦兒滅得精光。小子有詩嘆道：

第六十六回
飛將軍射石驚奇　愚主父受金拒諫

謙能受益滿招災，得志驕盈兆禍胎。

此日榮歸猶衣錦，他時暴骨竟成堆。

欲知主父偃如何族滅，待至下回敘明。

李廣射石一事，古今傳為奇聞，吾以為未足奇也。石性本堅，非箭鏃所能貫入，夫人而知之矣，然有時而泐，非必無罅隙之留，廣之一箭貫石，乃適中其隙耳。且廣曾視石為虎，傾全力以射之，而又適抵其隙，則石之射穿，固其宜也，何足怪乎！夫將在謀不在勇，廣有勇寡謀，故屢戰無功，動輒得咎，後人惜其數奇，亦非確論。彼主父偃所如不合，挾策干進，一紙書即邀主眷，立授官階，前何其難，後何其易，甚至一歲四遷，無言不用，當時之得君如偃者，能有幾人？然有無妄之福，必有無妄之災，此古君子所以居安思危也。偃不知此，反欲倒行逆施，不死何為？乃知得不必喜，失不必憂，何數奇之足惜云！

第六十七回
失儉德故人燭隱　慶凱旋大將承恩

　　卻說齊王次昌，乃故孝王將閭孫，**將閭見前文**。元光五年，繼立為王，卻是一個翩翩少年，習成淫佚。母紀氏替他擇偶，特將弟女配與為婚。次昌素性好色，見紀女姿貌平常，當然白眼相看，名為夫婦，實同仇敵。紀女不得夫歡，便向姑母前泣訴。姑母就是齊王母，也算一個王太后，國內統以紀太后相稱。這紀太后顧戀姪女，便想替她設法，特令女紀翁主入居宮中，勸戒次昌，代為調停，一面隱加監束，不准後宮姬妾，媚事次昌。紀翁主已經適人，年比次昌長大，本是次昌母姊，不過為紀太后所生，因稱為紀翁主。**漢稱王女為翁主，說見前文**。紀翁主的容貌性情，也與次昌相似。次昌被她管束，不能私近姬妾，索性與乃姊調情，演那齊襄公、魯文姜故事，只瞞過了一位老母。**齊襄與文姜私通，見《春秋左傳》**。紀女仍然冷落宮中。

　　是時復有一個齊人徐甲，犯了閹刑，充作太監，在都備役，得入長樂宮當差。長樂宮係帝母王太后所居，見他口齒敏慧，常令侍側，甲因揣摩求合，冀博歡心。王太后有女修成君，為前夫所生，自經武帝迎入，視同骨肉，相愛有年。**見五十九回**。修成君有女名娥，尚未許字，王太后欲將她配一國王，安享富貴。甲離齊已久，不但未聞齊王奸姊，並至齊王納

第六十七回
失儉德故人燭隱　慶凱旋大將承恩

后，尚且茫然，因此稟白太后，願為修成君女作伐，赴齊說親。王太后自然樂允，便令甲即日東行。主父偃也有一女，欲嫁齊王，聞甲奉命赴齊，亟託他乘便說合，就使為齊王妾媵，也所甘心。**好好一個卿大夫女兒，何必定與人作妾？**甲應諾而去，及抵齊都，見了齊王次昌，便將大意告知，齊王聽說，卻甚願意。**紀女原可撇去，如何對得住阿姊！**偏被紀太后得知，勃然大怒道：「王已娶后，後宮也早備齊，難道徐甲尚還未悉麼？況甲係賤人，充當一個太監，不思自盡職務，反欲亂我王家，真是多事！主父偃又懷何意，也想將女兒入充後宮？」說至此，即顧令左右道：「快與我回覆徐甲，叫他速還長安，不得在此多言！」左右奉命，立去報甲，甲乘興而來，怎堪掃興而返？當下探聽齊事，始知齊王與姊相姦。自思有詞可援，乃即西歸，復白王太后道：「齊王願配修成君女，唯有一事阻礙，與燕王相似，臣未敢與他訂婚。」這數語，未免捏造，欲挑動太后怒意，加罪齊王，太后卻不願生事，隨口接說道：「既已如此，可不必再提了！」

　　甲悵然趨出，轉報主父偃。偃最喜捕風捉影，侮弄他人。況齊王不肯納女，毫無情面，樂得乘此奏聞，給他一番辣手，計畫已定，遂入朝面奏道：「齊都臨淄，戶口十萬，市租千金，比長安還要富庶，此唯陛下親弟愛子，方可使王。今齊王本是疏屬，近又與姊犯奸，理應遣使究治，明正典刑。」武帝乃使偃為齊相，但囑他善為匡正，毋得過急。偃陽奉陰違，一到齊國，便要查究齊王陰事。一班兄弟朋友，聞偃榮歸故鄉，都來迎謁。偃應接不暇，未免增恨。且因從前貧賤，受他奚落，此時正好報復前嫌，索性一併召入，取出五百金，按人分給，正色與語道：「諸位原是我兄弟朋友，可記得從前待我情形否？我今為齊相，不勞諸位費心，諸位可取金自去，此後不必再入我門！」**語雖近是，終嫌器小**。眾人聽了，很覺愧悔，不得已取金散去。

偃樂得清淨，遂召集王宮侍臣，鞫問齊王姦情。侍臣不敢隱諱，只好實供。偃即將侍臣拘住，揚言將奏聞武帝，意欲齊王向他乞憐，好把一國大權，讓歸掌握。那知齊王次昌，年輕膽小，一遭恐嚇，便去尋死。偃計不能遂，反致惹禍，也覺悔不可追，沒奈何據實奏報。武帝得書，已恨偃不遵前命，逼死齊王，再加趙王彭祖，上書劾偃，說他私受外賂，計封諸侯子弟，惹得武帝恨上加恨，即命褫去偃官，下獄治罪。這趙王彭祖，本與偃無甚仇隙，不過因偃嘗遊趙，未嘗舉用，自恐蹈燕覆轍，所以待偃赴齊，出頭告訐。還有御史大夫公孫弘，好似與偃有宿世冤仇，必欲置偃死地。武帝將偃拿問，未嘗加偃死罪，偏弘上前力爭，謂齊王自殺無後，國除為郡，偃本首禍，不誅偃無以謝天下。武帝乃下詔誅偃，並及全家。偃貴幸時，門客不下千人，至是俱怕連坐，無敢過問。獨洨縣人孔車，替他收葬，武帝聞知，卻稱車為忠厚長者，並不加責。可見得待人以義，原是有益無損呢！**借孔車以諷世，非真譽偃。**

　嚴安、徐樂，貴寵不能及偃，卻得安然無恙，備員全身。**高而危，何如卑而安。**獨公孫弘排去主父偃，遂得專承主寵，言聽計從，主爵都尉汲黯，為了朔方築城，弘言反覆，才知他是偽君子，不願與交。**朔方事見六十五回。**會聞弘飾為儉約，終身布被，遂入見武帝道：「公孫弘位列三公，俸祿甚多，乃自為布被，佯示儉約，這不是挾詐欺人麼？」**假布被以劾弘，失之瑣屑。丞相、太尉、御史大夫稱為三公。**武帝乃召弘入問，弘直答道：「誠有此事。現在九卿中，與臣交好，無過汲黯，黯今責臣，正中臣病。臣聞管仲相齊，擁有三歸，侈擬公室，齊賴以霸，及晏嬰相景公，食不重肉，妾不衣帛，齊亦稱治。今臣位為御史大夫，乃身為布被，與小吏無二，怪不得黯有微議，斥臣釣名。且陛下若不遇黯，亦未必得聞此言。」武帝聞他滿口認過，越覺得好讓不爭，卻是一個賢士。就是黯

第六十七回
失儉德故人燭隱　慶凱旋大將承恩

亦無法再劾，只好趨退。弘與董仲舒並學《春秋》，唯所學不如仲舒。仲舒失職家居，武帝卻還念及，時常提起。弘偶有所聞，未免加忌，且又探得仲舒言論，常斥自己阿諛取容，因此越加懷恨，暗暗排擠。武帝未能洞悉，總道弘是個端人，始終信任。到了元朔五年，竟將丞相薛澤免官，使弘繼任，並封為平津侯。向例常用列侯為丞相，弘未得封侯，所以特加爵邑。

弘既封侯拜相，望重一時，特地開閣禮賢，與參謀議，什麼欽賢館，什麼翹材館，什麼接士館，開出了許多條規，每日延見賓佐，格外謙恭。有故人高賀進謁，弘當然接待，且留他在府宿食。唯每餐不過一肉，飯皆粗糲，臥止布衾。賀還道他有心簡慢，及問諸待人，才知弘自己服食，也是這般。勉強住了數日，又探悉內容情形，因即辭去。有人問賀何故辭歸？賀憤然說道：「弘內服貂裘，外著麻枲，內廚五鼎，外膳一餚，如此矯飾，何以示信？且粗糲布被，我家也未嘗不有，何必在此求人呢！」自經賀說破隱情，都下士大夫，始知弘渾身矯詐，無論行己待人，統是作偽到底，假面目漸漸揭露了。**只一武帝尚似夢未醒。**

汲黯與弘有嫌，弘竟薦黯為右內史。右內史部中，多係貴人宗室，號稱難治。黯也知弘懷著鬼胎，故意薦引，但既奉詔命，只好就任，隨時小心，無瑕可指，竟得安然無事。又有董仲舒閒居數年，不求再仕，偏弘因膠西相出缺，獨將仲舒推薦出去。仲舒受了朝命，並不推辭，居然赴任。膠西王端，是武帝異母兄弟，陰賊險狠，與眾異趣，只生就一種缺陷，每近婦人，數月不能起床，所以後宮雖多，如同虛設。有一少年為郎，狡黠得幸，遂替端暗中代勞，與後宮輪流同寢。不意事機被洩，被端支解，又把他母子一併誅戮，此外待遇屬僚，專務殘酷，就是膠西相，亦輒被害死。弘無端推薦仲舒，亦是有心加害，偏仲舒到了膠西，劉端卻慕他大

名，特別優待，反令仲舒聞望益崇。不過仲舒也是知機，奉職年餘，見端好飾非拒諫，不如退位鳴高，乃即向朝廷辭職，仍然回家。**不愧賢名。**著書終老，發明春秋大義，約數十萬言，流傳後世。所著《春秋繁露》一書，尤為膾炙人口，這真好算一代名儒呢。**收束仲舒，極力推崇。**

大中大夫張湯，平時嘗契慕仲舒，但不過陽為推重，有名無實。他與公孫弘同一使詐，故脾氣相投，很為莫逆。弘稱湯有才，湯稱弘有學，互相推美，標榜朝堂。武帝遷湯為廷尉，**景帝時嘗改稱廷尉為大理，武帝仍依舊名。**湯遇有疑讞，必先探察上意，上意從輕，即輕予發落，上意從重，即重加鍛鍊，總教武帝沒有話說，便算判決得宜。一日有讞案上奏，竟遭駁斥，湯連忙召集屬吏，改議辦法，仍復上聞。偏又不合武帝意旨，重行批駁下來，弄得忐忑不安，莫名其妙。再向屬吏商議，大眾統面面相覷，不知所為。延宕了好幾日，尚無良法，忽又有掾史趨入，取出一個稿底，舉示同僚。眾人見了，無不嘆賞，當即向湯說知。湯也為稱奇，便囑掾屬交與原手，使他繕成奏牘，呈報上去，果然所言中旨，批令照辦。究竟這奏稿出自何人？原來是千乘人倪寬。**倪寬頗有賢名，故從特敘。**寬少學《尚書》，師事同邑歐陽生。歐陽生表字和伯，為伏生弟子，**伏生事見前文。**通《尚書》學，寬頗得所傳。武帝嘗置五經博士，公孫弘為相，更增博士弟子員，令郡國選取青年學子，入京備數。寬幸得充選，草草入都。是時孔子九世孫孔安國，方為博士，教授弟子員，寬亦與列。無如家素貧乏，旅費無出，不得已為同學司炊。又乘暇出去傭工，博資度活，故往往帶經而鋤，休息輒讀。受了一兩年辛苦，才得射策中式，補充掌故，嗣又調補廷尉文學卒史。廷尉府中的掾屬，多說他未諳刀筆，意在蔑視，但派他充當賤役，往北地看管牲畜，寬只好奉差前去。好多時還至府中，呈繳畜簿，巧值諸掾史為了駁案，莫展一籌。當由寬問明原委，據經摺

第六十七回
失儉德故人燭隱　慶凱旋大將承恩

獄，援筆屬稿。為此一篇文字，竟得出人頭地，上達九重。**運氣來了。**

武帝既批准案牘，復召湯入問道：「前奏非俗吏所為，究出何人手筆？」湯答稱倪寬。武帝道：「我亦頗聞他勤學，君得此人，也算是一良佐了。」湯唯唯而退，還至府舍，忙將倪寬召入，任為奏讞掾。寬不工口才，但工文筆，一經判案，往往有典有則，要言不煩。湯自是愈重文人，廣交賓客，所有親戚故舊，凡有一長可取，無不照顧，因此性雖苛刻，名卻播揚。

只汲黯見他紛更法令，易寬為殘，常覺看不過去，有時在廷前遇湯，即向他詰責道：「公位列正卿，上不能廣先帝功業，下不能遏天下邪心，徒將高皇帝垂定法律，擅加變更，究是何意？」湯知黯性剛直，也不便與他力爭，只得無言而退。嗣黯又與湯會議政務，湯總主張嚴刻，吹毛索瘢。**三句不離本行。**黯辯不勝辯，因發忿面斥道：「世人謂刀筆吏，不可作公卿，果然語不虛傳！試看張湯這般言動，如果得志，天下只好重足而走、側目而視了！這難道是致治氣像麼？」說畢自去。已而入見武帝，正色奏陳道：「陛下任用群臣，好似積薪，後來反得居上，令臣不解。」武帝被黯一詰，半晌說不出話來，只面上已經變色。俟黯退朝後，顧語左右道：「人不可無學，汲黯近日比前益憨，這就是不學的過失呢。」原來黯為此官，是明指公孫弘、張湯兩人，比他後進，此時反位居己上，未免不平，所以不嫌唐突，意向武帝直陳。武帝也知黯言中寓意，但已寵任公孫弘、張湯，不便與黯說明，因即含糊過去，但譏黯不學罷了。黯始終抗正，不肯媚人，到了衛青封為大將軍，尊寵絕倫，仍然見面長揖，不屑下拜。或謂大將軍功爵最隆，應該加敬，黯笑說道：「與大將軍抗禮，便是使大將軍成名，若為此生憎，便不成為大將軍了！」**這數語卻也使乖。**衛青得聞黯言，果稱黯為賢士，優禮有加。

唯衛青何故得升大將軍？查考原因，仍是為了徵虜有功，因得超擢。自從朔方置郡，匈奴右賢王連年入侵，欲將朔方奪還。元朔五年，武帝特派車騎將軍衛青，率三萬騎出高闕，銳擊匈奴，又使衛尉蘇建為游擊將軍，左內史李沮為強弩將軍，太僕公孫賀為騎將軍，代相李蔡為輕車將軍，俱歸衛青節制，並出朔方。再命大行李息，岸頭侯張次公為將軍，出右北平，作為聲援，統計人馬十餘萬，先後北去。匈奴右賢王，探得漢兵大舉來援，倒也自知不敵，退出塞外，依險駐紮。一面令人哨探，不聞有什麼動靜，總道漢兵路遠，未能即至，樂得快樂數天。況營中帶有愛妾，並有美酒，擁嬌夜飲，趣味何如。不料漢將衛青，率同大隊，星夜前來，竟將營帳團團圍住。胡兒突然遇敵，慌忙入報，右賢王尚與愛妾對飲，酒意已有八九分，驚聞營帳被圍，才將酒意嚇醒，令營兵出寨禦敵，自己抱妾上馬，帶了壯騎數百，混至帳後。待至前面戰鼓喧天，殺聲不絕，方一溜煙似的逃出帳外，向北急遁。漢兵多至前面廝殺，後面不過數百兵士，擒不住右賢王，竟被逃脫。**還是忙中有智**。唯前面的胡兵，倉皇接仗，眼見是有敗無勝，一大半作為俘虜，溜脫的甚屬寥寥，漢兵破入胡營，擒得裨**王即小王**。十餘人，男女一萬五千餘人，牲畜全數截住，約有數十百萬，再去追捕右賢王，已是不及，乃收兵南還。

這次出兵，總算是一場大捷，露布入京，盈廷相賀。武帝亦喜出望外，即遣使臣往勞衛青，傳旨擢青為大將軍，統領六師，加封青食邑八千七百戶，青三子尚在襁褓，俱封列侯。青上表固辭，讓功諸將，武帝乃更封公孫賀為南窌侯，李蔡為樂安侯，餘如屬將公孫敖、韓說、李朔、趙不虞、公孫戎奴等，也並授侯封。及青引軍還朝，公卿以下，統皆拜謁馬前，就是武帝，也起座慰諭，親賜御酒三杯，為青洗塵。曠古恩遇，一時無兩，宮廷內外，莫不想望豐儀，甚至引動一位孀居公主，也居然貪圖

第六十七回
失儉德故人燭隱　慶凱旋大將承恩

利慾，不惜名節，竟與衛大將軍願結絲蘿，成為夫婦。小子有詩嘆道：

> 婦道須知從一終，不分貴賤例相同。
> 如何帝女淫痴甚，也學文君卓氏風！

究竟這公主為誰，試看下回續敘。

主父偃謂日暮途窮，故倒行逆施，卒以此罹誅夷之禍。彼公孫弘之志，亦猶是耳。胡為偃以權詐敗，而弘以名位終？此無他，偃過橫而弘尚自知止耳。高賀直揭其偽，而弘聽之，假使偃易地處此，度未必有是寬容也。即如汲黯之為右內史，董仲舒之為膠西相，未免由弘之故意推薦，為嫁禍計。但黯與仲舒，在位無過，而弘即不復生心，以視偃之逼死齊王，固相去有間矣。夫天道喜謙而惡盈，偃之致死，死於驕盈，弘固尚不若偃也。彼衛青之屢戰得勝，超遷至大將軍，而汲黯與之抗禮，反且以黯為賢，優待有加，青其深知持滿戒盈之道乎？弘且倖免，而青之考終，宜哉！

第六十八回
舅甥踵起一戰封侯　父子敗謀九重討罪

　　卻說衛青得功專寵，恩榮無比，有一位孀居公主，竟願再嫁衛青。這公主就是前時衛青的女主人，叫做平陽公主。**一語已夠奚落**。平陽公主，曾為平陽侯曹壽妻，此時壽已病歿，公主寡居，年近四十，尚耐不住寂寞熒幃，要想擇人再醮。當下召問僕從道：「現在各列侯中，何人算是最賢？」僕從聽說，料知公主有再醮意，便把「衛大將軍」四字，齊聲呼答。平陽公主微答道：「他是我家騎奴，曾跨馬隨我出入，如何是好！」**如果尚知羞恥，何必再醮**！僕從又答道：「今日卻比不得從前了！身為大將軍，姊做皇后，子皆封侯，除當今皇上外，還有何人似他尊貴哩！」平陽公主聽了，暗思此言，原是有理。且衛青方在壯年，身材狀貌，很是雄偉，比諸前夫曹壽，大不相同，我若嫁得此人，也好算得後半生的福氣，只是眼前無人作主，未免為難。**何不私奔**！左思右想，只有去白衛皇后求她撮合，或能如願。於是淡妝濃抹，打扮得齊齊整整，自去求婚。看官聽說！此時候皇太后王氏，已經崩逝，約莫有一年了。**王太后崩逝，正好乘此帶敘**。公主夫喪已闋，母服亦終，所以改著豔服，乘車入宮。衛皇后見她衣飾，已經瞧透三分，及坐談片刻，聽她一派口氣，更覺了然，索性將它揭破，再與作撮合山。平陽公主也顧不得什麼羞恥，只好老實說明，衛后樂得湊趣，滿口應允。俟公主退歸，一面召入衛青，與他熟商，一面告

第六十八回
舅甥踵起一戰封侯　父子敗謀九重討罪

　　知武帝，懇為玉成，雙方說妥，竟頒出一道詔書：令衛大將軍得尚平陽公主。**不知詔書中如何說法，可惜史中不載！**成婚這一日，大將軍府中，布置禮堂，靡麗紛華，不消細說。到了鳳輦臨門，請出那再醮公主，與大將軍行交拜禮，儀文繁縟，雅樂鏗鏘。四座賓朋，男紅女綠，都為兩新人道賀，那個不說是美滿良緣！至禮畢入房，夜闌更轉，展開那翡翠衾，成就那鴛鴦夢。看官多是過來人，毋庸小子演說了。**衛青並未斷絃，又尚平陽公主**，此後將如何處置故妻，史皆未詳，公主不足責，青有愧宋弘多矣。

　　衛青自尚公主以後，與武帝親上加親，越加寵任，滿朝公卿，亦越覺趨奉衛青，唯汲黯抗禮如故。青素性寬和，原是始終敬黯，毫不介意。最可怪的是好剛任性的武帝，也是見黯生畏，平時未整衣冠，不敢使近。一日御坐武帳，適黯入奏事，為武帝所望見，自思冠尚未戴，不便見黯，慌忙避入帷中，使人出接奏牘，不待呈閱，便傳旨准奏。俟黯退出，才就原座。這乃是特別的待遇。此外無論何人，統皆隨便接見。就是丞相公孫弘進謁，亦往往未曾戴冠，至如衛青是第一貴戚，第一勳臣，武帝往往踞床相對，衣冠更不暇顧及。可見得大臣出仕，總教正色立朝，就是遇著雄主，亦且起敬，自尊自重人尊重，俗語原有來歷呢。**警世之言**。黯常多病，一再乞假，假滿尚未能視事，乃託同僚嚴助代為申請。武帝問嚴助道：「汝看汲黯為何如人？」助即答道：「黯居官任職，卻亦未必勝人，若寄孤託命，定能臨節不撓，雖有孟賁、夏育，也未能奪他志操哩。」武帝因稱黯為社稷臣。不過黯學黃老，與武帝志趣不同，並且言多切直，非雄主所能容，故武帝雖加敬禮，往往言不見從。就是有事朔方，黯亦時常諫阻，武帝還道他膽怯無能，未嘗入耳。況有衛青這般大將，數次出塞，不聞挫失，正可乘此張威，驅除強虜。

　　那匈奴卻亦猖獗得很，入代地，攻雁門，掠定襄、上郡，於是元朔六

年，再使大將軍衛青，出討匈奴，命合騎侯公孫敖為中將軍，太僕公孫賀為左將軍，翕侯趙信為前將軍，衛尉蘇建為右將軍，郎中令李廣為後將軍，左內史李沮為強弩將軍，分掌六師，統歸大將軍節制，浩浩蕩蕩，出發定襄。青有甥霍去病，年才十八，熟習騎射，**去病已見前文**。官拜侍中。此次亦自願隨徵，由青承制帶去，令為嫖姚校尉，選募壯士八百人，歸他帶領，一同前進。既至塞外，適與匈奴兵相遇，迎頭痛擊，斬首約數千級。匈奴兵戰敗遁去，青亦收軍回駐定襄，休養士馬，再行決戰。約閱月餘，又整隊出發，直入匈奴境百餘里，攻破好幾處胡壘，斬獲甚多。各將士殺得高興，分道再進，前將軍趙信，本是匈奴小王，降漢封侯，自恃路境素熟，踴躍直前；右將軍蘇建，也不肯輕落人後，聯鑣繼進；霍去病少年好勝，自領壯士八百騎，獨成一隊，獨走一方；餘眾亦各率部曲，尋斬胡虜。衛青在後駐紮，專等各路勝負，再定行止。已而諸將陸續還營，或獻上虜首數百顆，或捕到虜卒數十人，或說是不見一敵，未便深入，因此回來。青將軍士一一點驗，卻還沒有什麼大損，唯趙信、蘇建兩將軍，及外甥霍去病，未見回營，毫無音響。青恐有疏虞，忙派諸將前去救應。過了一日一夜，仍然沒有回報，急得青惶惑不安。

正憂慮間，見有一將踉蹌奔入，長跪帳前，涕泣請罪。衛青瞧著，乃是右將軍蘇建。便開口問道：「將軍何故這般狼狽？」建答說道：「末將與趙信，深入敵境，猝被虜兵圍住，殺了一日，部下傷亡過半，虜兵亦死了多人。我兵正好脫圍，不意趙信心變，竟帶了八九百人，投降匈奴。末將與信，本只帶得三千餘騎，戰死了千餘名，叛去了八九百名，怎堪再當大敵？不得已突圍南走，又被虜眾追躪，掃盡殘兵，剩得末將一人，單騎奔回，還虧大帥派人救應，才得到此。末將自知冒失，故來請罪！」青聽畢建言，便召回軍正閎、長史安，及議郎周霸道：「蘇建敗還，失去部軍，

第六十八回
舅甥踵起一戰封侯　父子敗謀九重討罪

應處何罪？」周霸道：「大將軍出師以來，未曾斬過一員偏將，今蘇建棄軍逃還，例應處斬，方可示威。」閎、安二人齊聲道：「不可！不可！蘇建用寡敵眾，不隨趙信叛去，乃獨拚死歸來，自明無貳，若將他斬首，是使後來將士，偶然戰敗，只可棄甲降虜，不敢再還了！」**兩人是蘇建救星。**青乃徐說道：「周議郎所言，原屬未合，試想青奉令專閫，不患無威，何必定斬屬將！就使有罪當斬，亦宜請命天子，青卻未便專擅呢。」軍吏齊聲稱善，**這便是衛青權術。**因將建置入檻車，遣人押送至京。

唯霍去病最後方到，提著一顆血淋淋的首級，入營報功。這首級係是何人？據言係單于大父行借若侯產，接連由部兵綁進三人，乃是匈奴相國、當戶，以及單于季父羅姑。這三人為匈奴頭目，由去病活擒了來，此外斬首馘耳，大約二千有餘。他自帶著八百壯士，向北深入，一路不見胡虜，直走了好幾百里，才望見有虜兵營帳，當即掩他不備，馳殺過去。虜兵不意漢軍猝至，頓時潰亂，遂為去病所乘，手刃渠魁一人，擒住頭目兩人，把虜營一力踏破，然後回營報功。衛青大喜，自思得足償失，不如歸休，乃引軍還朝。武帝因此次北征，雖得斬首萬級，卻也覆沒兩軍，失去趙信，功過盡足相抵，不應封賞，但賜衛青千金。唯霍去病戰績過人，授封為冠軍侯。還有校尉張騫，前曾出使西域，被匈奴截留十餘年，頗悉匈奴地勢，能知水草所在，故兵馬不至飢渴。當由衛青申奏騫功，也受封博望侯。蘇建得蒙恩赦，免為庶人。

趙信敗降匈奴，匈奴主軍臣單于已早病死，由弟左谷蠡王伊稚斜，逐走軍臣子於單，自立有年。**於單嘗入塞降漢，漢封為陟安侯，未幾病死，事在元朔三年。**一聞趙信來降，便即召入，好言撫慰，面授為自次王，並將阿姐嫁與為妻。信當然感激，且本來是個胡人，重歸故國，樂得替他設策，即教單于但增邊幕，不必入塞，俟漢兵往來疲敝，方可一舉成功。伊

稚斜單于，依言辦理，漢邊才得少靜烽塵。但自元光以後，連歲出兵，軍需浩繁，不可勝數，害得國庫空虛，司農仰屋。不得已令吏民出資買爵，名為武功，大約買爵一級，計錢十七萬，每級遞加二萬錢，萬錢一金，共鬻出十七萬級，直三十餘萬金。嗣是朝廷名器，幾與市物相似，但教有錢輸入，不論他人品何如，俱好算做命官。試想這般制度，豈不是豪奴得志，名士灰心麼！**賣官鬻爵之弊，實自此始。**

是年冬月，武帝行幸雍郊，親祠五畤。**即五帝祠，稱畤不稱祠，因畤義訓止有神靈依止之意。**忽有一獸，在前行走，首上只生一角，全體白毛。眾衛士趕將過去，竟得將獸拿住，仔細看驗，足有五蹄。當下呈示武帝，武帝瞧著，好似麒麟模樣，便問從官道：「這獸可是麒麟否？」從官齊聲答是麒麟，且言陛下肅祀明禋，故上帝報享，特賜神獸云云。**無非獻諛。**武帝大悅，因將一角獸薦諸五畤。另外宰牛致祭，禮成駕歸。途中又見一奇木，枝從旁出，還附木上，大眾又不禁稱奇。連武帝也為詫異，既返宮廷，又復召詢群臣，給事中終軍上奏道：「野獸並角，顯係同本，眾枝內附，示無外向，這乃是外夷向化的瑞應，陛下好垂裳坐待了。」**虧他附會。**武帝益喜，令詞臣作〈白麟歌〉，預賀昇平。有司復希旨進言，請即應瑞改元。改元每次，相隔六年，此時已值元朔六年初冬，本擬照例改元，不過獲得白麟，愈覺改元有名，元狩紀元，便是為此。

誰知外夷未曾歸化，內亂卻已發生。淮南王安及衡山王賜，串同謀反，居然想搖動江山，虧得逆謀敗露，才得不勞兵革，一發即平。安與賜皆淮南王長子，文帝憐長失國自殺，因將淮南故地，作為三分，封長子安、勃、賜為王。勃先王衡山，移封濟北，不久即歿。賜自廬江徙王衡山，與安雖係兄弟，兩不相容。安性好讀書，更善鼓琴，也欲籠絡民心，招致文士。門下食客，趨附至數千人，內有蘇飛、李尚、左吳、田由、

第六十八回
舅甥踵起一戰封侯　父子敗謀九重討罪

雷被、伍被、毛被、晉昌八人，最號有才，稱為淮南八公。安令諸食客著作內書二十一篇，外書三十三篇，就是古今相傳的《淮南子》。另有中篇八卷，多言神仙黃白朮。**黃金白銀，能以術化，故稱黃白朮**。武帝初年，安自淮南入朝，獻上內書，武帝覽書稱善，視為祕寶。又使安作《離騷傳》，半日即成，並上頌德，及《長安都國頌》。武帝本好文藝，見安博學能文，當然器重，且又是叔父行，更當另眼相看。當時武安侯田蚡，曾與安祕密訂約，有將來推立意，**語見六十三回**。安為蚡所惑，乃生逆謀。建元六年，天空中出現彗星，當有人向安密說，說是吳、楚反時，彗星出現，光芒不過數尺，今長且竟天，眼見是兵戈大起，比前益甚。安也以為然，遂修治兵器，蓄積金錢，為待亂計。莊助出撫南越，安復邀留數日，結作內援。**見六十二回**。種種計畫，尚恐未足，乃更想出一法，密囑女陵入都，偵察內情。陵青年有色，又工口才，既到長安，借作內省為名，出入宮闈，毫無拘束。隨身又帶著許多金錢，仗著財色兩字，結識廷臣，何人不喜與交往？搶先巴結的叫做鄂但，係故安平侯鄂千秋孫，年貌相符，便與通姦。第二人為岸頭侯張次公，壯年封侯，氣宇不凡，也與陵祕密往來，作為膩友。**偷得饅頭狗造化**。陵得內外打通，常有密書傳報淮南。

　　淮南王后姓蓼名荼，為安所愛。荼生一男，取名為遷，尚有庶長子不害，素失父寵，不得立儲。因立遷為太子。遷年漸長，娶王太后外孫女為妃，就是修成君女金蛾。**見前回**。安本意欲攀葛附藤，想靠王太后為護符，偏偏王太后告崩，無勢可援。又恐太子妃得燭陰謀，暗地報聞，遂又密囑太子遷，叫他與妃反目，三月不同席。自己又陽為調停，迫遷夜入妃室，遷終不與寢。妃遂賭氣求去，安乃使人護送入都，奏陳情跡，表面上尚歸罪己子。武帝尚信為真言，准令離婚。遷少好學劍，自以為無人可及。聞得郎中雷被，素通劍術，欲與比賽高低，被屢辭不獲。兩人比試起

來，畢竟遷不如被，傷及皮膚。遷因此與被有嫌。被自知得罪太子，不免及禍，適漢廷募士從軍，被即向安陳請，願入都中投效。安先入遷言，知他有意趨避，將被免官。被索性潛奔長安，上書訐安。武帝遣中尉段宏查辦，安父子欲將宏刺死。還是宏命不該絕，一到淮南，但略問雷被免官事蹟，並未訊及別情，且辭色甚是謙和。安料無他患，不如變計周旋，但託宏善為轉圜。宏允諾而別，還白武帝。武帝召問公卿，眾謂安格阻明詔，不令雷被入都效力，罪應棄市。武帝不從，只准削奪二縣，赦罪勿問。安尚且愧憤道：「我力行仁義，還要削地麼？」**這種仁義，自古罕聞**。乃日夜與左吳等查考地圖，整備行軍路徑，指日起軍。

時庶長子不害，有男名建，年齡浸長，因見乃父失寵，常覺不平，暗中結交壯士，欲殺太子。偏被太子遷約略聞知，竟將建縛住，一再笞責。建更怨恨莫伸，遂使私人嚴正，入都獻書道：「臣聞良藥苦口，乃足利病，忠言逆耳，也足利行。今淮南王孫建，材能甚高，王后荼及太子遷，屢思加害，建父不害無辜，又嘗被囚繫，日夜會集賓客，潛議逆謀，建今尚在，儘可召問，一證虛實，免得養癰貽患，累及國家。」武帝得書，又發交廷尉，轉飭河南官吏，就便訊治。適有闢陽侯孫審卿，嘗怨祖父為厲王長所殺，意圖復仇，**淮南王長殺審食其事，見前文**。便密查安謀逆情跡，告知丞相公孫弘。弘又函飭河南官吏，徹底究治。河南官吏，迭接君相命令，怎敢怠慢？立將劉建傳到詳細訊明，建將淮南罪狀，悉數推到太子遷身上，**統是懷私**。由問官錄供奏聞。安得知此事，謀反益甚。

先是衡山王賜，入朝武帝，道出淮南，安迎入府中，釋嫌修好，與商祕謀。賜原有叛意，得安聯繫，也即樂從，因退歸衡山，託病不朝。安部下多浮囂士，亦屢次勸安起兵，獨中郎伍被，極言諫阻，安非但不聽被言，且將被父母拘住，逼令同謀，被尚涕泣固諫。至建被傳訊，事且益

第六十八回
舅甥踵起一戰封侯　父子敗謀九重討罪

急，安仍向被問計，被乃說道：「方今諸侯無異心，百姓無怨氣，大王猝思起事，比吳、楚還要難成。必不得已，只好偽為丞相御史請書，徙郡國豪傑至朔方，又偽為詔獄書逮諸侯太子倖臣，使民間聞風懷怨，諸侯亦皆疑貳，然後遣辯士四出誘約，或可僥倖萬一，還請大王審慎為是！」**被不能始終力爭，也屬自誤。**安決意起反，遂私鑄皇帝御璽，及丞相、御史、大夫、將軍等印信，為作偽計。又擬使人詐稱得罪，往投大將軍衛青，乘間行刺。且私語僚屬道：「漢廷大臣，只有汲黯正直，尚能守節死義，不為人惑。若公孫弘等隨勢逢迎，我若起事，好似發蒙振落，毫不足畏呢！」

正部署間，忽由朝廷遣到廷尉監，**廷尉府中之監吏。**會同淮南中尉，拿問太子遷。遷急稟知乃父，立召淮南相與內史中尉，一併集議，即日發難。偏內史中尉，不肯應召，只有淮南相一人到來，語多支吾。遷料知不能成事，待相退出，索性尋個自盡。趨入別室，拔劍擬頸，畢竟心慌手顫，只割傷一些皮膚，已是不勝痛楚，倒地呻吟。外人聞聲入救，忙將他舁到床上，延醫敷治。安與后荼，亦急來探視。正在忙亂時候，突有一人入報導：「不好了！不好了！外面已有朝使至此，領著大兵，把王宮圍住了！」正是：

咎由自取難逃死，禍已臨頭怎解圍？

究竟漢使如何圍宮，待至下回表明。

衛青之屢次立功，具有天幸，而霍去病亦如之。六師無功，去病獨能戰捷，梟虜侯，擒虜目，斬虜首至二千餘級，雖曰人事，豈非天命！漢武諸將，首推衛、霍，一舅一甥，其出身相同，其立功又同，亦漢史中之一奇也。淮南王安，種種詭謀，心勞日拙，彼以子女為足恃，而詎知其身家之絕滅，皆自子女釀成之。家且不齊，遑問治國？尚鰓鰓然欲窺竊神器，據有天下，雖欲不亡，烏得而不亡！

第六十九回
勘叛案重興大獄　　立戰功還挈同胞

　　卻說漢使領了大兵，遽將淮南王宮圍住，淮南王安，還是一無預備，怎能抵敵？只好佯作不知，迎入朝使。朝使並不多說，當即指揮兵士，四處搜尋，好一歇尋出謀反證據，就是私造的各種璽印。安至此無可隱諱，只嚇得面如土色，聽他所為。漢使便將太子遷及王后荼，一併拿去，止留安在宮中，派兵監守。又出宮捕拿許多食客，盡拘獄中。俗語有言：迅雷不及掩耳。這真好算似青天霹靂，令人不防。其實仍由劉安父子，自取禍殃。安前曾拘住伍被父母，硬要迫被同謀，被雖替安想出末策，自知凶多吉少，乃乘漢使到來，前去出首。漢使不便遲慢，因即調兵入宮，搜查證據，證據到手，便好拘人；一面遣人飛報朝廷，聽候詔命。未幾即有宗正劉棄，持節馳至淮南，來提一班案犯。安已服毒自盡，餘犯押解到京，發交廷尉張湯審辦。湯是個著名辣手，怎肯從寬？先將荼遷兩人，定了死罪，推出梟首。複查出莊助與安有私，鄂但、張次公與安女通姦，同時拿問。安女陵無從奔避，當然拿到正法，隨那父母兄弟，同入冥途。**也快活得夠了。**還有一班淮南僚佐，與安通同謀反，湯不但悉數致死，並且悉數滅族。就是自行出首的伍被，亦讞成死刑。武帝愛被有才，擬從赦宥，湯獨入請道：「伍被不能力諫，曾與叛謀，罪不可赦。」武帝不得已准議，乃將伍被處死。莊助本可邀赦，也由湯入朝固爭，隨即棄市。鄂但、張次

第六十九回
勘叛案重興大獄　立戰功還挈同胞

　　公，卻未聞伏誅，想是與湯有交，但坐奸罪，免官贖死罷了。湯又會同公卿，請逮捕衡山王賜，武帝卻批駁道：「衡山王自就侯封，雖與安為兄弟，究未聞有同謀確證，不應連坐。」這數語批發下來，賜乃得免議，唯將淮南國除為九江郡，總算了案。

　　哪知餘波未靜，一僕一起，遂致衡山亦逆謀敗露，同就滅亡。衡山王賜，本與安私下訂約，專待淮南起兵，當即響應。嗣聞淮南失敗，只好作罷。偏是人心不軌，天道難容，也與淮南覆轍相似，弄得骨肉相殘，全家畢命。賜后乘舒，生下二子一女，長子名爽，立為太子，少子名孝，女名無採。乘舒病歿，寵姬徐來繼立為后，徐來亦生有男女四人。唯徐來以外，尚有一個厥姬，也曾得寵，兩人素來相妒，不肯相下。至后位被徐來奪去，厥姬那裡甘心？遂向太子爽進讒，偽言太子母乘舒，被徐來暗中毒死。太子爽信以為真，甚恨徐來，會徐來兄至衡山，爽佯與宴飲，伺隙行刺，僅得不死。兩造結冤愈深，互相尋釁。賜少子孝，童年失母，歸徐來撫養。徐來未嘗愛孝，佯示仁慈。孝姊無採，已經出嫁，與夫相忤，離歸母家。無採年少思淫，怎肯守著活寡？竟與家客通姦。事為太子爽所聞，屢加訶斥，無採不知斂束，反與長兄有仇。徐來又故意厚待無採，聯為臂助。轉眼間孝亦長成，與徐來、無採，串同一氣，讒毀太子。太子爽孤立無助，當然敵不過三人，往往觸怒乃父，動遭笞責。**劉賜妻子，與乃兄絕對相似，真是難兄難弟。**

　　已而徐來假母，被人刺傷，**如乳母相類**。徐來硬指為太子所使。賜聽信讒言，又將太子敲撲一番，父子遂積成怨隙，好似冤家一般。適賜有疾病，太子爽並不入視，亦假稱有疾。徐來與孝，正好乘間進言，說出太子如何心喜，準備嗣位，惹得賜非常懊惱，便欲廢爽立孝。徐來見賜有廢立意，又想出一種毒計，意欲並孝陷害，好使親生子廣，起嗣王封。徐來有侍女善舞，

為賜所寵，適為徐來所嫉忌，乃特縱令伴孝，日夕相親，乾柴碰著熱火，怎能不爇？自然湊成一堆。太子爽聞孝奸姬侍，也覺垂涎，暗想弟烝父妾，我何不可遂烝父妻？況徐來屢加讒構，若能引與私通，定當易憎為愛，不至尋仇。**想入非非**。計畫已就，便逐日入宮，向徐來處請安，並自陳前愆，立誓悔過。徐來不能不虛與周旋，取酒與飲，溫顏慰勸。爽奉卮上壽，跪在徐來膝前，俟徐來接過酒卮，便將兩手捧住兩膝，涎臉求歡。徐來且驚且怒，忙將酒卮放下，將身離座，那衣襟尚被爽牽住，不肯放手，急得徐來振喉大呼，方才走脫。爽不能逞計，起身便走，回至住室，正想法免禍，那外面已有宮監進來，傳述賜命，把爽拖曳了去。及得見賜面，還有何幸？無非把坐臀晦氣，吃了幾十下毛竹板子。爽號呼道：「孝與王侍女通姦，無採與家奴通姦，王奈何勿問？儘管笞責臣兒！臣兒願上書天子，背王自去！」說著，竟似痴似狂，向外奔出。賜已氣得發昏，命左右追爽，爽怎肯回頭，及賜親自出追，乃將爽牽回，械繫宮中。孝反日見寵愛，由賜給與王印，號為將軍，使居外家，招致賓客，與謀大事。

　　江都人枚赫、陳喜，先後往依，為孝私造兵車弓箭，刻天子璽及將相軍吏印，待機發作。陳喜本事淮南王，淮南事敗，乃奔投衡山，為孝畫策。孝謀為太子，運動乃父，上書朝廷，廢長立幼。太子爽雖然被繫，總尚不至斷絕交通，因囑心腹人白嬴潛往長安，使他上書告變，說孝上烝父妾，且與父謀逆等情。書尚未上，嬴卻被都吏拘住，訊出孝納叛人等情，乃行文至沛郡太守，飭他速拿陳喜。喜未嘗預防，竟被捉住。孝知已惹禍，也想援自首減罪的律例，自行告發，且歸咎枚赫、陳喜等人。武帝又委廷尉張湯查辦，湯怎肯放鬆？當然一網打盡，立遣中尉等馳往衡山，圍住王宮。**仍是一番老手段**。賜驚惶自殺，賜後徐來，及太子爽、次子孝，與幫同謀反諸黨羽，一古腦兒押至都中。經張湯一番審讞，悉數論罪。徐

第六十九回
勘叛案重興大獄　立戰功遠挈同胞

　　來坐蠱前後乘舒，爽坐告父王不孝，孝坐與王侍妾通姦，並皆棄市。所有黨羽，亦皆伏誅，國除為郡。總計淮南、衡山兩案，株累至好幾萬人，真是漢朝開國以後所僅聞。主意多出自張湯，武帝見湯讞詞，都是死有餘辜，自然不肯特赦，徒斷送了許多生命。

　　時皇子據年已七歲，即冊立為皇太子，儲作國本，冀定人心。一面擬通道西域，再遣博望侯張騫，出使西方。騫為漢中人，建元中入都為郎。適匈奴中有人降漢，報稱匈奴新破月氏，**音支**。陣斬月氏王首，取為飲器。月氏餘眾西走，常欲報仇，只恨無人相助云云。武帝方欲北滅匈奴，得聞此言，便欲西結月氏，為夾擊匈奴計，唯因月氏向居河西，與漢不通音問，此時為匈奴所敗，更向西徹竄去，距漢更遠，急切欲與交通，必須得一精明強幹的人員，方可前往。乃下詔募才，充當西使。廷臣等偷生怕死，無人敢行，只張騫放膽應募，與胡人堂邑父等相偕出都，從隴西出發。隴西外面，便是匈奴屬地，騫欲西往月氏，必須經過此地，方可相通，乃悄悄的引了徒眾，偷向前去。行經數日，偏被匈奴邏騎將他拘住，押送虜廷。騫等不過百人，勢難與抗，只好懷著漢節，坐聽羈留。匈奴雖未敢殺騫，卻亦加意管束，不肯放歸。一連住了十多年，騫居然娶得胡婦，生有子女，與胡人往來周旋，好似樂不思蜀的狀態。匈奴不復嚴防，騫竟與堂邑父等伺隙西逃，奔入大宛國境。大宛在月氏北面，為西域中列國，地產善馬，又多葡萄、苜蓿。騫等本未識路徑，亂闖至此，當由大宛人把他截留。彼此問答，才得互悉情形，大宛人即報知國王。國王素聞漢朝富庶，但恨路遠難通，一聞漢使入境，當即召見，詢明來意。騫自述姓名，並言奉漢帝命，遣使月氏，途次被匈奴羈留，現幸脫身至此，請王派人導往月氏，若交卸使命，仍得還漢，必然感王厚惠，願奉重酬。大宛王大喜，答言此去月氏，還須經過康居國，當代為通譯，使得往達云云。騫

稱謝而出，遂由大宛王遣人為導，引至康居。康居國同在西域，與大宛毗鄰，素來交好。既由大宛為騫介紹，樂得賣個人情，送他過去，於是騫等得抵月氏國。月氏自前王陣亡，另立王子為主，王夫人為輔，西入大夏，據有全土，更建一大月氏國。大夏在媯水濱，地勢肥沃，物產豐饒，此時為月氏所據，坐享安逸，遂把前時報仇的思想，漸漸打銷。騫入見國王，談論多時，卻沒有什麼效果。又住了年餘，始終不得要領，只好辭歸。歸途復入匈奴境，又被匈奴兵拘去，幸虧騫居胡有年，待人寬大，為胡兒所愛重，方得不死。會匈奴易主，叔姪交爭，**即伊稚斜單于與兄子於單爭國，事見前文。**國中未免擾亂，騫又得乘隙南奔，私挈胡地妻子，與堂邑父一同歸漢，進謁武帝，繳還使節。

武帝拜騫為大中大夫，號堂邑父為奉使君。從前騫同行百人，或逃或死，大率無存，隨歸只有二人，唯多了一妻一子，總算是不虛此行，**不怕故妻吃醋麼？**及定襄一役，騫熟諳胡地，不絕水草，應得積功封侯。**回應前回。**他卻雄心未厭，又想冒險西行，再去一試，乃入朝獻議道：「臣前在大夏時，見有邛竹杖蜀布，該國人謂買諸身毒。**身音捐，毒音篤，即天竺二字之轉音。**臣查身毒國，在大夏東南，風俗與大夏相似，獨人民喜乘象出戰，國瀕大川。依臣窺測，大夏去中國萬二千里，身毒又在大夏東南數千里，該地有蜀物輸入，定是離蜀不遠。今欲出使大夏，北行必經過匈奴，不如從蜀西進，較為妥便，當不至有意外阻礙了。」武帝欣然依議，復令騫持節赴蜀，至犍為郡，分遣王然、於柏、始昌、呂越人等四路並出，一出駹，一出莋，一出邛，一出僰。**音見前。**駹莋等部，本皆為西夷部落，歸附漢朝。**見六十四回。**但自元朔四年以來，內外不通，又多反側，此次漢使假道，又被中阻，北路為氐駹所梗，南路為巂音舍。及昆明所塞。昆明雜居夷種，不置君長，毫無紀律，見有外人入境，只知殺掠，

第六十九回
勘叛案重興大獄　立戰功還挈同胞

不問誰何。漢使所齎財物，多被奪去，不得已改道前行，趨入滇越。滇越亦簡稱滇國，地有滇池，周圍約三百里，因以為名。滇王當羌，為楚將軍莊蹻後裔。莊蹻嘗略定滇地，因楚為秦滅，留滇為王，後來傳國數世，與中國隔絕多年，不通聞問。及見漢使趨入，當面問訊，才知漢朝地廣民稠，乃好意款待漢使，代為覓道。嗣探得昆明作梗，無法疏通，乃回覆漢使，返報張騫。騫亦還白武帝。

武帝不免震怒，意欲往討，特就上林鑿通一池，號為昆明池，使士卒置筏池中，練習水戰，預備西討。一面復擢霍去病為驃騎將軍，使他帶領萬騎，出擊匈奴。去病由隴西出擊，迭攻匈奴守砦，轉戰六日，逾焉支山，深入千餘里，殺樓蘭王，梟盧侯王，擒住渾邪王子，及相國都尉，奪取休屠王祭天金人，斬獲虜首八千九百餘級，始奏凱還京。武帝賞去病功，加封食邑二千戶。

過了數月，適當元狩二年的夏季，去病復與合騎侯公孫敖，率兵數萬，再出北地，另派博望侯張騫，郎中令李廣出右北平。廣領騎兵四千人為前驅，騫率萬騎繼進，先後相去數十里。匈奴左賢王探知漢兵入境，亟引鐵騎四萬，前來抵禦。途次與廣相值，廣只四千馬隊，如何擋得住四萬胡騎？當即被他圍住。廣卻神色不變，獨命少子李敢，帶著壯士數十騎，突圍試敵。敢挺身徑往，左持長槊，右執短刀，躍馬陷陣，兩手挑撥，殺開一條血路，穿通敵圍，復從原路殺回，仍至廣前，手下壯士，不過傷亡三五人，餘皆無恙。**頗有父風。**軍士本皆惶懼，見敢出入自如，卻也膽壯起來，且聞敢回報導：「胡虜容易抵敵，不足為慮。」於是眾心益安。廣令軍士布著圓陣，面皆外向，四面堵住，胡兵不敢進逼，但用強弓四射，箭如飛蝗。廣軍雖然鎮定，究竟避不過箭鏃，多半傷亡。廣也令士卒返射，斃敵數千。嗣見箭幹且盡，乃使士卒張弓勿發，自用有名的大黃箭，**大黃**

弩名。專射敵將，每一發矢，無不奇中，接連射斃數人。胡兒素知廣善射，統皆畏縮不前，唯四面守定圈子，未肯釋圍。相持至一日一夜，廣軍已不堪疲乏，個個面無人色，獨廣仍抖擻精神，力持不懈。俟至天明，再與胡兵力戰，殺傷過當。胡兵終恃眾勿退，幸張騫驅著大隊，前來援應，方得擊退胡兵，救出李廣，收兵南迴。廣雖善鬥，**其如命何！**那驃騎將軍霍去病，與公孫敖馳出塞外，中途相失，自引部曲急進，渡居延澤，過小月氏，至祁連山，一路順風，勢如破竹，斬首三萬級，虜獲尤多，方才凱旋。武帝敘功罰罪，分別定論，廣用寡敵眾，兵死過半，功罪相抵，僅得免罰。張騫、公孫敖延誤軍期，應坐死罪，贖為庶人。只去病三次大捷，功無與比，復加封五千戶，連部下偏將，如趙破奴等，皆得侯封。

是時諸宿將部下，俱不如去病的精銳，去病又屢得天佑，深入無阻，匈奴亦相戒生畏，不敢攖鋒。至焉支、祁連兩山，被去病踏破，胡兒為作歌謠云：「亡我祁連山，使我六畜不蕃息！失我焉支山，使我婦女無顏色。」這種歌謠，傳入內地，去病聲威益盛。武帝嘗令去病學習孫吳兵法，去病道：「為將須隨時運謀，何必定拘古法呢？」武帝又替去病營宅，去病辭謝道：「匈奴未滅，何以家為？」**這數語頗見忠勇，為他人所未及。**武帝益加寵愛，比諸大將軍衛青。去病父霍仲孺，前在平陽侯家為吏，故得私通衛少兒。少兒別嫁陳掌，仲孺亦自回平陽原籍。去病初不識父名，至入官後，方才知悉。此次北伐回軍，道出河東，查知仲孺尚存，乃派吏往迎，始得父子聚首。仲孺已另娶一婦，生子名光，**仲孺善生貴子，卻也難得！**年逾成童，頗有才慧。去病視若親弟，令他隨行，一面為仲孺購置田宅，招買奴婢，使得安享天年，然後辭歸。霍光隨兄入都，補充郎官。大將軍衛青，見甥立功緻貴，與己相似，當然欣慰。父子甥舅，同時五侯，真個是勢傾朝右，烜赫絕倫。

第六十九回
勘叛案重興大獄　立戰功還挈同胞

　　當時都中人私相豔羨，總以為衛氏貴顯，全仗衛皇后一人，因編成一歌道：「生男無喜，生女無怒，獨不見衛子夫，霸天下！」衛青雖偶有所聞，但也覺得不錯，未嘗相怪。無如婦人得寵，全靠姿色，一到中年，色衰愛弛，往往如此。衛皇后生了一男三女，漸漸的改變嬌容，就是滿頭的鬢髮，也脫落過半。武帝目為老嫗，未免討厭，另去寵愛了一位王夫人。這王夫人出身趙地，色藝動人，自從入選宮中，見幸武帝，也產下一男，取名為閎，與衛后確是勁敵。衛后寵不如前，衛氏一門，亦恐難保，當有一個冷眼旁觀的方士，進策大將軍前，與決安危，頓令衛青如夢初醒，依策照行。小子有詩嘆道：

　　到底光榮仗女兄，後宮色重戰功輕。
　　盛衰得失尋常事，何必營營逐利名！

　　欲知方士為誰，所獻何策，容至下回說明。

　　昔袁盎論淮南王長事，謂文帝縱之使驕，勿為置嚴傅相，後世推為至論，吾意以為未然。淮南長之不得其死，與安、賜之並致夷滅，皆漢高貽謀之不善，有以啟之耳。漢高寵戚姬而愛少子，釀成內亂，牝雞當國，人彘貽殃，微平、勃之交驩，預謀誅逆，漢祚殆已早斬矣。淮南王長屢次謀叛，是謂無君，安與賜蓋尤甚焉，匪唯無君，甚至舉父子兄弟夫婦之道而盡棄之，安死於前，賜死於後，俱由家庭之自相殘害，卒至覆宗，由來者漸，高祖實階之厲歟？霍去病三次奏功，原邀天幸，而迎見乃父，提攜季弟，孝友固有足多者。且匈奴未滅，何以家為之言，尤見愛國熱誠。為將如霍嫖姚，正不徒以武功見稱也。

第七十回
賢汲黯直諫救人　老李廣失途刎首

　　卻說大將軍衛青，聲華赫奕，一門五侯，偏有人替他擔憂，突然獻策。這人為誰？乃是齊人寧乘。是時武帝有意求仙，徵召方士，寧乘入都待詔，好多日不得進見，累得資用乏絕，衣履不全。一日躑躅都門，正值衛青自公退食，他竟迎將上去，說有要事求見。青向來和平，即停車動問。乘行過了禮，答言事須密談，不便率陳，當由青邀他入府，屏去左右，私下問明。乘方說道：「大將軍身食萬戶，三子封侯，可謂位極人臣，一時無兩了。但物極必反，高且益危，大將軍亦曾計及否？」青被他提醒，便皺眉道：「我平時也曾慮及，君將何以教我？」乘又道：「大將軍得此尊榮，並非全靠戰功，實是叼光懿戚。今皇后原是無恙，王夫人已大見幸，彼有老母在都，未邀封賞，大將軍何不先贈千金，預結歡心？多一內援，即多一保障，此後方可無慮了。」**不以大體規人，但從鑽營著想，確是方士見識。**青喜謝道：「幸承指教，自當遵行。」說著即留乘寓居府中，自取出五百金，遣人齎贈王夫人母親。王夫人母，得了厚贈，自然告知王夫人。王夫人復轉告武帝，武帝卻也心喜，唯暗想青素老實，如何無故贈金，乃乘青入朝，向他詢及，青答說道：「寧乘謂王夫人母，尚無封賞，未免缺用，故臣特齎送五百金，餘無他意。」武帝道：「寧乘何在？」青答稱現在府中。武帝立即召見，拜乘為東海都尉。乘謝恩退朝，佩印出都，

第七十回
賢汲黯直諫救人　老李廣失途刎首

居然高車駟馬，一麾菆任去了。**片語得官，真正容易。**

　　忽由匈奴屬部渾邪王，入塞請降，由大行李息據情奏報，武帝恐有詐謀，因命霍去病率兵往迎，相機辦理。說起這個渾邪王，本居匈奴西方，與休屠王結作毗鄰。自從衛、霍兩將軍，屢次北討，渾邪、休屠兩王，首先當衝，連戰連敗，匈奴伊稚斜單于，責他連年挫失，有損國威，因派使徵召，擬加誅戮。渾邪王方失愛子，大為悲戚，**見前回。**又聞單于將聲罪行誅，怎得不憂怒交併？乃即約同休屠王，叛胡降漢。可巧漢李息奉武帝命，至河上築城，渾邪王便遣人請降，求息奏聞。及霍去病領兵出迎，渾邪王往招休屠王邀同入塞。那知休屠王忽然中悔，延期不至，惹得渾邪王憤不可遏，引兵襲擊，殺死休屠王，並有休屠部眾，且將休屠王妻子，悉數拘繫，牽迎漢軍。隔河相望，渾邪王屬下稗將，見漢兵甚眾，多有畏心，相約欲遁。還是去病麾軍渡河，接見渾邪王，察出離心將士，計八千人，一併處死。尚有四萬餘名，盡歸去病帶領，先遣渾邪王乘驛赴都，自率降眾南歸。武帝聞報，命長安令發車二千輛，即日往迎。長安令連忙備辦，苦乏馬匹，只好向百姓貰馬。百姓恐縣令無錢給發，多將馬藏匿他處，不肯應命，因此馬匹不能湊齊，未免耽延時日。武帝還道他有意捱延，飭令斬首，右內史汲黯忍耐不住，便入朝面諍道：「長安令無罪，獨斬臣黯，民間方肯出馬！」**快人快語。**武帝用目斜視，默然不答。黯復申說道：「渾邪王叛主來降，已由各縣次傳驛相送，也算盡情，何必令天下騷動，疲敝中國，服事夷人呢？」武帝乃收回成命，赦免長安令死罪。

　　至渾邪王入都覲見，授封漯陰侯，食邑萬戶，裨王呼毒尼等四人，亦皆為列侯。漢朝定例，吏民不得持兵鐵出關，售與胡人。自渾邪王部眾到京，沐賞至數十百萬，便有錢財與民交易，民間不知法律，免不得賣與鐵器，當被有司察出，收捕下獄，應坐死罪，多至五百餘人。汲黯又復進諫

道：「匈奴斷絕和親，屢攻邊塞，我朝累年往討，勞師無算，糜餉又無算，臣愚以為陛下捕得胡人，多應罰作奴婢，分賜將士，取得財物，亦宜遍賞兵民，庶足謝天下勞苦，消百姓怨氣。今渾邪王率眾來降，就使不能視作俘虜，亦何必優加待遇？今乃傾帑出賜，府庫皆虛，又發良民傳養，若奉驕子，愚民何知，總道朝廷如此厚待，不妨隨便貿易，法吏乃援照邊律，加他死罪，待夷何仁？待民何酷？重外輕內，庇葉傷枝，臣竊為陛下不取哩！」武帝聽了，變色不答。及汲黯退出，乃向左右道：「我久不聞黯言，今又來胡說了。」話雖如此，但也下詔減免，將五百人從輕發落。**汲黯也可謂仁人。**

既而遣散降眾，析居隴西、北地、上郡、朔方、雲中五郡，號為五屬國。又將渾邪王舊地，改置武威、酒泉二郡。嗣是金城河西，通出南山，直至鹽澤，已無胡人蹤跡。凡隴西、北地、上郡，寇患少紓，所有戍卒，方得減去半數，借寬民力。霍去病又得敘功，加封食邑千七百戶。唯休屠王太子日磾，**音低**。由渾邪王拘送漢軍，沒為官奴。年才十四，輸入黃門處養馬，供役甚勤。後來武帝遊宴，乘便閱馬，適日磾牽馬進來，行過殿下，為武帝所瞧見，卻是一個相貌堂堂的美少年，便召至面前，問他姓名。日磾具述本末，應對稱旨，武帝即令他沐浴，特賜衣冠，拜為馬監。未幾又遷官侍中，賜姓金氏。從前霍去病北征，曾獲取休屠王祭天金人，**見前回**。故賜日磾為金姓，餘見後文。**日磾為漢室功臣，故特筆鉤元。**

唯自西北一帶，歸入漢朝，地宜牧畜，當由邊境長官，陸續移徙內地貧民，使他墾牧。就是各處罪犯，亦往往流戍，充當苦工。時有河南新野人暴利長，犯罪充邊，罰至渥洼水濱，屯田作苦。他嘗見野馬一群，就水吸飲，中有一馬，非常雄駿。利長想去拿捕，才近岸邊，馬早逸去，好幾次拿不到手。乃想出一法，塑起一個泥人，與自己身材相似，异置水旁，並將絡頭絆

第七十回
賢汲黯直諫救人　　老李廣失途刎首

索,放入泥人手中,使他持著,然後走至僻處,倚樹遙望。起初見群馬到來,望見泥人,且前且卻,嗣因泥人毫無舉動,仍至原處飲水,徐徐引去。利長知馬中計,把泥人擺置數日,使馬見慣,來往自如,乃將泥人搬去,自己裝做泥人模樣,手持絡頭絆索,呆立水濱。群馬究是野獸,怎曉得暴利長的詭計?利長手足未動,眼光卻早已覷定那匹好馬,待他飲水時候,搶步急進,先用絆索,絆住馬腳,再用絡頭,套住馬頭,任他奔騰跳躍,力持不放。群馬統皆駭散,只有此馬羈住,無從擺脫,好容易得就銜勒,牽了回來。**小聰明卻也可取**。又復加意調養,馬狀益肥,暴利長喜出望外,索性再逞小智,去騙那地方官,佯言馬出水中,因特取獻。地方官當面看驗,果見驊騮佳品,不等駕馭,當下照利長言,拜本奏聞。武帝正調兵徵餉,有事匈奴,無暇顧及獻馬細事,但淡淡的批了一語,准他送馬入都。小子就時事次序,下筆編述,只好先將調兵徵餉的事情,演寫出來。

　　自從武帝南征北討,費用浩繁,連年入不敷出,甚至減捐御膳,取出內府私帑,作為彌補,尚嫌不足。再加水旱偏災,時常遇著,東鬧荒,西啼飢,正供不免缺乏。元狩三年的秋季,山東大水,漂沒民廬數千家,雖經地方官發倉賑濟,好似杯水車薪,全不濟事,再向富民貸粟救急,亦覺不敷。沒奈何想出移民政策,徙災氓至關西就食,統共計算約有七十餘萬口,沿途川資,又須仰給官吏。就是到了關西,也是謀生無計,仍須官吏貸與錢財,因此縻費愈多,國用愈匱。偏是武帝不慮貧窮,但求開拓,整日裡召集群臣,會議斂財方法。丞相公孫弘已經病死,御史大夫李蔡,代為丞相。蔡本庸材,濫竽充數,獨廷尉張湯,得升任御史大夫,費盡心計,定出好幾條新法,次第施行,列述如下:

　　(一)商民所有舟車,悉數課稅。(二)禁民間鑄造鐵器,煮鹽釀酒,所有鹽鐵各區及可釀酒等處,均收為官業,設官專賣。(三)用白鹿皮為

幣，每皮一方尺，緣飾藻繢，作價四十萬錢。（四）令郡縣銷半兩錢，改鑄三銖錢，質輕值重。（五）作均輸法，使郡國各將土產為賦，納諸朝廷。朝廷令官吏轉售別處，取得貴價，接濟國用。（六）在長安置平準官，視貨物價賤時買入，價貴時賣出，輾轉盤剝，與民爭利。

為此種種法例，遂引進計吏三人，居中用事，一個叫做東郭咸陽，一個叫做孔僅，併為大農丞，管領鹽鐵，又有一個桑弘羊，尤工心計，利析秋毫，初為大農中丞，嗣遷治粟都尉。咸陽是齊地鹽商，孔僅是南陽鐵商，弘羊是洛陽商人子，三商當道，萬姓受殃。又將右內史汲黯免官，調入南陽太守義縱繼任。縱係盜賊出身，素行無賴。有姊名姁，略通醫術，入侍宮闈。當王太后未崩時，常使診治，問她有無子弟，曾否為官，姁言有弟無賴，不可使仕。偏王太后未肯深信，竟與武帝說及。武帝遂召為中郎，累遷至南陽太守。穰人寧成，曾為中尉，徙官內史，以苛刻為治，**見前文**。旋因失職家居，積資鉅萬。穰邑屬南陽管轄，縱既到任，先從寧氏下手，架誣罪惡，籍沒家產，南陽吏民畏憚的了不得。既而調守定襄，冤戮至四百餘人，武帝還說他強幹，召為內史，同時復徵河內太守王溫舒為中尉。溫舒少年行跡，與縱略同，初為亭長，繼遷都尉，皆以督捕盜賊，課最敘功。及擢至河內守，嚴緝郡中豪猾，連坐至千餘家，大猾族誅，小奸論死，僅閱一冬，流血至十餘里。轉眼間便是春令，不宜決囚，溫舒尚頓足自嘆道：「可惜可惜！若使冬令得再展一月，豪猾盡除，事可告畢了。」**草菅人命，寧得長生！**武帝也以為能，調任中尉。當時張湯、趙禹，相繼任事，並尚深文，但還是輔法而行，未敢妄作。縱與溫舒卻一味好殺，恫嚇吏民。總之武帝用財無度，不得不需用計臣，放利多怨，不得不需用酷吏，苛徵所及，濟以嚴刑，可憐一班小百姓，只好賣男鬻女，得錢上供，比那文景兩朝，家給人足，粟紅貫朽，端的是大不相同了。**愁怨盈紙。**

第七十回
賢汲黯直諫救人　老李廣失途刎首

　　偏有一個河南人卜式，素業耕牧，嘗入山牧羊，十餘年，育羊千餘頭，販售獲利，購置田宅。聞得朝廷有事匈奴，獨慨然上書，願捐出家財一半，輸作邊用。武帝頗加驚異，遣使問式道：「汝莫非欲為官麼？」式答稱自少牧羊，不習仕官。使人又問道：「難道汝家有冤，欲藉此上訴麼？」式又答生平與人無爭，何故有冤。使人又問他究懷何意？式申說道：「天子方誅伐匈奴，愚以為賢吏宜死節，富民宜輸財，然後匈奴可滅。臣非索封，頗懷此志，故願輸財助邊，為天下倡。此外卻無別意呢。」使人聽說，返報朝廷。時丞相公孫弘，尚未病歿，謂式矯情立異，不宜深信，乃擱置不報。**弘不取卜式，未嘗無識**。及弘已逝世，式又輸錢二十萬，交與河南太守，接濟移民經費，河南守當然上聞，武帝因記起前事，特別嘉許，乃召式為中郎，賜爵左庶長。式入朝固辭，武帝道：「汝不必辭官，朕有羊在上林中，汝可往牧便了。」式始受命至上林，布衣草履，勤司牧事。約閱年餘，武帝往上林遊覽，見式所牧羊，並皆蕃息，因連聲稱善。式在旁進言道：「非但牧羊如是，牧民亦應如是，道在隨時省察，去惡留善，毋令敗群！」**漸漸干進，意在言中**。武帝聞言點首，及回宮後，便發出詔旨，拜式為緱氏令。式至此直受不辭，交卸牧羊役使，竟接印牧民去了。**可見他前時多詐**。

　　武帝因賦稅所入，足敷兵餉，乃複議興師北征，備足芻糧，乘勢大舉。元狩四年春月，遣大將軍衛青，驃騎將軍霍去病，各率騎兵五萬，出擊匈奴。郎中令李廣，自請效力，武帝嫌他年老，不願使行。經廣一再固請，方使他為前將軍，令與左將軍公孫賀，右將軍趙食其，後將軍曹襄，盡歸大將軍衛青節制。青入朝辭行，武帝面囑道：「李廣年老數奇，**音羈，數奇即命蹇之意**。毋使獨當單于。」青領命而去，引著大軍出發定襄。沿途拿訊胡人，據云單于現居東方，青使人報知武帝。武帝詔令去病，獨出

代郡，自當一面。去病乃與青分軍，引著校尉李敢等，麾兵自去。這次漢軍出塞，與前數次情形不同，除衛、霍各領兵十萬外，尚有步兵數十萬人，隨後繼進，公私馬匹計十四萬頭，真是傾國遠征，志在平虜。當有匈奴偵騎，飛報伊稚斜單于，單于卻也驚慌，忙即準備迎敵。趙信與單于畫策，請將輜重遠徙漠北，嚴兵戒備，以逸待勞。單于稱為妙計，如言施行。

衛青連日進兵，並不見有大敵，乃迭派探馬，四出偵伺。嗣聞單于移居漠北，便欲驅軍深入，直搗虜巢。暗思武帝密囑，不宜令李廣當鋒，乃命李廣與趙食其合兵東行，限期相會。東道迂遠，更乏水草，廣不欲前往，入帳自請道：「廣受命為前將軍，理應為國前驅，今大將軍令出東道，殊失廣意，廣情願當先殺敵，雖死不恨！」青未便明言，只是搖首不答。廣憤然趨出，怏怏起程。趙食其卻不加可否，與廣一同去訖。青既遣去李廣，揮兵直入，又走了好幾百里，始遇匈奴大營。當下紮住營盤，用武剛車四面環住，武剛車有巾有蓋，格外堅固，可作營壁。**係古時行軍利器。**營既立定，便遣精騎五千，前去挑戰，匈奴亦出萬騎接仗。時已天暮，大風忽起，走石飛沙，兩軍雖然對陣，不能相見。青乘勢指麾大隊，分作兩翼，左右並進，包圍匈奴大營。匈奴伊稚斜單于，尚在營中，聽得外面喊殺連天，勢甚洶洶，一時情虛思避，即潛率勁騎數百，突出帳後，自乘六騾，徑向西北遁去。此外胡兵仍與漢軍力戰，兩下裡殺了半夜，彼此俱有死傷。漢軍左校，捕得單于親卒數人，問明單于所在，才知他未昏即遁，當即稟知衛青，青急發輕騎追躡，已是不及。待到天明，胡兵亦已四散。青自率大軍繼進，急馳二百餘里，才接前騎歸報，單于已經遠去，無從擒獲，唯前面寘顏山有趙信城，貯有積穀，尚未運去等語。青乃徑至趙信城中，果有積穀貯著，正好接濟兵馬，飽餐一頓。這趙信城本屬趙信，因以為名。

第七十回
賢汲黯直諫救人　老李廣失途刎首

漢軍住了一日，青即下令班師，待至全軍出城，索性放起火來，把城毀去，然後引歸，還至漠南，方見李廣、趙食其到來。青責兩人逾限遲至，應該論罪，食其卻未敢抗議。獨廣本不欲東行，此時又迂迴失道，有罪無功，氣得鬚髯戟張，不發一語。**始終為客氣所誤**。青令長史齎遺酒食，促令廣幕府對簿，廣憤然語長史道：「諸校尉無罪，乃我失道無狀，我當自行上簿便了！」說著，即趨至幕府，流涕對將士道：「廣自結髮從戎，與匈奴大小七十餘戰，有進無退，今從大將軍出征匈奴，大將軍乃令廣東行，迂迴失道，豈非天命！廣今已六十多歲，死不為夭，怎能再對刀筆吏，乞憐求生？罷罷！廣今日與諸君長別了！」說至此，即拔出佩刀，向頸一揮，倒斃地上。小子有詩嘆道：

老不封侯命可知，年衰何必再驅馳？
漠南一死終無益，翻使千秋得指疵。

將士等見廣自刎，搶救無及，便即為廣舉哀。欲知後事，請看下回再詳。

本回類敘諸事，無非為北征起見。渾邪王之入降，喜胡人之投誠也，長安令之擬斬，怒有司之慢客也；用計臣以斂財，進酷吏以司法，竭澤而漁，迫以刑威，何一不為籌餉徵胡計乎？暴利長之獻馬，與卜式之輸財，皆揣摩上意，乃有此舉。獨汲黯一再直諫，最得治體，御夷以道，救人以義，漢廷公卿，無出黯右，惜乎其碩果僅存耳。若李廣之自請從軍，全是武夫客氣，東行失道，憤激自戕，非不幸也，亦宜也。而衛青固不足責云。

第七十一回
報私仇射斃李敢　發詐謀致死張湯

　　卻說李廣因失道誤期，憤急自刎，軍士不及搶救，相率舉哀。就是遠近居民，聞廣自盡，亦皆垂涕。廣生平待士有恩，行軍無犯，故兵民相率畏懷，無論識廣與否，莫不感泣。廣從弟李蔡，才能遠出廣下，反得從徵有功，封樂安侯，遷拜丞相。廣獨拚死百戰，未沐侯封。嘗與術士王朔談及，朔問廣有無濫殺情事？廣沉吟半响，方答說道：「我從前為隴西太守，嘗誘殺降羌八百餘人，至今尚覺追悔，莫非為了此事，有傷陰騭麼？」王朔道：「禍莫大於殺已降，將軍不得封侯，確是為此。」**就是殺霸陵尉亦屬不合。**廣嘆息不已。至是竟到身絕域，裹屍南歸。有子三人，長名當戶，次名椒，又次名敢，皆為郎官。當戶蚤死，椒出為代郡太守，亦先廣病歿，獨敢方從驃騎將軍霍去病，出發代郡。**見前回。**去病出塞二千餘里，與匈奴左賢王相遇，交戰數次，統得勝仗，擒住屯頭王、韓王等三人，及虜將虜官等八十三人，俘獲無算。左賢王遁去，遂封狼居胥山，禪姑衍山，登臨瀚海，乃班師回朝。武帝大悅，復增封去病食邑五千八百戶。李敢亦加封關內侯，食邑二百戶。衛青功不及去病，未得益封，唯特置大司馬官職，令青與去病二人兼任。趙食其失道當斬，贖為庶人。這次大舉兩軍，殺獲胡虜，共計得八九萬名，漢軍亦傷亡數萬，喪失馬匹至十萬有餘。**功不補患。**

第七十一回
報私仇射斃李敢　發詐謀致死張湯

　　唯伊稚斜單于倉皇奔竄，與眾相失，右谷蠡王還道單于陣亡，自立為單于，招收散卒。及伊稚斜單于歸來，方讓還主位，仍為右谷蠡王。單于經此大創，徙居漠北，自是漠南無王庭。趙信勸單于休戰言和，遣使至漢，重議和親。武帝令群臣集議，或可或否，聚訟不休。丞相長史任敞道：「匈奴方為我軍破敗，正可使為外臣，怎得與我朝敵體言和？」武帝稱善，因即令敞偕同胡使，北往匈奴。好數月不聞覆命，想是由敞唐突單于，因被拘留。武帝未免懷憂，臨朝時輒提及和親利弊。博士狄山，卻主張和親。武帝未以為然，轉問御史大夫張湯。湯窺知武帝微意，因答說道：「愚儒無知，何足聽信！」狄山也不肯讓步，便接口道：「臣原是甚愚，尚不失為愚忠；若御史大夫張湯，乃是詐忠！」**雖是快語，但言之無益，徒然取死。**武帝方寵任張湯，聽狄山言，不禁作色道：「我使汝出守一郡，能勿使胡虜入寇麼？」狄山答言不能。武帝又問他能任一縣否？山又自言未能。至武帝問居一障，**即亭障。**山不好再辭，只得答了一個能字。武帝便遣山往邊，居守一障。才閱一月，山竟暴斃，頭顱都不知去向。時人統言為匈奴所殺，其實是一種疑案，無從證明。**不白之冤。**朝臣見狄山枉送性命，當然戒懼，何人再敢多嘴，復說和親？但漢兵瘡痍未復，馬亦缺乏，亦不能再擊匈奴。只驃騎將軍霍去病，聞望日隆，所受祿秩，幾與大將軍衛青相埒，青卻自甘恬退，主寵亦因此漸衰。就是故人門下，亦往往去衛事霍，唯滎陽人任安，隨青不去。

　　既而丞相李蔡，坐盜孝景帝園田，下獄論罪，蔡惶恐自殺。從子李敢，即李廣少子，見父與從叔，並皆慘死，更覺銜哀。他自受封關內侯後，由武帝令襲父爵，得為郎中令。自思父死非罪，常欲報仇。及李蔡自殺，越激動一腔熱憤，遂往見大將軍衛青，問及乃父致死原由。兩下稍有齟齬，敢即出拳相餉，向衛青面上擊去。青連忙閃避，額上已略略受傷。嗣經青

左右搶護，扯開李敢，敢憤憤而去。**敢固敢為，惜太敢死！**青卻不動怒，但在家中調養，用藥敷治，數日即愈，並不與外人說知。偏霍去病是青外甥，往來青家，得悉此事，記在胸中。

既而武帝至甘泉宮遊獵，去病從行，敢亦相隨。正在馳逐野獸的時候，去病覷敢無備，藉著射獸為名，竟向敢猛力射去，不偏不倚，正中要害，立即斃命。當有人報知武帝，武帝還左袒去病，只說敢被鹿觸斃，並非去病射死。專制君主，無人敢違，只好替敢拔出箭鏃，舁還敢家，交他殯葬，便即了事。天道有知，巧為報復，不到一年，去病竟致病死。武帝大加悲悼，賜諡景桓侯，並在茂陵旁賜葬，特築高塚，使像祁連山。令去病子嬗襲封。嬗之子侯，亦為武帝所愛，任官奉車都尉，後至從禪泰山，在道病歿。父子俱當壯年逝世，嬗且無嗣，終絕侯封。**好殺人者，往往無後。**

御史大夫張湯，因李蔡已死，滿望自己得升相位，偏武帝不使為相，另命太子少傅莊青翟繼蔡後任。湯以青翟直受不辭，未嘗相讓，遂陰與青翟有嫌，意欲設法構陷，只因一時無可下手，權且耐心待著。會因湯所擬鑄錢，質輕價重，容易偽造，奸商各思牟利，往往犯法私鑄。有司雖奏請改造五銖錢，但私鑄仍然不絕，楚地一帶，私錢尤多。武帝特召故內史汲黯入朝，拜為淮陽太守，使治楚民，黯固辭不獲，乃入見武帝道：「臣已衰朽，自以為將填溝壑，不能再見陛下，偏蒙陛下垂恩，重賜錄用。臣實多病，不堪出任郡治，情願乞為中郎，出入禁闥，補闕拾遺，或尚得少貢愚忱，效忠萬一。」武帝笑說道：「君果薄視淮陽麼？我不久便當召君。現因淮陽吏民，兩不相安，所以借重君名，前去臥治呢。」黯只好應命，謝別出朝。當有一班故友，前來餞行，黯不過虛與周旋，唯見大行李息，也曾到來，不覺觸著一樁心事，唯因大眾在座，不便與言。待息去後，特

第七十一回
報私仇射斃李敢　發詐謀致死張湯

往息家回拜，屏人與語道：「黯被徙外郡，不得預議朝政，但思御史大夫張湯，內懷奸詐，欺君罔上，外挾賊吏，結黨為非，公位列九卿，若不早為揭發，一旦湯敗，恐公亦不免同罪了！」**卻是個有心人**。息本是個模稜人物，怎敢出頭劾湯？不過表面上樂得承認，說了一聲領教，便算敷衍過去。黯乃告辭而往，自去就任。息仍守故態，始終未敢發言。那張湯卻攬權怙勢，大有順我便生、逆我就死的氣勢。大農令顏異，為了白鹿皮幣一事，獨持異議。**白鹿皮幣見前文**。武帝心下不悅，湯且視如眼中釘，不消多時，便有人上書訐異，說他陰懷兩端，武帝即令張湯查辦。湯早欲將異致死，得了這個機會，怎肯令他再生？當下極力羅織，卻沒有的確罪證，只有時與座客談及新法，不過略略反唇，湯就援作罪案，復奏上去，謂顏異位列九卿，見有詔令不便，未嘗入奏，但好腹誹，應該論死。武帝不分皂白，居然准奏。看官閱過秦朝苛律，誹謗加誅，至文帝時已將此禁除去，那知張湯，不但規復秦例，還要將「腹誹」二字，指作異罪，平白地把他殺死，豈非慘聞！異既冤死，又將腹誹論死法，加入刑律。**比秦尤暴，漢武不得辭咎**。試想當時這班大臣，還有何人再敢忤湯，輕生試法呢？

御史中丞李文，與湯向有嫌隙，遇有文書上達，與湯有關，文往往不為轉圜。湯又欲算計害文，適有湯愛吏魯謁居，不待湯囑，竟使人詣闕上書，誣告文許多奸狀。武帝怎知暗中情弊！當然將原書發出，仍要這老張查問。李文還有何幸，不死也要處死了。**又了掉一個**。那張湯正在得意，不料一日入朝，竟由武帝啟問道：「李文為變，究係何人詳知情實？原書中不載姓名，可曾查出否？」湯已知告發李文，乃是府史魯謁居所為，此時不便實告，只得佯作驚疑，半晌才答道：「這當是李文故人，與文有怨，所以告發隱情。」武帝才不復問，湯安然趨出，還至府中，正想召入

謁居，與他密談，偏經左右報告，說是謁居有病，未能進見。**死在眼前，何苦逞刁。**湯慌忙親去探問，見謁居病不能興，但在榻上呻吟，說是兩足奇痛。湯啟衾看明，果然兩足紅腫，不由的替他撫摩。一介小吏，乃得主司這般優待，真是聞所未聞。無奈謁居消受不起，過了旬月，竟爾嗚呼畢命。謁居無子，只有一弟同居長安，家中亦沒有什麼積儲，一切喪葬，概由湯出數據理，不勞細敘。忽從趙國奏上一書，內稱張湯身為大臣，竟替府史魯謁居親為摩足，若非與為大奸，何至如此狎暱，應請從速嚴究云云。這封書奏，乃是趙王彭祖出名。彭祖王趙有年，素性陰險，令人不測。從前主父偃受金，亦由他聞風彈劾，致偃伏誅。**見前文。**自張湯議設鐵官，無論各郡各國，所有鐵器，均歸朝廷專賣，趙地多鐵，向有一項大稅款，得入彭祖私囊，至是憑空失去，彭祖如何甘心？故每與鐵官爭持。張湯嘗使府史魯謁居，赴趙查究，迫彭祖讓交鐵權，不得再行占據。彭祖因此怨湯，並恨及謁居，暗中遣人入都，密探兩人過惡。可巧謁居生病，湯為摩足，事為偵探所聞，還報彭祖。彭祖遂乘隙入奏，嚴詞糾彈。武帝因事涉張湯，不便令湯與聞，乃將來書發交廷尉。廷尉只好先捕謁居，質問虛實，偏是謁居已死，無從逮問。但將謁居弟帶至廷中。謁居弟不肯實供，暫系繫導官。**為少府所屬，掌舂御米。**一時案情未決，謁居弟無從脫累，連日被囚。會張湯至導官署中，有事查驗，謁居弟見湯到來，連忙大聲呼救。湯也想替他解釋，無如自己為案中首犯，未便相應，只好佯為不識，昂頭自去。謁居弟不知湯意，還道湯抹臉無情，很是生恨，當即使人上書，謂湯曾與謁居同謀，構陷李文。**李文事使彼供出，造化亦巧為播弄。**武帝正因李文一案，懷疑未釋，一見此書，當更命御史中丞減宣查究。減宣也是個有名酷吏，與張湯卻有宿嫌，既經奉命究治，樂得借公濟私，格外鉤索，好教張湯死心伏罪。

第七十一回
報私仇射斃李敢　發詐謀致死張湯

　　復奏尚未呈上，忽又出了一樁盜案，乃是孝文帝園陵中，所有瘞錢，被人盜去。這事關係重大，累得丞相莊青翟，也有失察處分，只好邀同張湯，入朝謝罪。湯與青翟，乃是面上交好，意中很加妒忌。當即想就一計，佯為允諾，及見了武帝，卻是兀立朝班，毫無舉動。青翟瞅湯數眼，湯假作不見，青翟不得已自行謝罪，武帝便令御史查緝盜犯，御史首領就是張湯。退朝以後，湯陰召御史，囑他如何辦法，如何定案。原來莊青翟既為丞相，應四時巡視園陵，瘞錢被盜，青翟卻未知為何人所犯，不過略帶三分責任。湯不肯與他同謝，實欲將盜錢一案，盡推卸至青翟身上，而且還要辦他明知故縱的罪名，使他受譴免官，然後自己好代相位。那知御史隱受湯命，卻有人漏洩出去，為相府內三長史所聞，慌忙報知青翟，替他設計，先發制湯。三長史為誰？第一人就是前會稽太守朱買臣，買臣受命出守，本要他預備戰具，往擊東越，嗣因武帝注重北征，不遑南顧，但由買臣會同橫海將軍韓說，出兵一次，俘斬東越兵數百名，上表獻功。**回應前六十二回。**武帝即召為主爵都尉，列入九卿。越數年，坐事免官，未幾又超為丞相長史。從前買臣發跡，與莊助同為侍中，雅相友善。張湯不過做個小吏，在買臣前趨承奔走。及湯為廷尉，害死莊助，**見前文。**買臣失一好友，未免怨湯。偏湯官運亨通，超遷至御史大夫，甚得主寵，每遇丞相掉任，或當告假時候，輒由湯攝行相事。買臣蹭蹬仕途，反為丞相門下的役使，有時與湯相見，只好低頭參謁。湯故意踞坐，一些兒不加禮貌，因此買臣啣恨越深。還有一個王朝，曾做過右內史，一個邊通，也做過濟南相，俱因失官復起，權任相府長史，為湯所慢。三人串同一氣，伺湯過失，此次聞湯欲害青翟，便齊聲稟白道：「張湯與公定約，面主謝罪，旋即負約，今又欲借園陵事傾公，公若不早圖，相位即被湯奪去了。為公計畫，請即發湯陰事，先坐湯罪，方足免憂。」青翟志在保位，聽了

三長史的言語，當然允許，且令三人代為辦理。三人遂潛命吏役，往拿商人田信等，到案審訊。田信等皆為湯爪牙，與湯營奸牟利，一經廷審，嚴刑逼供，田信等只得招認。當有人傳入宮中，武帝已有所聞，便召湯入問道：「朝廷每有舉措，如何商人早得聞知，莫非有人洩漏不成？」湯並不謝過，又佯為詫異道：「大約有人洩漏，亦未可知。」**一味使詐，總要被人看穿。**

武帝聞言，面有慍色，湯亦趨退。御史中丞減宣，已將謁居事調查確鑿，當即乘間奏聞。**雙方夾攻，不怕張湯不死。**武帝越覺動怒，連遣使臣責湯，湯尚極口抵賴，無一承認。武帝更令廷尉趙禹，向湯詰問，湯仍然不服。禹微笑道：「君也太不知分量呢！試想君決獄以來，殺人幾何？滅族幾何？今君被人訐發，事皆有據，天子不忍加誅，欲令君自為計，君何必曉曉置辯？不如就此自決，還可保全家族呢！」湯至此也自知不免，乃向禹索取一紙，援筆寫著道：

臣湯無尺寸之功，起刀筆吏，幸蒙陛下過寵，忝位三公，無自塞責，然謀陷湯者，乃三長史也。臣湯臨死上聞！

寫畢，即將紙遞交趙禹，自己取劍在手，拚命一揮，喉管立斷，當然斃命。禹見湯已死，乃執湯書還報。湯尚有老母及兄弟子姪等，環集悲號，且欲將湯厚葬。湯實無餘財，家產不過五百金，俱係所得祿賜，餘無他物。**史傳原有是說，但複閱前文，恐是說亦未必盡信。**湯母因囑咐家人道：「湯身為大臣，坐被惡言，終致自殺，還用什麼厚葬呢？」家人乃草草棺殮，止用牛車一乘，載棺出葬，棺外無槨，就土埋訖。先是湯客田甲，頗有清操，屢誠湯不宜過酷，湯不肯聽信，遂有這般結局。**家族保全，還算幸事。**唯武帝得趙禹復報，覽湯遺書，心下又不免生悔。嗣聞湯無餘

第七十一回
報私仇射斃李敢　發詐謀致死張湯

資，湯母禁令厚葬，益加嘆息道：「非此母不生此子！」說著，便命收捕三長史，一體抵罪。朱買臣、王朝、邊通，駢死市曹。**買臣妻如死後有知，可無庸追悔了。**就是丞相莊青翟，亦連坐下獄，仰藥自盡。武帝另用太子太傅趙周為丞相，石慶為御史大夫，命釋田信出獄，使湯子安世為郎。唯同時酷吏義縱，已經坐罪棄市，還有王溫舒，後來受贓，亦致身死族滅。溫舒兩弟及兩妻家，且各坐他罪，一併族誅。光祿勳徐自為嘆道：「古時罪至三族，已算極刑，王溫舒五族同夷，豈非特別慘報麼？」**義縱、王溫舒，並見前文。**至若御史中丞減宣，亦不得善終，獨趙禹較為和平，總算保全首領，壽考終身。小子有詩詠道：

天道由來是好生，殺人畢竟少公平，
試看酷吏多遭戮，才識穹蒼有定衡。

是時武帝已五次改元，因在汾水上得了一鼎，號為元鼎。元鼎二年，得通西域。欲知西域如何得通，待至下回說明。

李廣未嘗非忠臣，李敢亦未嘗非孝子，乃皆以過激致死，甚矣哉血氣之不可妄使也！衛青以廣之失道，責令對簿，迫諸死地，已覺御下之不情。及為李敢所擊傷，卻退然自阻不願報復，青亦漸知悔過歟？霍去病乃從旁挾忿擅射李敢，殺人者死，漢有明刑，即有議親議貴之條，亦不過貸及一死，烏得曲為掩護，任其妄殺乎？夫唯如武帝之偏憎偏愛，而後權貴得以橫行，甚至酷吏張湯，屢陷人於死罪，冤獄累累而不少恤。刀筆吏不可作公卿，汲長孺之言信矣！然勢傾朝野而不能延命，智移人主而不足欺天，徒詡詡然逞一時之權詐，果奚益乎？觀於霍去病之不壽，與張湯之自殺，而後世之得志稱雄者，可廢然返矣。

第七十二回
通西域覆滅南夷　進神馬兼迎寶鼎

　　卻說匈奴西偏，有一烏孫國，向為匈奴役屬。當時烏孫國王，叫做昆莫。昆莫父難兜靡，為月氏所殺，昆莫尚幼，由遺臣布就翎侯竊負而逃，途次往尋食物，把昆莫藏匿草間，狼為之乳，烏為之哺，布就知非凡人，乃抱奔匈奴。到了昆莫長成，匈奴已攻破月氏，斬月氏王，月氏餘眾西走，據塞種地，作為行巢。昆莫乘間復仇，借得匈奴部眾，再將月氏餘眾擊走。月氏徙往大夏，改建大月氏國。**已見前文**。所有塞種故土，卻被昆莫占住，仍立號為烏孫國，牧馬招兵，漸漸強盛，不願再事匈奴。匈奴方與漢連年交戰，無暇西顧，及為衛、霍兩軍所敗，匈奴更勢不如前，非但烏孫生貳，就是西域一帶，前時奉匈奴為共主，至此亦皆懈體，各有異心。

　　武帝探聞此事，乃復欲通道西域，更起張騫為中郎將，令他西行。張騫入朝獻議道：「陛下欲遣臣西往，最好是先結烏孫；誠使厚賂烏孫王，招居前渾邪王故地，令斷匈奴右臂，且與結和親，羈縻勿絕，將見烏孫以西，如大夏等國，亦必聞風歸命，盡為外臣了。」武帝專好虛名，但教夷人稱臣，無論子女玉帛，俱所不惜。因此令騫率眾三百人，馬六百匹，牛羊萬頭，金帛值數千鉅萬，齎往烏孫。烏孫王昆莫，出來接見，騫傳達上

第七十二回
通西域覆滅南夷　進神馬兼迎寶鼎

意，賜給各物。昆莫卻仍然坐著，並不拜命。騫不禁懷慚，便向昆莫說道：「天子賜王厚儀，王若不拜受，盡請還賜便了。」昆莫才起身離座，拜了兩拜。騫復進詞道：「王肯歸附漢朝，漢當遣嫁公主為王夫人，結為兄弟，同拒匈奴，豈不甚善！」昆莫聽了，躊躇未決，乃留騫暫居帳中，自召部眾，商議可否。部眾素未知漢朝強弱，且恐與漢聯和，益令匈奴生忿，多招寇患，所以聚議數日，仍無定論。

就中尚有一段隱情，更令昆莫左支右絀，不能有為。昆莫有十餘子，太子早死，臨終時曾泣請昆莫，願立己子岑陬為嗣，昆莫當然垂憐，面允所請。偏有中子官拜大祿，強健善將，夙任邊防，聞得太子病殁，自思繼立，不意昆莫另立嗣孫，致失所望，於是招集親屬，謀攻岑陬。昆莫得知此信，亟分萬餘騎與岑陬，使他出禦中子，自集萬餘騎為衛，防備不虞。國中分作三部，如何制治？且因昆莫年老，越覺頹靡不振，姑息偷安。**夷狄無親，可見一斑，漢乃以和親為長策，實屬非計。**

騫留待數日，並未得昆莫確報，乃別遣副使，分往大宛、康居、月氏、大夏等國，傳諭漢朝威德。各副使去了多日，尚未覆命，那烏孫卻遣騫歸國，特派使人相送，並遺良馬數十匹，作為酬儀。騫偕番使一同入朝，番使進謁武帝，卻還致敬盡禮，並且所獻良馬，格外雄壯。武帝見了，不覺喜慰，遂優待番使，特拜騫為大行。騫受任年餘，竟致病逝。又閱一年，才由騫所遣副使陸續還都，西域各國，也各派使人隨來，於是西域始與漢交通，漢復再三遣使，西出宣撫。各國只知博望侯張騫，不知他人。各使亦諱言騫死，但說是由騫所遣，後人因盛傳張騫鑿空。**鑿空謂開鑿孔道。**且因騫嘗探視河源，稱為張騫乘槎入天河，其實黃河遠源，並不在當時西域中，以訛傳訛，不足為信。唯西域一帶，地形廣袤，東西六千餘里，南北千餘里，東接玉門、陽關，西限蔥嶺。蔥嶺以外，尚有數國。

今據史傳紀載，西域共三十六國，後且分作五十餘國，與漢朝往來通使，計有南北二道，南北二道的終點，就是蔥嶺。小子錄述國名如下：

婼羌國，樓蘭國，**後名鄯善**。且末國，小宛國，精絕國，戎盧國，扜彌國，渠勒國，于闐國，皮山國，烏秅國，西夜國，蒲犁國，依耐國，無雷國，難兜國，**以上為南道諸國**。烏孫國，康居國，大宛國，桃槐國，休循國，捐毒國。**與身毒不同，身毒不入西域傳**。莎車國，疏勒國，尉頭國，姑墨國，溫宿國，龜茲國，尉犁國，危須國，焉耆國，車師國，**亦名姑師**。蒲類國，狐胡國，鬱立師國，單桓國，**以上為北道諸國**。大月氏國，大夏國，罽賓國，烏弋山離國，犁靬國，條支國，安息國，奄蔡國。**以上為蔥嶺外諸國**。

以上數十國，前時多服屬匈奴，至此與漢交通，為匈奴所聞知，屢次發兵邀截，漢乃復就酒泉、武威兩郡外，增置張掖、敦煌二郡，派吏設戍，嚴備匈奴。不意西北未平，東南忽又生亂，累得漢廷上下，又要調兵徵餉，出定東南。

先是南越王趙胡，曾遣太子嬰齊，入都宿衛，一住數年。**見前文**。嬰齊本有妻孥，唯未曾挈領入都，不得不另娶一婦。適有邯鄲人樛氏女子，留寓都中，高張豔幟，常與灞陵人安國少季，私相往來。嬰齊卻一見傾情，不管她品性貞淫，便即浼人說合。好容易得娶樛女，真是心滿意足，快慰非常。未幾生下一男，取名為興。**禍胎在此**。後來趙胡病重，遣使至京，請歸嬰齊，武帝准他歸省，嬰齊遂挈妻子南旋。不久胡死，嬰齊當即嗣位，上書報聞，且請令樛女為王后，興為太子。武帝也即依議，但常遣使徵他入朝。嬰齊恐再被羈留，不肯應命，只遣少子次公入侍，自與樛女鎮日淫樂，竟致尪瘠不起，中年畢命。太子興繼立為主，奉母樛氏為王太后。偏武帝得了此信，又要召他母子一同入朝。當下御殿擇使，即有諫大

第七十二回
通西域覆滅南夷　進神馬兼迎寶鼎

　　夫終軍，自請效勞，且面奏道：「臣願受長纓，羈南越王於闕下！」談何容易！武帝見他年少氣豪，卻也嘉許，便令與勇士魏臣等，出使南越。又查得安國少季，曾與樛太后相識，也令同往。

　　終軍表字子雲，濟南人氏，年未弱冠，即選為博士弟子，步行入關。關吏給與一繻，終軍問有何用？關吏指示道：「這是出入關門的證券，將來汝要出關，仍可用此繻為證。」**繻係裂帛為之，用代符節**。終軍慨然道：「大丈夫西遊，何至無事出關！」一面說，一面棄繻自去。果然不到兩年，官拜謁者，出使郡國，建旄出關。關吏驚詫道：「這就是棄繻生，不料他竟踐前言！」終軍也不與多說，待至事畢還都，奏對稱旨，得超遷至諫大夫。至是復出使南越，見了南越王興，憑著那豪情辯口，勸興內附，興也自然畏服。偏是南越相呂嘉，歷相三朝，權高望重，獨與漢使反對，阻興附漢。興不免懷疑，入白太后，請命定奪。太后樛氏，也即出殿，召見漢使。兩眼瞟去，早已瞧見那少年姘夫，當下引近座前，詳問一番。安國少季即將朝廷意旨，約略相告，樛太后毫不辯駁，立即樂從，囑興奉表漢廷，願比內地諸侯，三歲一朝。終軍得表，遣從吏飛報長安。武帝復詔獎勉，且賜南越相呂嘉銀印，及內史中尉太傅等印，餘聽自置，所有終軍等人，都留使鎮撫。

　　呂嘉始終不服，且聞安國少季出入宮禁，更覺懷疑，遂託疾不出，陰蓄異圖。安國少季方與樛太后重續舊歡，非常狎暱，但恐呂嘉從中為變，不如勸樛太后帶子入朝，自己好相偕北上，一路綢繆。樛太后雖飭治行裝，唯意中卻欲先除呂嘉，然後啟行，乃置酒宮中，款待漢使。一面召入丞相以下諸官吏，共同入宴。呂嘉不得不往，唯嘉弟正為將軍，在宮外領兵環衛。樛太后見嘉已列席，行過了酒，便向嘉顧語道：「南越內屬，利國利民，相君獨以為不便，究屬何意？」呂嘉聽著，料知太后激動漢使，

與他反對，因此未敢發言。漢使也恐嘉弟在外，不便發作，只好面面相覷，袖手旁觀。樛太后不免著急，忽見呂嘉起身欲走，也即離座取矛，向前刺嘉。還是南越王興，防有他變，慌忙起阻太后，將嘉放脫。**淫婦必悍，實自取死**。嘉回到府中，便思發難，轉念王興，並無歹意，倒也不忍起事。蹉跎蹉跎，又過數月，驚聞漢廷特派前濟北相韓千秋，與樛太后弟樛樂，率兵二千人，馳入邊疆，乃亟召弟計議道：「漢兵遠來，必是淫后串同漢使，召兵入境，來滅我家，我兄弟豈可束手就斃麼？」嘉弟係是武夫，一聞此言，當然大憤，便勸嘉速行大事。嘉至是也不遑多顧，便與弟引兵入宮。宮中未曾防備，立被突入，樛太后與安國少季，並坐私談，急切無從逃避，由嘉兄弟持刀進來，一刀一個，劈死了事。**死得親暱**。兩人再去搜尋王興，興如何得免？也遭殺害。嘉索性往攻使館，戕殺漢使，可憐終軍魏臣等，雙手不敵四拳，同時殉難。終軍不過二十多歲，慘遭此禍，時人因稱為終童。

　　嘉即下令國中道：「王年尚少，太后係中國人，與漢使淫亂，不顧趙氏社稷，故特起兵除奸，另立嗣主，保我宗祧。」國人素屬望呂嘉，統皆聽命，無一異議，嘉乃迎立嬰齊長子術陽侯建德為王，**係嬰齊前妻所生之子**。自己仍為相國，且遣人通知蒼梧王趙光。蒼梧為南越大郡，光與嘉素有感誼，當然覆書贊成。於是嘉一意禦漢，專待韓千秋到來，反令邊境吏卒，開道供食，誘令深入。千秋也是矜才使氣，請願南來，一入越境，即與樛樂並驅進兵，攻破好幾處城池，嗣見南越吏卒，殷勤接待，願為嚮導，還道他震懾兵威，暢行無阻，誰知行近越都，相去不過四十里，突見越兵四面殺到，重重裹住。千秋只有二千人馬，前無去路，後無救兵，眼見得同歸於盡，無一生還。

　　嘉殺盡漢兵，遂函封漢使符節，使人齎送漢邊，設詞謝罪。邊吏立即

第七十二回
通西域覆滅南夷　進神馬兼迎寶鼎

奏聞。武帝大怒，頒詔發罪人從軍，且調集舟師十萬，會討南越。命衛尉路博德為伏波將軍，出桂陽，下湟水；主爵都尉楊僕，為樓船將軍，出豫章，下橫浦；故歸義越侯兩人，同出零陵，一名嚴，為戈船將軍，一名甲，為下瀨將軍；又使越人馳義侯遺，帶領巴蜀罪人，發夜郎兵，下牂牁江，同至番禺會齊。番禺就是南越郡城，北有尋陿石門諸險，都被楊僕搗破，直進番禺。路博德部下多罪人，沿途逃散，只有千餘人至石門，與僕相會。兩軍同路並進，到了番禺城下，僕攻東南，博德攻西北，僕想奪首功，麾著部眾，奮力猛撲，越相呂嘉，督兵死守，堅拒絕退。博德卻從容不迫，但在西北角上，虛設旗鼓，遙張聲勢。一面遣人射書入城，勸令出降。城中已是垂危，又聞博德立營西北，將要夾攻，急得守將倉皇失措，往往縋城夜出，奔降博德。博德好言撫慰，各賜印綬，令他還城相招。適楊僕攻城不下，焦躁異常，督令部兵縱火燒城，東南一帶，煙焰沖霄，西北兵民，都已魂飛天外，聞得出降免死，並有封賞的消息，自然踴躍出城，爭向博德處投降。呂嘉及南越王建德，如何支持？也即乘夜逃出，竄投海島。及楊僕破城直入，那路博德早進西北門，安坐府中。**鬥力不如鬥智。**僕費了許多氣力，反讓博德先入，很不甘心，便欲往捕南越君相，再圖建功。博德卻與僕笑語道：「君連日攻城，勞疲已甚，儘可少休！南越君相，便可擒到，請君勿憂。」僕尚似信非信。過了一兩日，果由越司馬蘇弘，捕到建德，越郎都稽，捕到呂嘉。經博德訊驗屬實，立命處斬。當即飛章奏捷，保舉蘇弘為海常侯，都稽為臨蔡侯，且奏章中亦備述楊僕功勞。僕始知博德善撫降人，用夷制夷，智略高出一籌，也覺得自愧弗如了。**不由楊僕不服。**戈船、下瀨兩將軍，及馳義侯所發夜郎兵，尚未趕到，南越已平。就是蒼梧王趙光，不待往討，已經聞風膽落，慌忙投誠，後來得封為隨桃侯。

自從南越事起，朝廷亟須籌餉，不得不催收租賦。倪寬正為左內史，待民寬厚，不加苛迫，遂致負租甚多，勢且獲譴。百姓聞寬將免職，競納租稅，大家牛車，小家擔負，全數繳齊，反得課最。寬仍然留任，且因此更結主知。還有輸財助邊的卜式，已由縣令超任齊相，自請父子從軍，往死南越。**何其熱心乃爾。**武帝雖未曾准遣，卻也下詔褒美，封式關內侯，賜金四十斤，田十頃，布告天下，風示百官。那知除卜式外，竟無一人繼起請效，遂致武帝唧恨在心。巧值秋祭在邇，又行嘗酎禮，**秋祭曰嘗，美酒曰酎。**列侯例應貢金助祭，武帝藉此洩恨，特囑少府收驗貢金，遇有成色不足，即以不敬論罪，奪去侯爵，百有六人。丞相趙周，不先糾舉，連坐下獄，憤急自盡。**連斃四相，毋乃太酷！**另升御史大夫石慶為丞相，召齊相卜式為御史大夫。

　　已而車駕東巡，將往緱氏。行至左邑桐鄉，正值南越捷報到來，甚是喜慰，便命桐鄉為聞喜縣。再行至汲縣中新鄉，又聞得呂嘉捕誅，因在新中鄉添置獲嘉縣。且傳諭南軍，析南越地作為南海、蒼梧、郁林、合浦、交趾、九真、日南、珠厓、儋耳九郡，詔路博德等班師回朝。博德已受封符離侯，至此更增食採，楊僕得加封將梁侯，外此封賞有差。唯越馳義侯遺，徵兵赴越時，南夷且蘭君抗命，殺斃使人，居然叛漢。遺奉詔回軍，擊死且蘭君，乘勝攻破邛筰，連斃二酋，冉駹等國，並皆震懾，奉表歸命。當由遺奏報朝廷，旋接武帝復詔。改且蘭為牂牁郡，邛為越巂郡，筰為沈黎郡，冉駹為汶山郡，廣漢西白馬兩處為武都郡。嗣是夜郎及滇，先後降附，蒙給王印，西南夷悉平。

　　說也奇怪，東越王餘善，也甘就滅亡，造起反來。餘善嘗擬從征南越，上書自效，當即發卒八千人，願聽樓船將軍節制。樓船將軍楊僕，到了番禺，並未見餘善兵到，致書詰問，只說是兵至揭陽，為海中風波所

第七十二回
通西域覆滅南夷　進神馬兼迎寶鼎

　　阻。及番禺已破，詢諸降人，才知餘善且通使南越，陰持兩端。僕乃請命朝廷，即欲移兵東討。武帝因士卒過勞，決計罷兵，但令僕部下校尉，留屯豫章，防備餘善。餘善恐不免討伐，索性先行稱兵，拒絕漢道，號將軍騶力為吞漢將軍，自稱武帝。**漢帝死後稱武，餘善生前稱武，也是奇聞。**武帝乃再遣楊僕出兵，與橫海將軍韓說等分道入東越境。餘善尚負嵎稱雄，據險不下。相持數月，由故越建成侯敖，及繇王居股，合謀殺死餘善，率眾迎降，東越復平。武帝以閩地險阻，屢次反覆，不如徙民內處，免得生心。乃詔令楊僕以下諸將，把東越民徙居江淮。楊僕等依詔辦理，閩嶠乃虛無人跡了。**兩越俱亡。**

　　同時又有先零羌人，**零音憐**。為唐虞時三苗後裔，散處湟中，陰通匈奴，合眾十餘萬，寇掠令居安故等縣，進圍枹罕。武帝起李息為將軍，使偕郎中令徐自為，率兵十萬，擊散諸羌，特置護羌校尉，就地鎮治，總算蕩平。

　　武帝見諸事順手，自然欣慰，因記起渥窪水旁，曾有異馬產出，即頒詔出去，囑令送馬入都。這異馬並非異產，不過由暴利長捏說出來，從中取巧。小子於前文中已經敘明。**見六十九回。**此時暴利長奉命獻馬，到了都中，由武帝親自驗看，果覺肥壯得很，與烏孫國所獻良馬，大略相同。武帝遂稱為神馬，或與烏孫馬共稱天馬。**《通鑑輯覽》**載此事於元狩三年，**《漢書》**則在元鼎四年，**本書兩存其說，故前後分敘。**武帝方營造柏梁臺，高數十丈，用香柏為梁，因以為名。這臺係供奉長陵神君，神君為誰，查考起來，實是不值一辯。長陵有一婦人，產男不育，悲鬱而亡。後來妯娌宛若，供奉婦像，說是婦魂附身，能預知民間吉凶。一班愚夫愚婦，共去拜祝，有求輒應，就是武帝外祖母臧兒，也曾往禱，果得子女貴顯，遂共稱長陵婦為神君。武帝得自母傳，遣使迎入神君像，供諸礀氏觀

中。嗣因礍氏觀規模狹隘，特築柏梁臺移供神像，且創作柏梁臺詩體，與群臣互相唱和，譜入樂歌。復令司馬相如等編製歌詩，按葉宮商，合成聲律，號為樂府。及得了神馬後，也仿樂府體裁，親制一〈天馬〉歌。歌云：

泰一況，**泰一即天神，見後文。**天馬下。沾赤汗，沫流赭。志俶儻，精權奇。簫**音躑**。浮雲，晻上馳。驅容與，迣**音逝**萬里。今安匹？龍為友。

天馬歌成，馬入御廄，暴利長非但免罪，且得厚賞。忽又由河東太守，奏稱汾陰后土祠旁，有巫錦掘得大鼎，不敢藏匿，因特報聞。這汾陰地方的后土祠，本是元鼎四年新設，不到數月，便有大鼎出現，明明由巫錦暗中作偽，鬨動朝廷。**也是暴利長一般伎倆。**偏武帝積迷生信，疑是后土神顯示靈奇，將鼎報錫，當即派使迎鼎入甘泉宮，薦諸宗廟。武帝親率群臣，往視此鼎，鼎狀甚大，上面只刻花紋，並無款識。大眾不辨新舊，但模模糊糊的說是周物，統向武帝稱賀。獨光祿大夫吾邱壽王，謂鼎係新式，怎得說是周鼎？語為武帝所聞，召入詰問，吾邱壽王道：「從前周德日昌，上天報應，鼎為周出，故稱周鼎。今漢自高祖繼周，德被六合，陛下又恢廓祖業，天瑞並至，寶鼎自出，這乃漢寶，並非周寶，臣所以謂非周鼎呢！」武帝轉怒為喜，連聲稱善，群臣亦喧呼萬歲。吾邱壽王卻得賜黃金十斤，武帝又親作寶鼎歌，紀述休祥。小子有詩嘆道：

虛偽何曾不易知，君臣上下並相欺。
唐虞尚有誇張事，況是秦皇漢武時。

過了月餘，又有齊人公孫卿，上書說鼎。欲知他如何說法，容待下回再詳。

張騫之鑿空西域，後人或力詆其過，或盛稱其功。吾謂鑿空可也。鑿

第七十二回
通西域覆滅南夷　進神馬兼迎寶鼎

空西域，乃徒以厚賂相邀，並未知殖民政策，是第耗中國之財，而未收拓土之效，寧非有損無益乎！唯斷匈奴之右臂，使胡人漸衰漸弱，不復為寇，亦未始非中國之利。然則騫有過，騫亦未嘗無功，謂其功過之相抵可耳。東南兩越，自取滅亡，伏波樓船，僥天之倖，而武帝益因此驕侈矣。神馬也，寶鼎也，無一非作偽之舉，武帝豈真愚蠢？任彼所欺？意者其亦欲藉此欺人歟？上下相欺，而漢道衰矣。

第七十三回
信方士連番被惑　行封禪妄想求仙

　　卻說齊人公孫卿本是一個方士，因聞武帝新得寶鼎，也想乘時干進，胡亂湊成一書，叫做《札》書，懷挾入都，鑽通了一條門路，把書獻入。書中語多荒誕，內有黃帝得寶鼎，是辛巳朔旦冬至，今歲漢得寶鼎，適當己酉朔旦冬至，古今相符，足稱盛瑞云云。武帝覽書，很覺合意，遂召公孫卿入見，問此書為何人所作。卿隨意捏造，說是受諸申公，且言申公已死，只有此書遺下。武帝信以為真，且問申公有無他語。卿又答道：「申公嘗謂大漢肇興，正與黃帝時代，運數相合。大約高皇帝後，或孫或曾孫，聖聖相承，必有寶鼎出現，寶鼎一出，上與神通，應該封禪，重行黃帝故事。今寶鼎適符聖瑞，可見申公所言，真實不虛了。」武帝復問黃帝如何封禪？公孫卿亂說了一大篇，無非把岳宗泰岱，禪主雲亭的套話，信口鋪張。又把當時甘泉宮，指為黃帝時代的明庭，謂黃帝曾在明庭接見百神，後來採銅首山，鑄鼎荊山，鼎成後龍垂鬍鬚，下迎黃帝，黃帝乘龍登天，帶去後宮及大臣七十餘人；還有許多小臣，要想攀髯上去，髯被扯斷，統皆墜下，連黃帝所帶的弓衣，亦被震落，小臣無從再攀，只得抱弓悲號，因以鼎湖名地，烏號名弓。**全是牽強附會。**這番言詞，武帝已聽過許多方士，說及大略，不過公孫卿所談，更覺得娓娓動聽，遂不禁長嘆道：「朕如能學得黃帝，棄妻子也如敝屣哩！」當下拜卿為郎，使至太室

第七十三回
信方士連番被惑　行封禪妄想求仙

候神，**太室即嵩嶽之一峰**。既而卿入都面陳，謂緱氏城上有仙人跡，請武帝自往巡幸。上次所述駕幸緱氏，便是為了公孫卿一言，唯武帝也恐為所欺，曾向卿說道：「汝莫非效文成、五利否？」卿答稱人求神仙，神仙不需求人，應該寬假歲月，精誠感應，方得上迓仙人。

看官聽說！這明是藉端延宕，不負責任，比那文成、五利，更為狡猾。所以文成、五利，終致授首，公孫卿卻得坐靡廩祿，逍遙了好幾年。究竟文成、五利，姓甚名誰？小子前時無暇敘入，只好趁此補述出來。**是倒戟而出之法。**

自武帝迎供長陵神君圖像，便有方士李少君，料知武帝迷信鬼神，入都獻技。少君不娶妻，不育子，又不肯言籍貫年紀，但挾術周遊，語多奇驗。及抵長安，便有人替他揄揚，傳達宮中。武帝便召見少君，親加面試，取出一古銅器，令他說明何代所制。少君不待摩挲，立即答道：「這是春秋時齊國所制，齊桓公十年，曾陳設柏寢中。」武帝不免稱奇。原來銅器下面，曾有文字標識，如少君言，巧被少君猜著，自然目為異人。且少君容貌清癯，似非凡相，益令武帝起敬，賜他旁坐。少君因進言道：「祠灶便能致物，致物以後，丹砂可化為黃金，並可益壽，蓬萊仙人，亦可得見。從前黃帝封禪遇仙，竟得不死，乘龍昇天。就是臣活了數百年，亦虧得遨遊海上，遇見仙人安期生，給臣食棗，形大如瓜，然後延年。」**如哄小孩子一般**。武帝聽了，乃親祀灶神，且遣方士入海，訪尋蓬萊仙人。一面令少君煉砂成金，好多時未見煉成，那少君卻已死去。**仙棗想已瀉出了**。

武帝還疑他屍解成仙，很加嘆息。可巧來了一個齊人少翁，也與少君一般論調，正好繼續少君，說鬼談仙。適值武帝寵姬王夫人，得病身亡，王夫人有子名閎，由王夫人病重時，以子相托。時武帝長子據，已冊為太

子，**即衛皇后所生。**閎當然不能立儲，只好許為齊王，王夫人卻也道謝。至王夫人死後，武帝追憶不忘，少翁即自言能致鬼魂相見如少時。武帝甚喜，便命少翁作起法來。少翁命騰出淨室，四周張帷，並索取王夫人生前衣服，預備招魂。到了夜間，在帷外爇起燈燭，使武帝獨坐待著，自己走入帷中，東噴水，西唸咒，鬧了兩三個時辰，果有一個美貌女子，被他引至。武帝正向帷中痴望，見了這般美婦人，不覺出神，凝睇審視，身材等確與王夫人無二。急欲入帷與語，卻被少翁出帷阻住，轉眼一看，美人兒已沒有了。**逐句寫來，情偽畢露。**武帝特作詞寄感，列入樂府，詞云：「是耶非耶？立而望之，翩何姍姍其來遲！」語意原是約略模糊，並非確見，但尚拜他為文成將軍，待以客禮，令他求仙。**要他求仙，亦不應封為將軍。**

少翁乃請在甘泉宮中，增築臺觀，繪塑許多奇形怪狀的偶像，或稱天神，或稱地祇，或稱為泰一神。泰一兩字，源出古書，大約作上天的解釋。當時燕齊方士，競稱天神，最貴要算泰一，五帝尚是泰一的佐使，故泰一當首先供奉。少翁也主此說，武帝方深信少翁，但教少翁如何主張，無不照辦。無如神仙杳遠，始終不肯光臨，武帝也有些疑心起來。一日至甘泉宮，訪問少翁，忽有一人牽過一牛，少翁便指示武帝道：「這牛腹中當有奇書。」武帝乃命左右將牛牽住，立刻宰殺，剖腹審視，果有帛書一幅，上載文字，語多隱怪。經武帝看了又看，不由的猛然省悟，便將牽牛的人，拿下審問。一番嚇迫，竟得實供，乃是少翁預知武帝到來，囑將帛書雜入草中，使牛食下，意欲自顯神通。那知書上文字，被武帝瞧破機關，知是少翁親筆，再加供詞確鑿，眼見得少翁欺主，頭顱落地。**何苦作偽？**

過了一年，武帝抱病鼎湖宮，多日不癒，遍求天下巫醫，適有方士游

第七十三回
信方士連番被惑　行封禪妄想求仙

水髮發根，說是上郡有巫，能通神語，善知吉凶。武帝即派人迎入，向他問病，巫便作神語道：「天子何必過憂？不日自癒，可至甘泉宮相會。」當下使巫往住甘泉宮。說也奇怪，武帝果然漸瘥，乃親至甘泉宮謝神，且就北宮中更置壽宮，特設神座，尊號神君。神不能言，但憑上郡巫傳達，積錄成書，名為《畫法》。那上郡巫也是少翁流亞，藉著神語，常說少翁枉死。武帝又不覺追悔起來。

樂成侯丁義，迎合意旨，薦上一個方士欒大，謂與少翁同師。武帝即使人往召欒大，大曾為膠東王劉寄家人，**寄為景帝子，見前文**。寄后係丁義姊，故義特薦引。及大應召入都，武帝見他身長貌秀，彬彬有禮，已是另眼相看。當下詢及平時學術，大誇口道：「臣嘗往來海中，遇見安期、羨門等仙人，得拜為師，傳授方術，大約黃金可成，河決可塞，不死藥可得，仙人可致。唯因文成枉死，方士並皆掩口，臣雖蒙召，亦怎能輕談方術哩！」武帝忙詭說道：「文成食馬肝致死，毋得誤聽！汝誠有此方術，儘可直陳，我卻毫無吝惜呢！」大答說臣師統是仙人，與人無求，陛下必欲求仙，須先貴寵使臣，引為親屬，視若賓客，方可令他通告神人。武帝聽了，尚恐大空言無術，不禁沉吟。大窺破上意，遂顧令御前侍臣，取得小旗數百桿，分插殿前，喝一聲疾，即有微風徐徐過來，再加了幾句咒語，風勢益大，把幾百桿小旗捲入空中，自相觸擊。頓時滿朝臣吏，無不稱奇，就是武帝亦見所未見，禁不住失聲喝采。俄而風定旗落，紛紛下地。**不過一些覘風微術，實不足奇**。武帝更加讚美，面授大為五利將軍。**又是一位特別將軍**。大不過道了一個「謝」字，揚長而出。武帝見大無甚喜色，料知他心尚未足，但國庫方匱，急需金銀，又因黃河決口未塞，河南屢有水患，聞得欒大具有是術，還惜什麼官爵印綬？一官未足，何妨再給數官，於是天士將軍、地士將軍、大通將軍的官銜，聯翩加封。才閱月

餘,大已佩了四將軍印綬了。那知大連日入朝,仍沒有什麼歡容。武帝索性依他要求,加封為樂通侯,食邑二千戶,賜甲第,給童僕,所有車馬帷帳等類,俱代為備齊,送交過去。待至布置妥當,再將衛皇后所生長公主,嫁與為妻。一介賤夫,平白地得此奇遇,出輿蓋,入僕御,一呼百諾,頤指氣使,又有嬌滴滴的金枝玉葉,任他擁抱取樂,快活何如!**武帝未曾得仙,他卻做了活神仙了。**武帝時常召宴,或且至大第酒敘,賞賜黃金至十萬斤,此外各物,不可勝計。**大若自能鍊金,何必需此巨賞?**自寶太主各將相以下,又皆依勢逢迎,隨時饋獻。**也想登仙麼?**武帝再命刻玉印,鐫成「天道將軍」四字,特派大臣夜著羽衣,立白茅上,授與欒大。大亦照此裝束,長揖受印,這算是客禮相待,明示不臣。總計大入都數月,封侯尚主,身懸六印,富貴震天下。

　　好容易又過半年,武帝不免要去催促,叫他往迎神仙,大尚支吾對付。後來實不便延宕,只好整頓行裝,辭過武帝,別了嬌妻,親赴海上尋師。武帝究竟聰明,密遣內侍扮做平民,一路隨去。但見大到了泰山,唯闢地為席,拜禱一番,並沒有仙師,出與相語。及禱畢後,無他異舉,但在海岸邊遊玩數日,遂折回長安。**無非記著家中的女仙。**內侍見他這般搗鬼,既好笑,又好恨,一入都門,不待欒大進謁,先向武帝報知。武帝當然動怒,俟大入報,作色詰責。大還要捏造師言,被武帝喚出內侍,當面對質,不由欒大不服,遂將大拘繫獄中,按律坐誣罔罪,腰斬市曹。**只難為了衛長公主。**

　　看官試想,這武帝已經覺悟,連誅文成、五利,應該將方士盡行驅逐,為何又聽信這公孫卿呢?原來武帝不信文成、五利,並非不信神仙,他以為文成、五利兩人,法術未高,所以神仙難致,若果得一有道的術士,當必有效,因此公孫卿進見以後,無非叫他再去一試。所有一切待遇,非但

第七十三回
信方士連番被惑　行封禪妄想求仙

不及五利，並且不及文成。**親女兒不肯無故割捨了！**卿受職較卑，不使人忌，再加手段圓猾，反好從此安身。還有封禪一語，乃是公孫卿獨自提議，最合武帝意旨。當時司馬相如已經病歿，他有遺書上奏，稱頌功德，勸武帝東封泰山，武帝已為所動，再經公孫卿一說，便決議舉行。只有封禪儀制，自秦後未曾照辦，無從援據。就是司馬相如家中，亦曾差人查問，他妻卓文君，謂遺書以外無他語。**此婦尚未死麼？**武帝不得已責成博士，要他酌定禮儀。博士徐偃、周霸等，採取尚書周官王制遺文，拘牽古義，歷久未決。還是左內史倪寬，謂封禪盛事，經史未詳，不若由天子自行裁奪，垂定隆規。武帝乃親自制儀，略與倪寬參酌可否。適卜式上言官賣鹽鐵，貨劣價貴，不便人民，武帝不以為然，並因式不能文章，貶為太子太傅，特遷寬為御史大夫。**總要揣摩求合，方可升官。**

　　封禪禮定，武帝又想這般盛舉，必先振兵釋旅，方可施行。乃於元鼎六年秋季，詔設十二部將軍，調齊人馬十八萬，扈駕巡邊。十月初旬出發，自雲陽北行，徑出長城，登單于台，耀武揚威，遣侍臣郭吉往告匈奴，傳達諭旨，略言東南一帶，已皆蕩平，南越王頭，懸示北闕，單于能戰，可與大漢天子，自來交鋒；否則便當臣服，何必亡匿漠北云云。時伊稚斜單于已死，子烏維單于嗣立，聽了吉言，不禁怒起，把吉拘住不放，自己也不發兵。武帝待了數日，不見回音，乃傳令迴鑾。道過上郡縣橋山，見有黃帝遺塚，頓覺起疑道：「我聞黃帝不死，為何留有遺塚？」公孫卿隨駕在旁，亟答說道：「黃帝登天，群臣想慕不已，因取衣冠為葬。」武帝喟然道：「我若上天，想群臣當亦葬我衣冠哩。」說著即命備禮致祭。祭畢還長安，遣兵回營。轉眼間便是孟春，東風解凍，正好趁時東封。當下啟蹕東巡，行經緱氏，望祭中嶽嵩山，從官齊集山下，聽得山中發聲，恍似三呼萬歲一般。**恐又是公孫卿搗鬼。**便即告知，武帝也只說聽見，令祠

官加增太室祠，以山下三百戶為奉邑，號曰崇高。**崇嵩二字，古文通用。**再東行至泰山，山下草木，尚未生長，武帝令從吏運石上山，直立山頂，上刻銘詞數語道：

事天以禮，立身以義；事父以孝，成民以仁。四海之內，莫不為郡縣；四夷八蠻，咸來貢職。與天無極，人民蕃息，天祿永得。

立石既畢，遂東巡海上，禮祀八神。**天主，地主，兵主，陰主，陽主，月主，日主，四時主。**齊地方士，爭來獻書，統說海中居有神仙。武帝便命多備船隻，使方士一併航海，往尋蓬萊仙人。且使公孫卿持節先行，遇仙即報。卿複稱夜至東萊見有大人，長約數丈，近視即杳，但留巨跡。武帝聽說，自至東萊親視，足跡尚依稀可認，唯狀類獸蹄，未免動疑。偏從臣也來啟奏，謂路中遇一老翁，手中牽犬，說是欲見鉅公，言畢不見。**都是瞎說。**武帝方信為真仙，再命隨行方士，乘車四覓。自在海上守候多日，不見回音，乃回至泰山，行封禪禮。即就山下東方致祭，築土為封，埋藏玉牒，牒中所說，無非求福求壽等語，旁人無從窺悉。又與奉車都尉霍子侯，同登山巔，祕密封土，禁人預聞。子侯名嬗，即去病子，武帝獨加寵遇，故使得從行。越宿，從山北下，來禪肅然山。封禪禮成，還駐明堂。到了次日，群臣奏聞封禪各處，夜有祥光，凌晨復有白雲擁護，引得武帝色動顏開。再由群臣一齊歌頌功德，武帝越加喜歡，遂下詔改稱本年為元封元年，大赦天下。並憶封禪期內，連日晴和，並無風雨，當由天神護佑，或得從此接見神仙，也未可知。乃復至海上探望。但見雲水蒼茫，並沒有神仙形影，悵立多時，心終未死，意欲親自航海，往訪蓬萊。群臣進諫不從，還是東方朔謂仙將自至，不可躁求，才將武帝勸止，不復進行。

適霍子侯感冒風寒，竟致暴死，**想是成仙去了。**武帝悲悼異常，厚加

第七十三回
信方士連番被惑　行封禪妄想求仙

購殮，飭人送柩回京。自己再沿海至碣石，終不得一見仙人，乃折向西行，過九原，入甘泉，總計費時五閱月，周行一萬八千里，用去金錢鉅萬，賜帛百餘萬匹，全虧治粟都尉桑弘羊，職兼大農，置平準官，操奇計贏，才得逐年蒐括，供給武帝遊資。武帝因他理財有功，賜爵左庶長，金二百斤。弘羊嘗自詡為計臣能手，謂民不加賦，國用自饒。獨卜式斥他不務大體，專營小利。會因天氣亢旱，有詔求雨，式私語親屬，謂不如烹死弘羊，自可得雨，何必祈禱？那知武帝方依任弘羊，怎肯把他加誅。

是秋有孛星出現天空，術士王朔，反指為德星，群臣依聲附和，說是封禪瑞應。武帝大喜，乃至雍地，親祀五畤，復回甘泉祀泰一神。自從方士稱泰一最貴，特在甘泉設祠，號為泰畤。且定例三歲一郊，各畤中隨時致祭，不在此例。元封二年，公孫卿又覆上言，東萊有神人，欲見天子。武帝乃再出東巡，至緱氏縣，拜卿為中大夫，使為前導，直赴東萊。偏是海山飄渺，雲霧迷濛，有什麼天神天仙？卿無從解說，又把那野獸腳跡，混充過去。武帝也不便窮詰，但託言天時屢旱，特為人民祈雨，來禱萬里沙神祠。萬里沙在東萊海濱，藉此為名，掩飾天下耳目。還過泰山，又復望祀，再順路至瓠子口。瓠子河決，已二十多年，武帝嘗使汲黯、鄭當時前往堵塞，屢堙屢決。更命汲黯弟仁，與郭昌等往修河防，積久無成。此次武帝親臨決口，先沉白馬玉璧，致祭河神，隨令從官一齊負薪，填塞決河。河旁本有數萬人夫，隨吏供役，至是見文武百官，尚且這般辛苦，怎得不格外效勞？薪柴不足，濟以竹石，好在天晴已久，河水低淺，竟得憑藉眾力，堵住決河。又上築一宮，名曰宣防。此舉總算為民除患，但梁楚一帶，受害已二十多年了。**抑揚得當。**

武帝還至長安，公孫卿恐車駕徒勞，仙無從致，將來必加嚴譴，因復想出一法，託大將軍衛青進言，謂仙人素好樓居，不如增築高樓，徐待仙

至。武帝乃令長安作蜚廉觀,甘泉作通天臺,臺觀統高三四十丈。費了許多經營,仍使公孫卿持節供張,恭候神仙,另在甘泉宮添築前殿。殿成以後,忽在殿房中生出一草,九莖連葉,大眾都稱為靈芝,立即上奏。武帝親往看驗,果然不差,乃作〈芝房歌〉,頒詔大赦。既而在汶上作明堂,復出巡江漢,由南而東,增封泰山,即就明堂禮祀上帝。小子不勝殫述,但作詩申意道:

談仙說鬼盡無稽,英主如何也著迷?
累萬黃金空擲去,水長山杳日沉西。

土木頻興,迷信不已,遼東突來警報,又起兵戈。欲知如何起釁,待至下回再敘。

觀漢武之迷信神仙,幾與秦皇同出一轍。秦始皇信方士,武帝亦信方士;秦始皇行封禪,武帝亦行封禪;秦始皇好神仙,武帝亦好神仙;秦始皇興土木,武帝亦興土木:凡始皇之所為,武帝皆踵而效之,尤有甚焉。始皇之信徐市、盧生也,不過使之奔走海上耳。武帝乃任以高爵,待若上賓,並舉愛女而亦嫁之,且少翁戮而欒大復進,欒大誅而公孫卿又進,若明若昧,何其游移若此?要之皆貪心不足,妄冀長生,乃有此種種之謬舉耳。夫養心莫善於寡慾,美意乃足以延年,以好貨、好色、好戰之人主,反思與天同休,寧有是理?秦皇誤於前,漢武誤於後,多見其不自量也。若非輪臺之悔,則漢武之異於始皇者,果幾何耶?

第七十三回
信方士連番被惑　行封禪妄想求仙

第七十四回
東征西討絕域窮兵　先敗後成貳師得馬

　　卻說遼東塞外，有古朝鮮國，在黃海東北隅。周時封殷族箕子，為朝鮮主，傳國四十一世，由燕人衛滿侵入，逐去朝鮮王箕準，自立為王，建都王險城，攻略附近小邑，勢力漸強，再傳至孫右渠，誘致漢奸，阻遏漢使。武帝特遣廷臣涉何往責右渠，右渠不肯奉命，但遣裨酋送歸涉何。何還渡小浿水，入中國境，襲殺朝鮮裨酋，反奏稱朝鮮不服，斬將報功，武帝不察底細，遽令何為遼東東部都尉。何喜如所望，受詔蒞任，不意朝鮮出兵報復，攻入遼東，將何擊斃。警報到了長安，武帝大怒，盡發天下死囚，充當兵役，特派樓船將軍楊僕，及左將軍荀彘，分領士卒，往討朝鮮。

　　朝鮮王右渠，聞漢兵大舉東來，連忙調發人馬，堵住險要。楊僕從齊地出發，渡過渤海，入朝鮮境，前驅兵七千人，浮水輕進，徑至王險城下。右渠只防遼東陸路，未防水道，驚聞漢兵攻城，卻也心驚。幸虧城中也有預備，方得乘城守禦。嗣探得漢兵不多，督兵出戰，兩下奮鬥多時，畢竟眾寡不敵，漢兵敗潰。楊僕走匿山中，十餘日才敢出頭，收集潰卒，退待荀彘。彘行至浿水，渡過西岸，正與朝鮮戍兵相值，連戰數次，未得大勝。當有奏報入都，武帝聞兩將無功，又遣使臣衛山，往諭右渠，曉示

第七十四回
東征西討絕域窮兵　先敗後成貳師得馬

禍福。右渠也恐不能久持，頓首請降，令太子隨同衛山，東行謝罪，並獻馬五千匹，及隨行人眾，不下萬餘。

衛山見朝鮮兵盛，疑有他變，先與荀彘會敘，互商一策，轉告朝鮮太子，不得帶兵，太子亦恐漢兵有詐，率眾馳回。衛山不便再赴朝鮮，只好入朝覆命。武帝問明原委，恨山失計，立命處斬，仍遣人催促兩將進攻。**衛山之死，失之過謹**。荀彘乃驅軍急進，迭破數險，直抵王險城，圍攻西北兩隅。楊僕也招集後隊，進至城南。荀彘部下，統是燕代健兒，驍勇善戰；楊僕部下，多係齊人，聞得前軍敗北，銳氣已衰，因此不敢再鬥。那荀彘日夕督攻，楊僕只按兵不動，右渠與荀彘力戰，與楊僕講和。相持數月，城尚無恙。彘屢約楊僕夾攻，僕但含糊答應，終未動手，**也想學路博德了**。遂致兩將生嫌。事為武帝所聞，亟使前濟南太守公孫遂，前往觀兵，許他便宜從事。遂至彘營，彘當然歸咎楊僕，與遂商定祕謀，召僕議事。僕因有詔使到來，不得不往，一見遂面，竟被遂喝令彘軍，將僕拿下，且傳諭僕眾，歸彘節制，自己總算畢事，匆匆覆命。彘既並有兩軍，遂將全城圍住，四面猛撲。城中危急萬分，朝鮮大臣路人韓陰，與尼溪相參、將軍王唊等，共謀降漢。偏偏右渠不從，路人韓陰、王唊，開城出降。尼溪相參，且號召黨羽，刺殺右渠，獻首漢營。荀彘正率軍進城，不意城門又閉，朝鮮將軍成己，嬰城拒守。彘使降人招諭守兵，如再抗違，一體屠戮，守兵相率驚惶，共殺成己，一齊出降，朝鮮乃平。捷書入奏，武帝令分朝鮮地為四郡，叫做樂浪、臨屯、玄菟、真蕃，召彘引師回朝。彘將楊僕囚入檻車，押歸長安。途次非常得意，總道此番凱旋，定邀重賞，那知馳入都門，驚悉公孫遂被誅消息，才轉喜為憂。沒奈何入朝見駕，武帝不待詳報，便責他與遂同罪，擅拘大臣，當即褫去衣冠，推出斬首。至楊僕貽誤軍機，亦當伏法，但念他平越有功，准得贖為庶人。**平心**

而論，僕罪過戭，一贖一誅，豈非倒置！

　　同時又有將軍趙破奴，與偏將王恢等，領兵西征，往擊樓蘭、車師。**此王恢與前王恢同名異人**。樓蘭、車師兩國，同為西域部落，**見七十一回**。陰受匈奴招誘，攔阻西行漢使，武帝因遣兩將出討。破奴佯言進擊車師，暗率輕騎七百人，掩入樓蘭，得將樓蘭王擒住，然後移攻車師。車師聞風駭潰，被破奴搗破虜廷，結果是兩國服罪，情願內附。破奴乃請旨定奪，武帝封破奴為浞野侯，恢為浩侯，使他暫為鎮撫，威示烏孫、大宛諸國。

　　烏孫前曾遣使獻馬，隨中郎將張騫入朝，**見七十二回**。已而來使歸國，報稱漢朝強大，烏孫王昆莫，方悔從前不用騫言，更聞漢兵連破樓蘭、車師，勢將及己，乃急遣使至漢，願遵舊約。武帝准如所請，但向來使徵求聘禮。來使返報以後，當即送馬千匹，作為聘儀。武帝取江都王建遺女，賜號公主，出嫁烏孫。江都王建，就是武帝兄劉非子，非歿建嗣，淫昏無道，上烝下淫，甚至迫令宮女，與犬羊處，同為笑樂，私刻皇帝璽綬，出入警蹕，僭擬皇宮。當有人上書告發，由武帝派吏問罪，建惶恐自盡，家破國除，子女沒入掖庭。至此乃遣令和親，嫁與昆莫，昆莫立為右夫人。匈奴也欲招致烏孫，遣女往嫁，昆莫一併收納，立為左夫人。唯昆莫年已老邁，怎禁得兩國少婦，左右相陪？往往獨居外帳，不敢入寢。江都公主，既悲遠嫁，復適老夫，並與昆莫言語不通，服食皆異，不得已自治一廬，子身居住。有時愁極無聊，免不得作歌告哀，歌云：

　　吾家嫁我兮天一方，遠託異國兮烏孫王。穹廬為室兮旃為牆，以肉為食兮酪為漿。居常思土兮心內傷，願為黃鵠兮返故鄉！

　　歌末有黃鵠一語，因相傳為〈黃鵠歌〉。歌詞傳到長安，武帝頗為垂

第七十四回
東征西討絕域窮兵　先敗後成貳師得馬

憐，屢通使問，賜給錦繡帷帳等類。昆莫也知精力不繼，死在眼前，願將公主讓與岑陬。岑陬是昆莫孫，巴不得與公主為婚，只是公主自覺懷慚，未便下嫁，不得不上書武帝，懇求召歸。武帝要想結好烏孫，共滅匈奴，竟回書勸她從俗。公主無奈，轉嫁岑陬，朝為繼祖母，暮作長孫婦，真是曠古異聞！**雖然降尊就卑，卻是以少配少，也還值得。**及昆莫病死，岑陬繼立，改王號為昆彌，與漢朝通問不絕。

武帝復出巡東嶽，禪高里，**山名，在泰山下。**祠后土，臨渤海，望祀蓬萊。再遣方士入海求仙，仍無音信，乃返入長安。忽然柏梁臺上，陡起火光，不知如何失慎，致兆焚如！**請得一位祝融神，可謂不虛此臺。**武帝驚惜不已。有方士越人勇之，卻說越中風俗，凡有火災，須亟改造，比前時格外高大，方足厭禳災殃。武帝乃立命建築，另擇未央宮西偏，造起一座絕大的宮殿，中容千門萬戶，東鳳闕，西虎圈，北鑿太液池，又有漸臺、蓬萊、方丈、瀛洲、壺梁諸名目，無非是想像神仙，憑空構築。南面有玉堂、璧門、神明臺、井榦樓，再架飛閣跨城，直通未央宮，說不盡的繁華靡麗，描不完的軒敞崇閎。宮成後求迎神仙，始終不至，唯採選良家女子，收入宮中，相傳掖庭簿載總數共一萬八千人，有幾個得蒙召幸，或拜容華，或充侍衣，總算列入妃嬙，得加俸祿。試想武帝如此好色，尚能延年益壽麼？

是時已為元封七年，依照舊例，每六年必一改元，大中大夫公孫卿聯繫同官壺遂，及太史令司馬遷等，上言曆紀廢壞，宜改正朔，御史大夫倪寬，主張夏正，乃廢去前秦正朔，以正月為歲首，改元封七年為太初元年，詔令公孫卿等造太初曆。**陰曆莫如夏正，武帝此舉，尚算正時。**嗣是色尚黃，數用五，更定官名，協訂音律，又費了許多手續，才得成章。

會有西使回來，報稱大宛國有寶馬，在貳師城，不肯示人。武帝素聞

宛馬有名，乃特鑄金為馬，並加千金，使壯士車令等齎往大宛，願易貳師城寶馬。偏偏宛王不從，車令等一再商懇，終被拒絕，惹得車令怒起，詬罵宛王，且椎碎金馬，攜屑而還。誰知路過鬱成，竟遇著番奴千人，阻住去路。車令等與他鬥死，所攜金幣，眼見得被他奪去了。武帝聞報大怒，立擬命將出征。漢將本推衛、霍，霍去病早死，已見前文，就是衛青，亦已病亡，只落得賜諡表功，**青歿後予諡曰烈**。子衛伉等，雖然襲爵，卻非將才，乃特選一貴戚李廣利，使為貳師將軍。

先是王夫人死後，後宮雖多妃妾，卻無一能及王夫人。會有中山伶人李延年，入宮供奉，妙解音聲，頗得武帝歡心。延年有妹，也善歌舞，又生得姿容秀媚，體態輕盈，當由平陽公主見她美麗，特為薦引。武帝立命召見，端的是天生尤物，比眾不同。當下同入陽臺，暢施雨露，仗著幾番化育，種下胚胎，十月滿足，生男名髆，後來封為昌邑王。延年因妹得官，拜為協律都尉，妹亦加封李夫人。這李夫人專寵後房，幾與王夫人無二。偏她的命宮壽數，也與王夫人相同，子尚沖齡，母已病厄。武帝遍召名醫，診治無效，漸漸的容銷骨瘦，將致不起。到了垂危時候，武帝殷勤探問，她偏用被矇頭，不肯見面，口中但言貌未修飾，難見至尊。武帝必欲一見，用手揭被，不料她轉面向內，終不從命。及武帝退出，姊妹等入宮問候，未免說她違忤君心。她卻唏噓答說道：「婦女以色事人，色衰便即愛弛，今我病已將死，形容非舊，若為主上所見。必致惹嫌，不復追念，難道尚肯顧我兄弟姊妹麼？」**語雖不錯，但把身子作為玩物，終不脫婦女思想**。眾人聽著，方才大悟，不到數日，紅顏委蛻，玉骨銷香。武帝大為悲悼，葬用后禮，命在甘泉宮繪畫遺容。俗語說得好，日有所思，夜有所夢，武帝時思李夫人，遂致夢中恍惚，見李夫人贈與蘅蕪，醒後尚有遺香，歷久不散，因名臥室為遺芳夢室。**李夫人事蹟，正好趁此帶出**。

第七十四回
東征西討絕域窮兵　先敗後成貳師得馬

　　李夫人有二兄，除延年外，還有廣利一人，嫻習弓馬，隨侍宮廷。武帝不能無故加封，乃趁著大宛抗命，竟拜廣利為將軍，號為貳師，是教他往貳師城取馬，故有是名。發屬國騎兵六千，及郡國惡少年數萬人，盡歸貳師將軍節制，帶同前往。且命浩侯王恢為嚮導，出玉門，經鹽澤，沿途統是沙磧，無糧可因，無水可汲，所過小國，統皆固守境界，不肯給食。漢兵忍不住飢渴，往往倒斃，及抵鬱成，部下不過數千，隨帶乾糧，又皆食盡。不得已為冒險計，先攻鬱成。鬱成王殺死漢使，早恐漢兵前來報復，嚴兵守候，至漢兵進攻，便即出戰。漢兵雖拚死力鬥，究竟食少勢孤，不能取勝，反折傷了一半人馬。廣利料難再持，只得收軍，退至敦煌，奏請罷兵。武帝曾聽姚定漢言，謂大宛兵弱，三千人可以蕩平，因此特派廣利出去，俾他容易奏功，可授封爵。誰知廣利喪師退還，反請罷休，正是大失所望，不由的動起怒來，遣使遮住玉門關，傳諭廣利軍前，如有一人敢入此關，立即斬首！廣利奉到此諭，沒奈何留駐敦煌，靜待後命。

　　武帝再想添兵徵宛，偏來了匈奴密使，說由左大都尉所遣，願殺兒單于，舉國降漢，請漢廷發兵相應等語。武帝問明情形，當然大喜。原來匈奴主烏維單于，自遁居漠北後，用趙信計，陰備軍實，陽求和親。漢使王烏、楊信，相繼通番，與訂和約，烏維單于語多反覆，不肯聽命。武帝還道兩人望淺，特派路充國佩二千石印綬，前往議和，反被匈奴拘住。武帝始知匈奴多詐，命將軍郭昌領兵防邊。嗣復遣昌往擊昆明，雖多斬獲，一時不能還鎮，**昆明事見前文**。因調涅野侯趙破奴代任。會烏維單于病死，子詹師廬繼立，尚在少年，號為兒單于。單于任性好殺，國人不安，匈奴左大都尉，方遣使至漢請降。武帝得此機緣，如何不喜，即將來使遣歸，命將軍公孫敖帶領工役，至塞外築受降城，一面授趙破奴為浚稽將軍，飭令赴浚稽山，迎接匈奴左大都尉。

趙破奴率兵二萬，到了浚稽山下，待久不至，使人探聽虛實，才知匈奴左大都尉，謀洩被誅，因即引軍南還。忽聞後面有吶喊聲，料是胡兵追來，連忙翻身迎敵。待至胡兵行近，殺將過去，把他擊走，捕得虜騎數千人，部兵亦傷亡多名。但經此一勝，總道匈奴沒有後繼，放心南歸，距受降城只四百餘里，因見天色已暮，隨便安營，待且再行。營方扎定，遙見塵頭大起，匈奴兵漫山遍野，騁騎前來，破奴不及移軍，只好閉營守著。那匈奴兵共有八萬騎，一齊趨集，圍住漢營，困得水洩不通。漢營乏水，如何解渴，破奴恐軍心慌亂，黈夜潛出，自去覓水。離營未及百步，竟被胡兵窺見，一聲呼嘯，環繞攏來。破奴只有數十個隨兵，怎能與敵？一古腦兒被他捉去。**全是輕率所致。**大將受擒，全營皆震，胡兵乘勢猛攻，漢營大亂，一半戰死，一半降番。兒單于喜出望外，再進兵攻受降城，還虧公孫敖聞風預備，乘城固守，不為所乘。胡兵攻打不下，方才罷去。

　　公孫敖拜本上聞，武帝易喜為憂，不得不集眾會議。群臣多請罷宛兵，專力攻胡，武帝以宛為小國，尚不能下，如何能征服匈奴？並且西域諸國，亦將輕漢，乃決計向宛添兵，大赦罪犯，盡發各地惡少年，悉數當兵，佐以沿邊馬隊，共得騎卒六萬，步卒七萬，備足餉械，接濟貳師將軍李廣利，又發天下七科謫戍，使他運糧。**七科：謂吏有罪一，亡命二，贅婿三，賈人四，原有市籍五，父母有市籍六，祖父母有市籍七。**並派出都尉兩員，一號執馬，一號驅馬，待至攻破大宛，便好牽馬歸來。**注重在馬，何貴畜賤人如此！**李廣利既得大兵，當然再往，沿途各小國，見漢兵此次重來，比前為威，倒也不免驚慌，乃皆出食餉軍。唯有輪臺一城，獨閉門拒絕，廣利揮兵屠城，乘勢長驅，馳入宛境。宛王毋寡，遣將搦戰，與漢兵前隊相遇，前隊兵共三萬人，奮力擊射，大破宛兵，宛將敗回城中。廣利經過鬱成城，本擬一擊洩恨，因恐宛人日久備厚，不如直攻宛

第七十四回
東征西討絕域窮兵　先敗後成貳師得馬

都，乃繞出鬱成，進薄宛都貴山城。城內無井，全仗城外流水，經漢兵四面圍住，斷絕水道，守兵當然危急。毋寡也覺驚惶，急遣人向康居國乞援。廣利連日督攻，差不多有四旬餘，方將外城攻破，擒住宛勇將煎靡。宛人失去外城，越覺焦急，康居兵又未見到來，於是諸貴官相與私謀道：「我王藏匿良馬，戕殺漢使，因致漢將廣利，大舉來攻，目下外援不至，亡在旦夕，不如殺王獻馬，與漢講和。萬一漢將不從，我等方背城一戰，死亦未遲。」大眾並皆贊成，遂攻殺宛王毋寡，梟取首級，使人持至漢營，面見廣利道：「宛人未敢輕漢，咎在宛王一人，今已奉獻王首，請將軍勿再攻城。宛人當盡出良馬，任令擇取，且願供給軍糧。如將軍不肯允許，宛人將盡殺良馬，與決死戰。且康居援兵，計日可至，裡應外合，勝負難料，請將軍熟權利害，何去何從！」廣利想了又想，不若許和為善，商諸部將，部將亦無不主和，乃依了宛使，與訂和約。宛使返入城中，始將馬匹一齊獻出，令漢兵自行擇取，且齎送糧食至軍。廣利令兩都尉物色良馬，得數十匹，中等以下，三千餘匹，又遣使入城，覘察情形。宛貴人昧察，接待盡禮，由使人還報廣利。廣利乃與宛人申約，立昧察為宛王，然後退師。

是時康居聞漢兵勢盛，不敢過援。鬱成王卻是倔強，非但不肯服漢，反截殺漢校尉王申生，及故鴻臚壺充國。廣利正想還擊鬱成，得了此報，憤不可遏，便令搜粟都尉上官桀，引兵往攻，破入城中。鬱成王乘亂逃出，奔投康居。桀追入康居境內，移檄索鬱成王，康居聞漢已破宛，不敢違命，因將鬱成王縛送軍前。桀令四騎士押往李廣利營，途次恐被走失，互相熟商。還是上邽騎士趙弟，打定主意，竟拔劍出鞘，砍落鬱成王首級，持報李廣利。廣利乃班師東歸。這番出師，雖士卒不免陣亡，究竟未及一半。無如將吏貪取財物，虐待部下，遂致死亡甚眾，首殣相望，及入

玉門關，眾不滿二萬人，馬不過千餘匹。武帝不遑責備，但見良馬到手，便已如願，遂封李廣利為海西侯，食邑八千戶。趙弟亦得封為新時侯。上官桀等均有封賞，不勞細表。

唯武帝因宛馬雄壯，比烏孫馬為良，乃改稱烏孫馬為西極馬，獨名宛馬為天馬，並作天馬歌云：

天馬徠，從西極，涉流沙，九夷服。天馬徠，出泉水，虎脊兩，化若鬼。天馬徠，歷無草，徑千里，循東道。天馬徠，執徐時，將搖舉，誰與期？天馬徠，開遠門，竦予身，逝崑崙。天馬徠，龍之媒，遊閶闔，觀玉臺。

總計李廣利出征大宛，先後勞兵十餘萬，歷時共閱四年，結果只得了數十匹良馬。小子演述至此，隨筆寫入一詩道：

十萬兵殘天馬來，玉門關外貳師回。
冤魂載道愁雲結，天子禽荒劇可哀。

大宛既平，西域諸國，未免震懾，多半遣子入傳，武帝欲乘此軍威，再伐匈奴。欲知後事，且看下回分解。

本回專敘征伐，與上次情跡不同，而其希冀之心，則實出一轍。好神仙，不得不勞征伐，彼之希冀長生者，無非為安享奢華計耳。設非拓大一統之宏規，為天下雄主，則雖得長生，亦何足喜！故不同者其跡，而相同者其心也。朝鮮之滅，荀彘功多罪少，而獨誅之；慮其專擅之為患，故用法獨苛。烏孫之和，建女上書求歸，而獨阻之，欲其祖孫之世事，故瀆倫不恤。至若徵宛一役，則更為求馬起釁，閱時四載，喪師糜餉不勝計，乃毫不之惜，反以良馬來歸，詡詡作歌。其心術尤可概見矣！語曰：止戈為武。武帝之得諡為武，其取義果安在乎？

第七十四回
東征西討絕域窮兵　先敗後成貳師得馬

第七十五回
入虜庭蘇武抗節　　出朔漠李陵敗降

　　卻說武帝既征服大宛，復思北討匈奴，特頒詔天下，備述高祖受困平城，冒頓嫚書呂后，種種國恥，應該洗雪，且舉齊襄滅紀故事，作為引證。**齊襄復九世之仇，《春秋》大之，見《公羊傳》。**說得淋漓迫切，情見乎詞。時已為太初四年冬季，天氣嚴寒，不便用兵，但令將吏等整繕軍備，待春出師。轉眼間已將臘盡，連日無雨，河干水涸，武帝一再祈雨。且因《詩經》中有〈雲漢〉一篇，係美周宣王勤政弭災，借古證今，不妨取譬，乃特於次年歲首，改號天漢元年。

　　春光易老，日暖草肥，武帝正要命將出征，忽報路充國自匈奴歸來，詣闕求見。當下召入充國，問明情形。充國行過了禮，方將匈奴事實，約略上陳。**充國為匈奴所拘，事見前回。**原來匈奴兒單于在位三年，便即病死，有子尚幼，不能嗣位，國人立他季父右賢王呴犁湖為單于。才及一年，呴犁湖又死，弟且鞮侯繼立。恐漢朝發兵進攻，乃自說道：「我乃兒子，怎敢敵漢？漢天子是我丈人行呢。」說著，即將漢使路充國等一律釋回，並遣使人護送歸國，奉書求和。武帝聞得充國報告，再將匈奴使人，召他入朝。取得來書，展覽一周，卻也卑辭有禮，不禁欣然。**言甘心苦，奈何不思？**乃與丞相等商議和番，釋怨修好。

第七十五回
入虜庭蘇武抗節　出朔漠李陵敗降

　　丞相石慶，已經壽終，可謂倖免。由將軍葛繹侯公孫賀繼任。賀本衛皇后姊夫，累次出征，不願入相，只因為武帝所迫，勉強接印。每遇朝議，不敢多言，但聽武帝裁決，唯命是從。前時匈奴拘留漢使，漢亦將匈奴使臣，往往拘留。至此中外言和，應該一律釋放，乃由武帝裁決，將匈奴使人釋出，特派中郎將蘇武，持節送歸，並令武齎去金帛，厚贈且鞮侯單于。

　　武字子卿，為故平陵侯蘇建次子。建從衛青伐匈奴，失去趙信，坐罪當斬，贖為庶人。嗣復起為代郡太守，病歿任所。武與兄弟併入朝為郎，此次受命出使，也知吉凶難卜，特與母妻親友訣別，帶同副中郎將張勝，屬吏常惠，及兵役百餘人，出都北去，徑抵匈奴。既見且鞮侯單于，傳達上意，出贈金帛，且鞮侯單于並非真欲和漢，不過藉此緩兵，徐作後圖。他見漢朝中計，且有金帛相贈，不由的倨傲起來，待遇蘇武，禮貌不周。武未便指斥，既將使命交卸，即退出虜庭，留待遣歸。偏生出意外枝節，致被牽羈，累得九死一生，險些兒陷沒窮荒。

　　當武未曾出使時，曾有長水胡人子衛律，與協律都尉李延年友善。延年薦諸武帝，武帝使律通問匈奴，會延年犯奸坐罪，家屬被囚，衛律在匈奴聞報，恐遭株累，竟至背漢降胡。**又是一個中行說**。匈奴正因中行說病死，苦乏相當人士，一得衛律，格外寵任，立封他為丁靈王。律有從人虞常，雖然隨律降胡，心中甚是不願。適有渾邪王姊子緱王，前從渾邪王歸漢，**渾邪王事見前文**。嗣與趙破奴同沒胡中，意與虞常相同，兩人聯為知己，謀殺衛律，將劫單于母閼氏，一同歸漢。湊巧來了副中郎將張勝，曾為虞常所熟識，常私下問候，密與勝謀，請勝伏弩射死衛律。勝志在邀功，不向蘇武告知，竟自允許，彼此約定，伺隙即發，適且鞮侯單于出獵，緱王虞常，以為有機可乘，招集黨羽七十餘人，即欲發難。偏有一人

甘心賣友，竟去報知單于子弟，單于子弟，立即興師兜捕，緱王戰死，虞常受擒。且鞮侯單于，聞變馳歸，令衛律嚴訊此案。張勝始恐受禍，詳告蘇武，武愕然道：「事已至此，怎能免累？我若對簿虜庭，豈非辱國？不如早圖自盡罷！」說著，即拔出佩劍，遽欲自刎。虧得張勝、常惠，把劍奪住，才得無恙。**第一次死中遇生**。武只望虞常供詞，不及張勝，那知虞常一再遭訊，熬刑不起，竟將張勝供出。衛律便將供詞，錄示單于，單于召集貴臣，議殺漢使。左伊秩訾**匈奴官名**。勸阻道：「彼若謀害單于，亦不過罪及死刑，今尚不至此，何若赦他一死，迫令投降。」單于乃使衛律召武入庭，當面受辭。武語常惠道：「屈節辱命，就使得生，有何面目復歸漢朝？」一面說，一面已將劍拔出，向頸欲揮。衛律慌忙搶救，抱住武手，頸上已著劍鋒，流血滿身，急得衛律緊抱不放，飭左右飛召醫生。及醫生趨至，武已暈去，醫生卻有妙術，令律釋武置地，掘土為坎，下貯熅火，**無焰之火**。上覆武體，引足蹈背，使得出血，待至惡血出盡，然後用藥敷治，果然武甦醒轉來，復有氣息。**第二次死中遇生**。衛律使常惠好生看視，且囑醫生勤加診治，自去返報且鞮侯單于。單于卻也感動，朝夕遣人問候，但將張勝收繫獄中。

及武已痊癒，衛律奉單于命，邀武入座，便從獄中，提出虞常張勝，宣告虞常死罪，把他斬首，復向張勝說道：「漢使張勝，謀殺單于近臣，罪亦當死，如若肯降，尚可宥免！」說至此，即舉劍欲砍張勝。勝貪生怕死，連忙自稱願降。律冷笑數聲，回顧蘇武道：「副使有罪，君應連坐。」武正色答道：「本未同謀，又非親屬，何故連坐？」律又舉劍擬武，武仍不動容，夷然自若。律反把劍縮住，和顏與語道：「蘇君聽著！律歸降匈奴，受爵為王，擁眾數萬，馬畜滿山，富貴如此。蘇君今日降，明日也與律相似，何必執拗成性，枉死絕域哩！」武搖首不答，律復朗聲道：「君肯因我

第七十五回
入虜庭蘇武抗節　　出朔漠李陵敗降

歸降，當與君為兄弟；若不聽我言，恐不能再見我面了！」武聽了此語，不禁動怒，起座指律道：「衛律！汝為人臣子，不顧恩義，叛主背親，甘降夷狄，我亦何屑見汝？且單于使汝決獄，汝不能平心持正，反欲藉此挑釁，坐觀成敗，汝試想來！南越殺漢使，屠為九郡，宛王殺漢使，頭懸北闕，朝鮮殺漢使，立時誅滅，獨匈奴尚未至此。汝明知我不肯降胡，多方脅迫，我死便罷，恐匈奴從此惹禍，汝難道尚得倖存麼？」**義正詞嚴**。這一席話，罵得衛律啞口無言，又不好徑殺蘇武，只好往報單于。**這也好算蘇武第三次重生了。**

單于大為嘉嘆，愈欲降武，竟將武幽置大窖中，不給飲食。天適雨雪，武齧雪嚼旃，數日不死。**第四次死中遇生**。單于疑為神助，乃徙武置北海上，使他牧羝。羝係牡羊，向不產乳，單于卻說是俟羊乳子，方許釋歸。又將常惠等分置他處，使不相見。可憐武寂處窮荒，只有羝羊作伴，掘野鼠，覓草實，作為食物，生死置諸度外，但把漢節持著，與同臥起，一年復一年，幾不知有人間世了。**這是生死交關的第五次。**

武帝自遣發蘇武後，多日不見覆報，料知匈奴必有變卦。及探聞消息，遂命貳師將軍李廣利，領兵三萬，往擊匈奴。廣利出至酒泉，與匈奴右賢王相遇，兩下交戰，廣利獲勝，斬首萬餘級，便即回軍。右賢王不甘敗衄，自去招集大隊，來追廣利。廣利行至半途，即被胡騎追及，四面圍住。漢兵衝突不出，更且糧草將盡，又飢又急，惶恐異常。還是假司馬趙充國，發憤為雄，獨率壯士百餘人，披甲操戈，首先突圍，好容易殺開血路，衝出圈外，廣利趁勢麾兵，隨後殺出，方得馳歸。這場惡戰，漢兵十死六七，充國身受二十餘創，幸得不死。廣利回都奏報，有詔召見充國，由武帝驗視傷痕，尚是血跡未乾，禁不住感嘆多時，當即拜為中郎。充國係隴西上邽人，表字翁孫，讀書好武，少具大志。這番是發軔初基，下文

再有表見。**也是特筆。**

　　武帝因北伐無功，再遣因杅將軍公孫敖出西河，**因杅是匈奴地名。**與強弩都尉路博德，約會涿邪山，兩軍東西遊弋，亦無所得。侍中李陵，係李廣孫，為李當戶遺腹子，少年有力，愛人下士，頗得重名。武帝說他綽有祖風，授騎都尉，使率楚兵五千人，習射酒泉張掖，備禦匈奴。至李廣利出兵酒泉，詔令陵監督輜重，隨軍北進。陵乘便入朝，叩頭自請道：「臣部下皆荊楚兵，力能扼虎，射必命中，情願自當一隊，分擊匈奴。」武帝作色道：「汝不願屬貳師麼？我發卒已多，無騎給汝。」陵奮然道：「臣願用少擊眾，無需騎兵，但得步卒五千人，便可直入虜庭！」**太藐視匈奴。**武帝乃許陵自募壯士，定期出發，且命路博德半路接應。博德資望，本出陵上，不願為陵後距，因奏稱現當秋令，匈奴馬肥，未可輕戰，不如使陵緩進，待至明春，出兵未遲。武帝覽奏，還疑陵自悔前言，陰教博德代為勸阻，乃將原奏擱起，不肯依議。適趙破奴從匈奴逃歸，報稱胡人入侵西河，武帝遂令博德往守西河要道，另遣陵赴東浚稽山，偵察寇蹤。時逢九月，塞外草衰，李陵率同步卒五千人，出遮虜障，**障即戍堡等類。**直至東浚稽山，扎駐龍勒水上。途中未遇一敵，不過將山川形勢，展覽一周，繪圖加說，使騎士陳步樂，馳驛奏聞。步樂見了武帝，將圖呈上，且言陵能得志。武帝頗喜得人，並拜步樂為郎，不料過了旬餘，竟有警耗傳來，謂陵已敗沒胡中。

　　原來陵遣歸步樂，亦擬還軍，偏匈奴發兵三萬，前來攻陵。陵急據險立營，先率弓箭手射住敵陣，千弩齊發，匈奴前驅，多半倒斃。陵驅兵殺出，**擊退虜眾**，斬首數千級，方收兵南還。不意匈奴主且鞮侯單于，復召集左右賢王，徵兵八萬騎追陵。陵且戰且走，大小至數百回合，斫死虜眾三千名。匈奴自恃兵眾，相隨不捨，陵引兵至大澤中，地多葭葦，被匈奴

第七十五回
入虜庭蘇武抗節　出朔漠李陵敗降

兵從後縱火，四蹙陵兵。陵索性教兵士先燒葭葦，免得延燃，慢慢兒拔出大澤，南走山下。且鞮侯單于，親自趕來，立刻山上，遣子攻陵。陵拚死再戰，步鬥林木間，又殺敵數千人，且發連臂弓射單于。單于驚走，顧語左右道：「這是漢朝精兵，連戰不疲，日夕引我南下，莫非另有埋伏不成？」左右謂我兵數萬，追擊漢兵數千，若不能覆滅，益令漢人輕視。況前途尚多山谷，待見有平原，仍不能勝，方可回兵。單于乃復領兵追趕。陵再接再厲，殺傷相當。適有軍侯管敢，被校尉笞責，竟去投降匈奴，報稱漢兵並無後援，矢亦將盡，只有李將軍麾下，及校尉韓延年部曲八百人，臨陣無前，旗分黃白二色，若用精騎馳射，必破無疑。**漢奸可恨，殺有餘辜。**單于本思退還，聽了敢言，乃選得銳騎數千，各持弓矢，繞出漢兵前面，遮道擊射，並齊聲大呼道：「李陵、韓延年速降！」陵正入谷中，胡騎滿布山上，四面注射，箭如雨下。陵與延年驅軍急走，見後面胡騎力追，只好發箭還射，且射且行。將到鞮汗山，五十萬箭射盡，敵尚未退。陵不禁太息道：「敗了！死了！」乃檢點士卒，尚有三千餘人，唯手中各剩空弓，如何拒敵？隨軍尚有許多車輛，索性砍破車輪，擷取車軸，充作兵器。此外唯有短刀，並皆執著，奔入鞮汗山谷。胡騎又復追到，上山擲石，堵住前面谷口。天色已晚，漢兵多被擊死，不能前進，只好在谷中暫駐。陵穿著便衣，子身出望，不令左右隨行，慨然語道：「大丈夫當單身往取單于！」話雖如此，但一出營外，便見前後上下，統是敵帳，自知無從殺出，返身長嘆道：「此番真要敗死了！」**實是自來尋禍。**旁有將吏進言道：「將軍用少擊眾，威震匈奴，目下天命不遂，何妨暫尋生路，將來總可望歸。試想浞野侯為虜所得，近日逃歸，天子仍然寬待，何況將軍？」陵搖手道：「君且勿言，我若不死，如何得為壯士呢！」**意原不錯。**乃命盡斬旌旗，及所有珍寶，掘埋地中。復召集軍吏道：「我軍若各得數十箭，

尚可脫圍，今手無兵器，如何再戰？一到天明，恐皆被縛了！現唯各自逃生，或得歸見天子，詳報軍情。」說著，令每人各帶乾糧二升，冰一片，借禦飢渴，各走各路，期至遮虜障相會。軍吏等奉令散去，待到夜半，陵命擊鼓拔營，鼓忽不鳴。陵上馬當先，韓延年在後隨著，冒死殺出谷口，部兵多散。行及里許，覆被胡騎追及，環繞數匝。延年血戰而亡，陵顧部下只十餘人，不由的向南泣說道：「無面目見陛下了！」說罷，竟下馬投降匈奴。**錯了，錯了！如何對得住韓延年？**部兵大半覆沒，只剩四百餘人，入塞報知邊吏。

　　邊吏飛章奏聞，唯尚未知李陵下落。武帝總道李陵戰死，召到陵母及妻，使相士審視面色，卻無喪容。待至李陵生降的消息，傳報到來，武帝大怒，責問陳步樂。步樂惶恐自殺，陵母妻被逮下獄。群臣多罪陵不死，獨太史令司馬遷，乘著武帝召問時候，為陵辯護，極言陵孝親愛士，有國士風，今引兵不滿五千，抵當強胡數萬，矢盡援絕，身陷胡中，臣料陵非真負恩，尚欲得當報漢，請陛下曲加寬宥等語。武帝聽了，不禁變色，竟命衛士拿下司馬遷，拘繫獄中。可巧廷尉杜周，專務迎合，窺知武帝意思，是為李廣利前次出師，李陵不肯贊助，乃至無功；此次李陵降虜，司馬遷袒護李陵，明明是譭謗廣利，因此拘遷下獄，看來不便從輕，遂將遷擬定誣罔罪名，應處宮刑。遷為龍門人氏，係太史令司馬談子，家貧不能贖罪，平白地受誣遭刑，後來著成《史記》一書，傳為良史。或說他暗中寓謗，竟當作穢史看待。後人自有公評，無庸小子辨明。

　　武帝再發天下七科謫戍，及四方壯士，分道北征。貳師將軍李廣利，帶領馬兵六萬，步兵七萬，出發朔方，作為正路。強弩都尉路博德，率萬餘人為後應。游擊將軍韓說，領步兵三萬人出五原，因杅將軍公孫敖，領馬兵萬人，步兵三萬人出雁門。各將奉命辭行，武帝獨囑公孫敖道：「李

第七十五回
入虜庭蘇武抗節　出朔漠李陵敗降

陵敗沒，或說他有志回來，亦未可知。汝能相機深入，迎陵還朝，便算不虛此行了！」敖遵命去訖，三路兵陸續出塞，即有匈奴偵騎，飛報且鞮侯單于。單于盡把老弱輜重，徙往餘吾水北，自引精騎十萬，屯駐水南。待至李廣利兵到，交戰數次，互有殺傷。廣利毫無便宜，且恐師老糧竭，便即班師。匈奴兵卻隨後追來，適值路博德引兵趨至，接應廣利，胡兵方才退回。廣利不願再進，與博德一同南歸。游擊將軍韓說，到了塞外，不見胡人，也即折回。因杅將軍公孫敖，出遇匈奴左賢王，與戰不利，慌忙引還。自思無可報命，不如捏造謊言，復奏武帝。但言捕得胡虜，供稱李陵見寵匈奴，教他備兵禦漢，所以臣不敢深入，只好還軍。**你要逞刁，看你將來如何保全？**武帝本追憶李陵，悔不該輕遣出塞，此次聽了敖言，信為真情，立將陵母及妻，飭令駢誅。**陵雖不能無罪，但陵母及妻，實是公孫敖一人斷送。**

　　既而且鞮侯單于病死，子狐鹿姑繼立，遣使至漢廷報喪。漢亦派人往弔，李陵已聞知家屬被戮，免不得詰問漢使。漢使即將公孫敖所言，備述一遍，陵作色道：「這是李緒所為，與我何干。」言下恨恨不已。李緒曾為漢塞外都尉，為虜所逼，棄漢出降，匈奴待遇頗厚，位居陵上。陵恨緒教胡備兵，累及老母嬌妻，便乘緒無備，把他刺死。單于母大閼氏，因陵擅殺李緒，即欲誅陵，還是單于愛陵驍勇，囑令避匿北方。俄而大閼氏死，陵得由單于召還，妻以親女，立為右校王，與衛律一心事胡。律居內，陵居外，好似匈奴的夾輔功臣了。小子有詩嘆道：

孤軍轉戰奮餘威，矢盡援窮竟被圍。
可惜臨危偏不死，亡家叛國怎辭譏？

　　武帝不能征服匈奴，那山東人民，卻為了暴斂橫徵，嚴刑苛法，遂鋌

而走險，嘯聚成群，做起盜賊來了。欲知武帝如何處置，待至下回表明。

　　武帝在位數十年，窮兵黷武，連年不息，東西南三面，俱得敉平，獨匈奴恃強不服，累討無功。武帝志在平胡，故為且鞮侯單于所欺，一喜而即使蘇武之修好，一怒而即使李陵之出軍。試思夷人多詐，反覆無常，豈肯無端言和？蘇武去使，已為多事，若李陵部下，只五千人，身餌虎口，橫挑強胡，彼即不自量力，冒險輕進，武帝年已垂老，更事已多，安得遽遣出塞，不使他將接應，而聽令孤軍陷沒耶？蘇武不死，適見其忠；李陵不死，適成為叛。要之，皆武帝輕使之咎也。武有節行，乃使之困辱窮荒；陵亦將才，乃使之沉淪朔漠。兩人之心術不同，讀史者應並為漢廷惜矣。

前漢演義──從犯顏救魏尚至李陵敗降

作　　者：	蔡東藩	
發 行 人：	黃振庭	
出 版 者：	複刻文化事業有限公司	
發 行 者：	複刻文化事業有限公司	
E-mail：	sonbookservice@gmail.com	
粉 絲 頁：	https://www.facebook.com/sonbookss	
網　　址：	https://sonbook.net/	
地　　址：	台北市中正區重慶南路一段 61 號 8 樓	

8F., No.61, Sec. 1, Chongqing S. Rd., Zhongzheng Dist., Taipei City 100, Taiwan

電　　話：(02)2370-3310
傳　　真：(02)2388-1990
印　　刷：京峯數位服務有限公司
律師顧問：廣華律師事務所 張珮琦律師
定　　價：299 元
發行日期：2024 年 10 月第一版
◎本書以 POD 印製

國家圖書館出版品預行編目資料

前漢演義──從犯顏救魏尚至李陵敗降 / 蔡東藩 著 . -- 第一版 . -- 臺北市：複刻文化事業有限公司 , 2024.10
面 ；　公分
POD 版
ISBN 978-626-7595-08-4(平裝)
857.4521　　　113014733

電子書購買

爽讀 APP　　　臉書